L’été où Élodie

Kate Riordan

L'été où Élodie

roman

Traduit de l'anglais par
Laurence Videloup et Géraldine D'Amico

Stock

TITRE ORIGINAL :
The Heatwave

Couverture : © Julia Bourdet
Visuel de couverture : © Stocksy

ISBN : 978-2-234-08945-7

Pour ma mère, bien sûr

Tu me pénètres
Comme un fil
Dans l'œil d'une aiguille

Un fil barbelé
Un œil ouvert

Margaret Atwood[1]

1. *Politique de pouvoir*, poésie bilingue, traduit de l'anglais par Louise Desjardins, L'Hexagone, 1995.

PREMIÈRE PARTIE

Juillet 1993

La lettre est là, qui m'attend à la maison après ma journée de travail. Je sais immédiatement qu'elle vient de France. Je le vois au chiffre sept dans le code postal écrit à la main : avec sa barre et sa boucle, si peu anglaises. La Rêverie me rappelle enfin à elle.

Là d'où je viens, le soleil estival est impitoyable. La terre dure y est saturée de chaleur, ce qu'elle ne peut absorber appesantit l'air irrespirable. Je passais les nuits les plus chaudes éveillée, couchée dans des draps humides, fenêtres et volets grands ouverts, à écouter vrombir les cigales, éructer les crapauds et rouler le tonnerre dans les collines comme des billes dans un bol.

La France ne m'avait pas manqué quand nous étions parties. Trop heureuse d'avoir pu me réfugier avec toi dans le nord de Londres, cachées dans les rues bordées de maisons en briques rouges et d'arbres qui soulèvent les pavés. Être devenue une sempiternelle étrangère, toujours trahie par mon accent malgré mon excellent anglais, m'indiffère. « Oh, vous êtes française, me dit-on avec un sourire. Tout ce bon vin et ces délicieux fromages. »

Désormais je pense en anglais. Il m'arrive même de rêver dans ma langue d'adoption. Mais quand je repose la lettre et commence à digérer son message, je reviens automatiquement à ma langue maternelle : la vieille langue si confortable, comme une chemise dont on ne veut plus mais où l'on se sent toujours mieux que dans tout autre vêtement.

À côté du téléphone dans l'entrée, j'ouvre le carnet d'adresses à la lettre G. Je n'ai toujours pas retenu par cœur le numéro de ton père à Paris.

« Oui ? »

Son accent est bon, meilleur que du temps où nous étions encore mariés et où je le taquinais : « Greg, ce n'est pas "wiii". Il faut que tu utilises tes lèvres en français. Articule ! »

« Oh ça, je veux bien utiliser mes lèvres », me répondait-il toujours avec des grimaces exagérées avant de m'embrasser. Nous n'arrêtions pas de nous embrasser à cette époque. De nous embrasser et de rire. Nous parlions toujours anglais ensemble même si nous vivions en France, et pas seulement parce que je maîtrisais bien mieux sa langue que lui la mienne, mais parce que cela créait une sorte d'équilibre. Notre maison était un îlot anglophone cerné de français.

« Oh, Sylvie, c'est toi. » Sa voix, basse, un peu rauque, a encore le pouvoir de transpercer ce qu'il y a de plus tendre en moi. « Emma va bien ?

– Oui, oui, Emma va bien. »

Je le vois comme s'il était devant mes yeux : sa chemise en batiste souple repassée désormais par quelqu'un d'autre, la main qui ne tient pas le téléphone retourne un paquet de Gitanes écrasé, l'impatience creuse un pli profond entre ses sourcils.

Je déglutis, regrette de ne pas avoir réfléchi à ce que je lui dirai avant d'appeler.

« Écoute, j'ai besoin que tu prennes Emma pendant quelques jours, peut-être une semaine.

– Nous avions parlé de la fin août, non ?

– Oui, mais j'en ai besoin maintenant. Dès que possible.

– Quoi ? Pourquoi ? Où vas-tu ? Elle n'est pas en vacances que je sache. »

Je vois la lettre posée sur la table de là où je suis, ses coins blancs nets.

« L'école finit vendredi. Elle ne ratera que quelques jours. Je peux la déposer à Paris quand je descendrai dans le Midi.

– Dans le Midi ? Sylvie, que se passe-t-il ?

– Il est arrivé quelque chose à la maison. Le notaire m'a écrit pour m'en informer. Il y a eu… euh, des dégâts.

– Quoi exactement ?

– Un petit incendie. C'est probablement un accident mais ça va coûter cher. Ça fait maintenant dix ans que la maison est vide et ce genre d'incidents risque de se multiplier. Il faut la vendre et je dois y aller en personne pour signer des papiers. Tu sais comment ça fonctionne en France, ils savent si bien compliquer les choses !

– Eh bien, nous serions ravis de voir Emma, mais je ne pense pas que ça sera possible.

– Tu sais, je ne veux pas qu'elle retourne là-bas. En plus, je passerai presque tout mon temps à m'occuper de la vente.

– Sylvie, je pars faire ma tournée d'achats et Nicole emmène les garçons chez sa mère en Normandie. Tout est arrangé. »

Je ne réponds pas. Je savais qu'il refuserait. Dans le silence qui suit, tous les deux perdus dans nos pensées, la ligne bourdonne entre nous.

« Donc, tu y retournes enfin », conclut-il avant de tirer à nouveau longuement sur sa cigarette.

*

Nous avons beau quitter l'appartement très tôt pour prendre la route de Douvres, au sud de Londres, le voyage dure presque toute la journée. Impatients, les hommes nous font signe de descendre la rampe du ferry, leurs vestes fluo criardes se détachent sur le ciel toujours gris et maussade à Calais. Tu restes silencieuse à côté de moi mais je te sens vibrer d'une excitation croissante, comme ce grésillement qui s'échappe des écouteurs du walkman presque toujours vissé à tes oreilles ces temps-ci.

Je suis la voiture qui nous précède et prends la voie de droite, surmontée de panneaux bleus indiquant l'autoroute. Nous roulons, nous nous enfonçons toujours plus profondément dans la nuit qui recouvre la France, et la voix dans ma tête qui ne s'est pas tue depuis que j'ai reçu la lettre s'amplifie, se fait plus insistante. Je me rends compte que j'agrippe le volant si fort qu'il est glissant de sueur.

Je jette un coup d'œil à la montre du tableau de bord. Il est tard. Le panneau lumineux d'un hôtel bon marché luit dans le noir. Je libère un souffle que je ne savais pas avoir retenu et déboîte. Une fois sous les néons de la réception, dont le silence n'est troublé que par le bourdonnement d'un distributeur de boissons, je ne reconnais pas le pays que j'ai quitté : ni la France endormie de mon enfance, ni le pays où nous avons jadis été une famille normale. Non, je ne suis pas honnête. Quoi que nous ayons été, nous n'avons jamais été normaux, même au début.

*

Le matin, dans la salle du petit-déjeuner, je te verse une seconde tasse de chocolat chaud et t'indique les paquets de biscottes sèches qui s'élèvent sur le buffet, les pâles rondelles de beurre de Normandie.

« Ressers-toi, ma chérie, la journée sera longue. »

Je souris pour compenser la tension dans ma voix et rendre mon ton moins suppliant.

Mais tu es bien plus avide de l'étrangeté de la scène que de nourriture : il y a les grands bols de café et les fines tranches de fromage étalées sur des croissants coupés dans le sens de la longueur, mais aussi les enfants aux manières impeccables avec leurs lunettes bariolées.

Tu te penches en avant et baisses la voix d'un air de conspiratrice :

« Il y a un homme au fond qui ne te quitte pas des yeux.

– Mais non ! »

Pourtant, je fouille déjà la pièce du regard, incapable de m'en empêcher.

Tu t'amuses bien, ce qui me fait sourire moi aussi.

« Il recommence. Il ne se cache pas du tout. Près de la fenêtre, avec la chemise verte. Il est seul. Probablement divorcé lui aussi. Tu devrais aller lui dire bonjour.

– Enfin, Emma ! »

Mais je ris moi aussi.

« Tu es vraiment bien conservée pour ton âge, Maman.

– Ah, tu parles d'un compliment ! »

Tu lèves les yeux au ciel.

« Mais si ! Tu es vraiment jolie. Les hommes te regardent tout le temps. Ce Nick qui t'avait invitée, au boulot, il était franchement obsédé par toi. »

C'est là que je remarque mon admirateur et que nos yeux se croisent un instant. Il me rappelle un peu Greg : sa façon de tenir son couteau et ce mouvement de tête pour repousser sa mèche trop longue. C'était moi qui coupais les cheveux de Greg à l'époque où nous étions mariés, sur des feuilles de journaux étalées par terre sous le tabouret de la cuisine.

Quand je me lève, ma chaise racle le plancher. L'un des enfants s'est mis à chantonner « Maman ! Maman ! » et je ne sais pas combien de temps j'arriverai encore à le supporter.

*

Passé Lyon, nous suivons les départementales : plus lentes et plus étroites, elles sont striées de rayons de soleil qui percent entre les longues files de peupliers. J'avais oublié ce parti pris méticuleux de signaler le moindre village ou hameau, non seulement à son entrée mais aussi à sa sortie, le nom barré d'une ligne rouge. La campagne qui nous entoure semble infinie après Londres : des fermes usées par le temps et, ici et là, un restaurant aux volets clos abandonné au bord de vastes champs. Je te jette un coup d'œil, tu t'imprègnes de tout ce qui défile. Cela doit te sembler si exotique, et pourtant, c'est le pays où tu as passé tes quatre premières années.

Le soleil monte au fur et à mesure que nous roulons, il fait de plus en plus chaud dans la voiture. Tu tripotes la radio, te moques des horribles chansons pop françaises mais tu t'arrêtes quand tu trouves une station qui joue

Edith Piaf. Je baisse ma vitre et, dans cette première bouffée d'air, je sens l'odeur du passé. Indescriptible. Le mieux que je puisse trouver, c'est un mélange de pierre chaude, de lavande, et un écho lointain de quelque chose qui ressemble à de la panique.

À sept cents mètres de la maison, nous manquons de nous perdre, ce qui me semble absurde alors que j'ai passé plus de temps ici que nulle part ailleurs. Une station-service est apparue à un coin où se dressait jadis un stand où nous nous arrêtions pour acheter des pêches : cela me déconcerte suffisamment pour me faire rater d'abord la bifurcation et ensuite le panneau. Ce n'est que lorsque nous nous retrouvons soudain au cœur du vieux village – l'ombre tachetée des platanes, les tables rondes argentées du café et le store poussiéreux de la boulangerie, totalement inchangés – que je me rends compte où nous sommes.

Je fais demi-tour dans un crissement de pneus, pas encore prête à être vue par quiconque pourrait me reconnaître, et nous nous retrouvons bientôt à cahoter sur la route de terre battue qui mène à La Rêverie.

Très abruptement, bien plus vite que je ne le voudrais, nous atteignons l'allée sinueuse creusée d'ornières qui mène à la grange branlante où l'on stockait les bûches pour les flambées hivernales ainsi que les rouleaux et les vieux outils de ferme rouillés inutilement conservés par mon père. Je ne regarde pas la grange et suis plutôt la route qui fait le tour de la maison jusqu'à l'entrée.

Je coupe le moteur. Tu ne dis pas un mot, à côté de moi. Je tends une main et repousse une mèche folle derrière ton oreille : tes cheveux sont d'un châtain clair typiquement anglais, un peu inégaux parce que tu essaies toujours de les laisser pousser davantage. Tu m'as fait promettre de te laisser faire un balayage pour tes seize ans. « Je les veux plus blonds, m'as-tu répété tout le printemps. Pas cette couleur qui ne ressemble à rien. »

« Maman, je ne crois pas me souvenir, me dis-tu maintenant d'une voix enfantine et haut perchée. Je pensais que si lorsque nous avons tourné mais…

– Cela te reviendra peut-être, dis-je en espérant au contraire que toute cette époque aura été effacée à jamais. Tu étais si jeune lorsque nous sommes parties », et je me répète une fois de plus que c'est pour cela que tu as apparemment tout oublié.

Nous descendons de voiture et le tic-tac sous le capot fait écho aux cigales qui remplissent les buissons autour de nous. Leurs stridulations s'accéléreront et s'affoleront tout au long de la journée, au fur et à mesure que le soleil s'élèvera et que la température montera. « Écoute, chérie. Écoute les cigales, me disait ma mère quand j'étais petite pour tenter de m'empêcher de courir dehors et de prendre un coup de chaleur. Elles te diront s'il fait trop chaud pour sortir aujourd'hui. » J'avais oublié.

La maison est exactement telle qu'un étranger s'imaginerait une maison de maître dans le sud de la France : en pierre grise massive avec un toit en pente raide, de hautes fenêtres symétriques cachées par des volets bleu mauve, la peinture rendue poudreuse par le temps et la férocité du soleil. Le jardin qui entoure la demeure est ceint par un mur surmonté d'une grille. Je pousse le portail métallique dont la boîte à lettres porte encore mon nom de jeune fille partiellement effacé et il s'ouvre facilement, comme s'il était utilisé tous les jours.

À l'intérieur, les bougainvillées débordent sur la pelouse et les buissons de lavande sont devenus ligneux et clairsemés, mais le jardin n'est pas aussi à l'abandon que je me le serais imaginé après dix ans sans entretien. Il est toujours tel que dans mes souvenirs. Les mauvaises herbes ont envahi l'allée qui mène à la porte, mais l'épaisse colonne de cyprès qui plonge tout un côté de la maison dans l'ombre demandait déjà, aussi loin que je m'en souvienne, à être élaguée. Je jette un rapide coup d'œil à la fenêtre de la chambre la plus distante, la plus obscurcie par l'ombre des cyprès, et je vois que l'un des volets est sorti de ses gonds.

Tu es à côté de moi et je sens que quelque chose t'électrise : de l'anticipation surtout, mais aussi un peu de peur. Je te l'ai peut-être transmise.

« C'était sa chambre ? » me demandes-tu.

Je te regarde attentivement.

« C'est exact. Tu te souviens ?

– J'ai juste deviné. »

Tu la dévores des yeux. On dirait qu'une part de toi, la plus hardie, voudrait découvrir que quelqu'un t'observe de là-haut à travers les jalousies. Les cigales se sont tues, et ce silence est troublant. Puis, comme par miracle, elles reprennent toutes à l'unisson, encore plus fort qu'avant, et j'avance à grands pas décidés vers la porte d'entrée, fouille dans mon sac à la recherche de la clef, sachant que si je n'entre pas immédiatement je risque de te ramener de force à la voiture et de rentrer directement chez nous en Angleterre.

Il règne une fraîcheur d'église dans l'entrée plongée dans l'obscurité où se mêlent des relents d'humidité et de fumée due au récent incendie. Sous ces odeurs, je discerne tout juste les parfums plus anciens de La Rêverie, si intimement familiers : la cire d'abeille, l'ail fondu dans le beurre et le savon à l'huile d'olive de ma mère.

Tout cela me saisit tellement qu'il me faut un moment pour remarquer que ta respiration a changé. Je fouille dans la poche intérieure de mon sac à main, priant pour que l'inhalateur que j'emporte par habitude plus que par nécessité s'y trouve toujours. Ma main se referme enfin sur du plastique. Je le sors et le secoue.

Tu vas bien après deux inspirations, même si tes mains commencent déjà à trembler : un effet secondaire du médicament qui pénètre tes muscles.

« Ça va maintenant, ma chérie ? »

Tu hoches la tête, juste une fois.

« Ce doit être toute cette poussière et cette humidité », dis-je, et tu acquiesces à nouveau, même si nous savons toutes les deux que c'est le stress et non les allergies qui déclenche tes crises d'asthme.

Pendant que tu défais tes bagages, je fais le tour de la maison, ouvre méthodiquement une porte après l'autre, sauf une : je ne suis pas encore prête. Les volets crient quand je les repousse et révèlent des amoncellements sinistres de grosses mouches noires sur les rebords des fenêtres. La lumière entre à flots, la poussière tourbillonne.

Enfin, prête au pire, je vais voir les dégâts causés par l'incendie dans la cuisine. Je sais que c'est dans la souillarde, le réduit qui contient à peine plus qu'un évier, un égouttoir et deux placards fermés par des rideaux, toujours sombre et frais, peu importe la température extérieure. Sa fenêtre n'est pas plus grande qu'une feuille de papier, du grillage, et non du verre, fixé au châssis.

Bien que l'odeur des dégâts récents soit forte quand j'ouvre la porte, ce n'est pas aussi terrible que je le pensais depuis l'arrivée de cette lettre. Deux des murs blanchis à la chaux sont marbrés de noir. À certains endroits, les marques du feu montent aussi haut que ma tête. Difficile de distinguer la suie du moisi dans ces taches sombres.

Mais quoi qu'il soit arrivé ici, l'eau a dû vite suivre les flammes. Sinon, toute la maison se serait embrasée.

*

Alors que le crépuscule commence à envelopper la maison, tu me demandes si nous pouvons aller dîner au village. Il nous faut dix minutes pour y arriver, nos pieds semblent s'enfoncer dans le macadam et nos jambes luisent de répulsif en prévision des moustiques qui arriveront avec la nuit. Le temps de s'asseoir à la terrasse d'une pizzeria qui n'existait pas avant, le soleil a déjà sombré derrière les collines. Nous surplombons le rectangle de terre ombragé où les vieux venaient toujours jouer aux boules avec leur béret et leurs bretelles. Ils en ont sans aucun doute gardé l'habitude, c'est juste qu'ils ne sont pas encore sortis.

Tu me demandes de commander un Coca pour toi. Tu n'oses pas encore essayer de parler français à la serveuse. Au lieu de prendre du vin comme à mon habitude, je lui demande une bière qui arrive si froide que des gouttelettes de condensation se sont formées sur le verre. Je l'avale d'un trait comme de l'eau et lui fais immédiatement signe de m'en apporter une autre.

Je surprends ton regard désapprobateur et souris :

« Je t'ai vue, ma petite puritaine. C'est pas comme si je devais conduire.

– Ça doit te faire drôle d'être de retour », me dis-tu prudemment dès que tu as fini de manger.

Tu tournes un mélangeur en plastique dans ton verre de Coca.

J'acquiesce, même si la deuxième bière a atténué ce sentiment d'étrangeté.

« Est-ce que tu ressens le manque maintenant que tu es ici ? »

Je lève les yeux, surprise par ta perspicacité. Nous sommes parties à Londres quand tu avais quatre ans et j'ai tout enfoui dans un profond tiroir étiqueté « France », fermé à double tour, oubliant qu'il y avait tant à aimer dans mon pays natal.

« Je suis désolée de t'avoir si longtemps privée de cette maison. Tu y es née, toi aussi. Elle t'appartient autant qu'à moi.

– Vraiment ? » t'exclames-tu, rayonnante.

Je souris et serre ta main.

« Maman, tu es sûre qu'on ne pourrait pas trouver un moyen de garder la maison ? Elle est si merveilleuse. On pourrait venir ici tous les étés. Oh oui ! »

D'un geste, je repousse un papillon de nuit qui danse près de mes yeux.

« C'est impossible, chérie. Il faudrait que j'achète la part de ta tante Camille et je n'en ai pas les moyens. Tu la connais. »

Tu fronces les sourcils, retires ta main, et l'espace d'un instant tu me rappelles ta sœur.

« Je te crois pas. Tu le ferais pas, même si tu avais l'argent. »

Et puis, comme si tu avais lu dans mes pensées :

« C'est à cause d'elle, n'est-ce pas ? »

J'enfonce mes ongles dans le rebord de la table.

« Emma, est-ce que tu as la moindre idée de combien c'est difficile pour moi de revenir ici ? » L'alcool rend mes paroles coupantes et je les regrette aussitôt. « Écoute, ne nous disputons pas. Nous y sommes maintenant, non ? »

Tu ne réponds pas, mais au bout d'un moment ta main vient frôler la mienne en signe d'excuse. D'un seul coup, j'ai envie de pleurer.

Nous rentrons à la maison dans l'obscurité. Il ne fait pas simplement noir, mais noir comme dans un four. Les étoiles ont été si bien effacées par les nuages qu'il nous faut atteindre la bifurcation avant que je ne parvienne à distinguer la masse sombre des collines, du ciel.

La lune n'est guère visible pourtant, La Rêverie semble se dresser dans sa propre tache de lumière pâle alors que nous approchons. À moins que nos yeux n'aient encore besoin de s'accommoder à l'obscurité de la campagne après des années sous les lueurs toujours vibrantes de Londres. La maison paraît plus grande de nuit, monstrueuse, dressée au-dessus du fossé sombre de son jardin. Nous suivons l'allée. Tête baissée, j'évite de regarder les fenêtres, je fais semblant de fouiller dans mon sac à la recherche de la clef que je tiens déjà.

Plus tôt dans l'après-midi, j'ai aéré le vieux linge doux de ma mère, qui sentait à peine le renfermé, et fait nos lits : le double, grinçant, en acajou que j'avais jadis partagé avec Greg, celui de mes parents avant nous, et l'un des étroits lits jumeaux dans la chambre voisine, pour toi. Ton ancienne chambre n'a que son petit lit d'enfant et je ne veux de toute façon pas que tu y dormes.

« Je me rappelle ! t'exclames-tu dans la pièce que j'ai toujours connue comme chambre d'amis, en m'indiquant le papier peint en toile de Jouy bleu fané qui a commencé à se décoller dans un coin. Je m'asseyais par terre et je me racontais des histoires sur ces gens. (Tu te rapproches, suis d'un doigt les messieurs qui portent des bas et les dames avec leur coiffure à la Pompadour et leur éventail.) Je me souviens d'eux. »

*

Je me réveille à trois heures du matin pile, les aiguilles légèrement phosphorescentes de mon réveil de voyage dessinent un L parfait. En bas, à peine audible, j'entends l'horloge en bronze doré du salon carillonner l'heure. Ce tintement métallique et joyeux me ramène plus loin que mon plus ancien souvenir. Il a rythmé toutes les nuits de mon enfance, bienveillant, et je me retourne, rassurée. Je m'enfonce dans un rêve où ma mère est en train de remonter le mécanisme quand je me redresse d'un bond, faisant gémir le lit. Je n'ai pas remonté l'horloge.

*

Le lendemain matin, je te trouve en bas de l'escalier de la terrasse, pieds nus dans l'herbe haute. J'abrite mes yeux du soleil aveuglant qui m'agresse, la tête lourde du manque de sommeil.

« J'ai trouvé la piscine ! me cries-tu, toute joyeuse. Je ne savais pas qu'il y en avait une. C'est génial ! »

Tu l'avais oubliée. J'essaie de sourire : tant mieux. Je me force à te répondre :

« Voyons si on peut la remplir, ce n'est pas impossible si la pompe marche encore. »

Tu es une excellente nageuse, j'ai veillé à ce que tu le deviennes. Je t'ai payé des années de leçons dans une piscine municipale trop chlorée près de notre appartement à Londres.

Tu me regardes bizarrement.

« Elle est déjà remplie. »

Je sais qu'elle a été vidée il y a dix ans quand nous sommes parties définitivement. Ni Camille ni moi n'y avons touché depuis.

Mais bien sûr, tu as raison. L'eau scintille mystérieusement à travers la rangée de pins parasols que mon père, un brin vieux jeu, avait plantés dans les années cinquante pour protéger ses filles des regards. Ce n'est pas le turquoise aveuglant des piscines d'hôtels mais un jade profond et ténébreux. Les jours de mauvais temps, elle me faisait toujours penser à de l'encre verte.

Je m'agenouille au bord et y plonge la main. L'eau, pas encore réchauffée par le soleil, file comme de la soie fraîche entre mes doigts. Quelques feuilles et des insectes flottent à la surface, s'accumulent à l'autre bout. Très peu : quelqu'un a récemment nettoyé la piscine.

Je me demande si c'est Olivier Lagarde qui s'en est occupé. C'est peut-être aussi lui qui a remonté l'horloge du salon. J'éprouve un sentiment très étrange : et si c'était la maison qui, à travers toutes ces choses, voulait seulement nous accueillir ? Peut-être même essayer de nous y retenir…

Je jette un coup d'œil à mon poignet nu.

« Quelle heure est-il ?

– Environ dix heures et demie, je crois. »

Je me relève.

« J'ai rendez-vous avec le notaire à onze heures, au village.

– Je reste ici. »

Je marque un temps d'arrêt.

« Je pensais que tu voulais aller à l'hypermarché. Si oui, il faut que tu viennes avec moi. J'irai sur le chemin du retour. »

Tu me suis dans la maison, un peu grognon, mais je sais qu'au fond ça t'est égal. Tu n'as jamais été du genre à m'opposer beaucoup de résistance. Mon adorable fille docile.

*

Une seule autre table est prise au café du village : un couple, très probablement néerlandais, tout en longues jambes et matériel de randonnée.

« Ma chérie, si tu allais faire un tour au tabac en face ? (Je te tends un billet de dix francs tout neuf.) Va acheter des cartes postales. Le notaire et moi, nous parlerons français. »

Tu plisses les yeux, un peu vexée, mais tu t'éloignes quand même au moment où le serveur arrive.

Olivier Lagarde fait son apparition au moment où tu entres dans le magasin de l'autre côté de la place. Il est bien plus bel homme que je ne m'y attendais d'après mon vague souvenir de son père. Il fait déjà chaud et il a retroussé les manches de sa chemise ; ses bras bronzés contrastent avec le coton blanc aveuglant et le chrome de sa montre. Il me serre la main avec fermeté et chaleur. Je vois la Néerlandaise le regarder s'asseoir, fascinée, et l'idée qu'elle puisse nous prendre pour un couple me donne un petit choc.

« Madame Winters, merci d'être venue me voir aujourd'hui. »

Son sourire est spontané, sincère, son regard appuyé quand je le croise.

« Je vous en prie, appelez-moi Sylvie, lui dis-je en détournant les yeux la première. Et je m'appelle de nouveau Durand en fait, je suis divorcée.

– Bien sûr. Sylvie, donc. Je suppose que vous avez vu les dégâts maintenant. Ce n'est pas bien grave. J'espère que ma lettre était claire. Je ne voulais pas vous inquiéter inutilement. Mais vous avez eu de la chance. Cela aurait pu être… »

Il étend les mains. Pas besoin d'expliquer ce qui aurait pu se passer.

« Est-ce que la police sait qui a fait ça ? »

Il hausse les épaules.

« Des jeunes désœuvrés, qui d'autre ? Cela se passe tout le temps à la campagne. Surtout quand les gens savent qu'une maison est vide.

– On a arrêté quelqu'un ? »

Il secoue la tête.

« La police n'y voit qu'un incident mineur. Ils n'ont pas trouvé de signes d'effraction. Je suis désolé, mada... Sylvie, mais ça ne les intéressait pas. L'un d'eux a dit que c'étaient probablement les fils Gattaz. »

Je hoche la tête. C'est un nom qui ne m'avait pas effleurée depuis l'enfance. Ce nom et le français qui me revient si facilement me libèrent et m'enracinent à la fois. Ou plutôt, non, m'emprisonnent. Je me demande si c'est ce que je vais désormais vivre : la descente inexorable dans le passé, mes années anglaises qui s'estompent avant de disparaître à l'horizon.

Je bois une gorgée de mon café : serré, amer et délicieux.

« Je ne me souviens pas de vous. Je veux dire, de quand j'étais petite.

– Non, je suis allé à l'école à Avignon. Je vivais chez ma tante pendant la semaine. Mon père a insisté mais vous voyez comment ça s'est terminé. (Il a un sourire désabusé.) J'ai pourtant quand même fini ici.

– Monsieur Lagarde...

– Je vous en prie, si je dois vous appeler Sylvie, il faut que vous m'appeliez Olivier. »

Il sourit de nouveau comme si nous venions de partager un moment intime. Il me vient à l'esprit qu'il essaie peut-être de flirter, mais je suis si rouillée que je n'arrive pas à en être certaine.

« D'accord, dis-je en inclinant la tête. Olivier, je vous ai expliqué au téléphone qu'il est peut-être temps que nous vendions La Rêverie. Nous avons repoussé la décision, ma sœur et moi, et je ne sais plus trop pourquoi. Cet incident est peut-être le signe qu'il nous fallait pour franchir le pas.

– Je peux vous aider à vendre si c'est ce que vous désirez. Je peux vous mettre en contact avec quelqu'un chez Century 21, Martine. Elle fait du bon travail. Mais je vous préviens que le marché stagne en ce moment. La vieille ferme Pelletier est vide depuis deux ans. »

Il attire l'attention du serveur et me regarde d'un air interrogateur.

« Vous prendrez un autre café ? »

Je me surprends à acquiescer et il lève deux doigts.

« C'est le meilleur moment de l'année pour les touristes, au moins, reprend-il, détendu. Il se pourrait que des gens comme eux – il m'indique le couple de randonneurs – décident qu'ils ont envie d'un petit bout de France. Cinq belles chambres, un grand jardin avec piscine : ce serait la maison de vacances idéale pour une famille. Même si nous sommes un peu hors des sentiers battus, ici. Une heure plus près de la côte, les choses seraient plus faciles... J'ai dit la même chose à votre sœur quand nous nous sommes parlé. »

Le soleil s'est déplacé et m'arrive en pleine face. En me rapprochant un peu d'Olivier pour échapper à ses rayons, je cogne la table. Il la retient d'une main.

« Désolée », dis-je à mi-voix, consciente de mes joues qui s'enflamment.

Je me retrouve absurdement à me demander laquelle de nous deux lui plairait davantage : Camille ou moi ? Ta tante était l'archétype même de la Parisienne bien avant de la devenir. Elle a toujours regardé de haut les femmes du village, qui se consacraient à leur foyer et, avec l'âge, laissaient leur taille s'épaissir et se teignaient mal les cheveux. Je ne l'avais jamais vue autrement qu'impeccablement maquillée depuis ses dix-huit ans. Je passe une main dans mes cheveux en bataille et me force à revenir au moment présent.

Je te vois sortir du tabac de l'autre côté de la place et faire tourner le carrousel de cartes postales.

« Est-ce que je peux me permettre, Sylvie ? »

J'attends en espérant qu'il ne va pas dire ce que je redoute.

C'est la première fois que je le vois hésiter.

« Je voulais juste vous dire que je suis désolé pour... votre perte. J'espère que vous ne m'en voudrez pas, mais après ce qui s'est passé dans la maison, je pensais qu'il serait étrange de ne pas vouloir vendre. »

C'est pour cela que je ne désirais voir personne qui me connaissait d'avant. Olivier me semble tout à fait sincère mais je sais comment sont les gens du village : toujours assoiffés de commérages, ils n'hésiteront pas à combler les trous avec des spéculations et des conjectures. Je me demande ce qu'ils ont inventé sur nous, quelles rumeurs ont persisté et de quoi ils se sont désormais convaincus.

« Merci, c'est gentil de votre part. Mais... je préférerais que vous ne disiez rien de tout ça devant ma fille. Devant Emma. Elle ne sait pas tout... ce qui s'est passé ici. À propos de l'incendie, celui d'il y a dix ans. »

Il acquiesce et nous finissons notre café en silence. Je suis contente de te voir approcher en gambadant, les cheveux éclatants au soleil, un sachet en papier dans une main, une glace au chocolat dans l'autre.

« Il n'est même pas midi ! »

Je me suis exclamée en anglais et Olivier rit, probablement soulagé que la tension se relâche. Je lui souris et, d'un coup, la gêne se dissout. Je ne peux pas m'en empêcher, il me plaît.

« J'adore cet endroit ! (Tes yeux brillent, implorants.) J'espère que la vente de la maison prendra une éternité !

– Pas de problème, mademoiselle, dit Olivier avec un grand sourire avant de repasser à l'anglais qu'il parle avec un fort accent. En France, ces choses-là prennent toujours beaucoup de temps. »

*

Épuisées par la taille de l'hypermarché, nous sommes toutes les deux allongées au bord de la piscine à deux heures de l'après-midi. Le soleil est féroce, il semble nous écraser de tout son poids, presque aussi débilitant qu'une maladie. Je sais que j'ai mille choses à faire mais mes membres se sont liquéfiés. Je sens mon espoir de repartir à la fin de la semaine s'envoler, hors d'atteinte.

Je traîne le seul parasol encore fonctionnel pour qu'il te protège et déplace ma chaise longue à l'ombre dentelée du laurier-rose. Je ferme les yeux, des taches de lumière éclosent, rouge pâle, à travers mes paupières. Je suis sur le point de m'assoupir quand j'entends crier. Je me lève d'un bond et fonce vers toi sans réfléchir, le cœur qui s'emballe, mais tu n'as pas bougé. Tu dors encore, tes écouteurs vissés sur tes oreilles bruissent toujours.

J'ai dû rêver, vacillant au bord du sommeil. Je m'étends de nouveau, incapable de me calmer, l'écho de ce cri fantôme flottant encore dans l'air lourd. Je le reconnais. C'est la même voix qui murmurait à mon oreille sur la route du Sud. Une voix de jeune fille, mélodieuse mais filetée d'acier.

Je retourne à la maison et mes yeux sont attirés par la porte de la souillarde. Je franchis le seuil, saisie par le carrelage glacé sous mes pieds nus après le jardin torride. Y pénétrer est comme patauger dans l'eau d'une rivière et mes bras se couvrent de chair de poule alors que j'inspecte de nouveau les moisissures, en quête d'indices cachés dans leurs motifs.

Je suis sûre qu'elles ont empiré depuis la veille : les marques noires commencent à s'étendre autour de la petite fenêtre comme une plante rampante, sombre, aux feuilles floues. J'ai acheté un aérosol qui devrait les dissoudre mais je n'ai pas envie de rester ici. Ma nuque se hérisse comme lorsqu'on se sent observé, même si je sais que suis seule.

Je referme la porte quand quelque chose bouge devant la fenêtre. C'est si bref que je ne distingue même pas une forme, plutôt une diffraction du jeu de la lumière, là-bas, près de la grange.

Une vieille porte à la peinture blanche écaillée se cache dans la haie envahissante qui borde la pelouse. Scellée par la rouille, elle s'ouvre avec difficulté. On dirait que personne ne l'a poussée depuis notre départ, ce qui, au lieu de me rassurer, ne fait qu'ajouter à ce sentiment d'étrangeté onirique dont je ne peux me défaire d'un lieu à la fois abandonné et vivant, semblable à ces courants chauds et froids dans la mer.

Le carré de terre battue qui sépare la maison de la grange est probablement encore plus chaud et desséché que le jardin. Je n'entre pas dans la grange. Je connais déjà l'étendue des dégâts que j'y trouverais.

J'abrite mes yeux pour observer l'allée sinueuse qui conduit à la route. Je n'y vois pas d'empreintes de pas mais, plus loin, quelque chose soulève un nuage de poussière ocre. Là-bas, sur la route principale, le bourdonnement d'un moteur de mobylette s'éloigne, bientôt inaudible. Une fois l'air redevenu limpide, tout est immobile, brûlant sous l'éclat du soleil de l'après-midi. Seule la chaleur fait miroiter au loin les collines bleues tel un mirage.

*

Le crépuscule estompe les couleurs du jardin. Nous venons de finir un long dîner composé de tomates, de fromage et de pain. Un passant ne verrait qu'une mère et sa fille se détendre au premier jour de leurs vacances. Pourtant, j'ai les épaules raidies par la tension.

Tu ne sembles heureusement pas t'en être aperçue. Mais je me trompe peut-être parce que tu t'étires et bailles bruyamment.

« J'pourrais m'habituer à cette vie, dis-tu de cette voix chevrotante qui me fait toujours rire. Qu'en penses-tu, ma chérie ? Si on restait ? »

C'est l'un de nos jeux favoris : nous faisons semblant d'être un couple de vieux retraités qui se délecte de petits plaisirs. Nous y jouons chez nous pendant que je prépare le dîner. Tu t'y prêtais moins volontiers ces derniers temps et ça me manquait, ce côté excentrique que tu ne révèles à personne d'autre. Je suis ravie mais tente de ne pas trop le montrer.

« Si tu te plais ici, mon chéri, dans ce cas, moi aussi !

– Tu es bien bonne. Je n'aurais pas pu rêver meilleure épouse pendant toutes ces années. »

Nous sommes prises d'un fou rire irrépressible qui nous réduit presque aux larmes. Je tire sur ma manche pour m'essuyer les yeux et nous laissons un silence apaisant nous envelopper.

« Est-ce que tu crois aux fantômes ? » me demandes-tu soudain. Ce changement d'humeur m'arrache à mon bonheur comme une gifle. Je tends la main vers le rosé de Bandol pâle que j'ai ouvert cet après-midi. Je bois très rarement à Londres.

« Aux fantômes ? » Ma voix tremble légèrement. « Non, je ne pense pas. Pourquoi, tu en as vu un ? »

Mon ton se veut léger mais le point d'interrogation résonne trop fort.

« Non, je me demandais juste.

– Tu as entendu de drôles de bruits ? Souviens-toi, c'est une vieille maison, en plus, c'est l'été. La chaleur fait tout craquer.

– C'est pas ça.

– Quoi, alors ? »

Tu hausses les épaules.

« Juste qu'il y a des endroits qui... Je ne sais pas. Comme ici. La maison est vieille, bien sûr... mais il n'y a pas que ça. Notre appartement date du dix-neuvième mais je ne peux pas m'imaginer y voir une apparition.

– Mais ici, oui ? »

Tu hausses de nouveau les épaules.

« Est-ce que tu vas commencer à trier nos vieilles affaires demain ? me demandes-tu au bout d'un moment. Je peux t'aider si tu veux.

– Tu es un amour de proposer, ma chérie, mais je pense que ce sera rasoir et poussiéreux. Je pensais que tu voulais bronzer. »

Je garde un ton neutre parce que je ne veux pas que tu fouilles partout. Je ne sais pas sur quoi tu risques de tomber ou comment je répondrais à tes questions si tu découvrais quelque chose.

Tu enfonces les doigts dans ton bras.

« Cette peau terreuse ne va jamais bronzer. Je suis déjà rose, comme Papa. » Tu me regardes droit dans les yeux. « Tu ne veux pas que je t'aide ? »

Tu me testes et ce n'est vraiment pas ton genre. Par accord tacite, nous ne parlons d'elle qu'indirectement. Je t'ai pourtant souvent surprise à contempler cette photo accrochée au mur dans l'entrée, à Londres, la seule de ta sœur. Je suppose que tu te tais pour ne pas me faire de peine et je t'ai laissée croire que c'était aussi simple que ça. Mais ici, les choses pourraient changer. Ce n'est peut-être que le début, des plaques tectoniques bougeront juste assez pour déclencher les premières secousses.

« Tu peux m'aider si tu veux, dis-je d'une voix neutre.

– Est-ce qu'il y a encore beaucoup de choses qui lui appartenaient ? »

Ce n'est pas moi que tu regardes mais le jardin qui s'assombrit. Tu t'es versé une goutte de rosé sans me demander la permission, j'ignore quand.

« Je… je ne sais pas trop. »

C'est la vérité. Je ne me souviens pas de ce que j'ai jeté ou non. Alors que tant de mes souvenirs d'il y a dix ans sont d'une netteté extraordinaire, d'autres se sont effacés.

« Je comprends que tu n'aimes pas parler d'elle, Maman, reprends-tu en buvant ton vin d'un coup. Mais je ne vois pas comment nous pouvons l'éviter. Ce serait quand même bizarre, non, maintenant que nous sommes ici ? C'était ma sœur mais je ne sais quasiment rien d'elle. Elle est morte, Papa et toi vous vous êtes séparés, et nous avons déménagé à Londres. C'est tout. »

Je ne réponds pas, incapable de penser, soudain sonnée par les battements du sang dans mes oreilles.

Tu te lèves et passes tes bras autour de mes épaules.

« Je t'en prie, ne te fâche pas, murmures-tu, un souffle chaud dans mon oreille. Tu peux me dire des choses, tu sais. Je suis grande maintenant.

– Mais pas encore une adulte. »

Ma réponse a fusé plus sèche que je ne l'aurais voulue, alors que je pense vraiment : « Tu es encore ma petite fille. Ta sœur, à treize ans, était tellement plus mûre que toi. »

Tu te redresses, vexée, et retires ta main quand j'essaie de la prendre.

Je sais que je devrais tout t'expliquer. On pense toujours qu'il y aura un meilleur moment et puis il est trop tard. Mais je ne me crois pas capable de le faire maintenant.

Nous ne disons rien ni l'une ni l'autre et j'écoute les bruissements du jardin qui se prépare pour la nuit.

Tu m'examines un moment, effleures d'un doigt le rebord de ton verre.

« Penses-tu que son fantôme pourrait être ici, à La Rêverie ? »

Les mots que tu as lâchés tournoient dans l'obscurité, lumineux et irréels comme une phosphorescence. Autour de nous, perceptible seulement à qui le connaît aussi bien que moi, le jardin exhale un doux soupir.

1968

Élodie est conçue à Paris, en plein milieu des manifestations étudiantes : le glorieux chaos de Mai 1968. Son père dit que notre premier enfant sera « tout feu, tout flamme », forgée comme elle l'a été sur le bûcher de la vieille France conservatrice.

Nous sommes nous-mêmes étudiants ou l'étions tout du moins encore récemment. Nous louons des chambres au quatrième étage d'un immeuble du sixième arrondissement, au plâtre écaillé sur son ossature Belle Époque. Greg a décroché de justesse sa licence de sciences politiques tandis que j'ai abandonné mes études à Londres pour vivre ici avec lui. Il m'a convaincue de leur peu d'importance. « Un diplôme n'est qu'une feuille de papier, me dit-il, quand je m'en inquiète, ses longs doigts de pianiste dessinant des cercles autour de mon nombril, c'est juste un autre moyen pour l'establishment d'opprimer les gens et de les contraindre à mener une demi-existence conventionnelle. Ce qui compte c'est ça. » D'un geste, il me montre la ville qui s'étend derrière nos hautes fenêtres veinées de poussière. « La vraie vie. »

Nous sommes soi-disant venus à Paris pour lui permettre de mieux connaître mon pays d'origine. Il avait aimé apprendre le français jusqu'au bac et passé des vacances en France enfant : des semaines revigorantes sur les plages du nord de la Bretagne où il avait vécu sa première expérience érotique. Je pense parfois à elle, cette lointaine Madeleine qui avait envoûté un Greg adolescent au début des années soixante et instillé en lui un faible pour les filles françaises. C'est ce qui l'avait fait se diriger sans hésiter vers moi alors que j'étais assise au bar de l'amicale des étudiants, un sombre après-midi d'hiver, à siroter un demi de blonde, faisant semblant de ne pas avoir le mal du pays dans ce Londres glacial et d'aimer la bière anglaise. Sans Madeleine, il serait peut-être passé sans me voir et aurait fini par épouser une Anglaise. Et moi ? Je serais peut-être rentrée dans mon village et aurais épousé un brave garçon du coin, me débarrassant de Londres aussi facilement que de la crasse sous la douche. Quand je pense à tout ça, au destin et à ses caprices, à comment nous aurions pu nous rater de si peu, j'en ai le vertige.

Greg a voulu venir à Paris en partie à cause de l'agitation croissante. Il avait entendu parler de la faculté de Nanterre, fermée après des affrontements entre les autorités et les étudiants. Je me moque de lui et de ses efforts pour évacuer ses origines petites-bourgeoises, jouer les mauvais garçons. Ses pauvres parents sont horrifiés de voir leur brillant fils sortir des rails et s'enfuir à Paris avec sa petite amie étrangère.

On est bientôt en juillet et la ville commence à enfler avec l'arrivée des touristes habituels, à étouffer de chaleur. Les émeutes se sont épuisées. Nous abandonnons nos piaules et prenons un train direction le Sud pour qu'il puisse rencontrer mes parents. Tandis que nous traversons bruyamment les vastes étendues de mon pays, un goût de vieille pièce de monnaie me monte à la bouche parce que je suis enceinte de près de trois mois. Je tends la main vers mon nouvel époux et nos doigts s'enlacent. Nous sommes mariés depuis vingt-deux heures. Quand je me suis retrouvée enceinte, sa suggestion de passer devant le maire m'a surprise. Je m'attendais à ce qu'il dise que de telles conventions ne s'appliquaient pas à nous.

Je suis de nouveau étonnée qu'il aime La Rêverie, le village, et même mes parents. Je craignais qu'il ne les trouve guindés, conformistes. Je redoutais secrètement qu'il n'attaque mon père, pendant le dîner, sur son catholicisme. Mais il n'en fait rien, il succombe facilement à leur exotisme comme au doux enchantement de la maison.

Les mois s'écoulent paisiblement et nous n'abordons même pas la question de notre retour à Paris ou à Londres. Nous préférons rester dans ma maison natale. Alors que des lignes argentées se dessinent sur mon ventre qui gonfle et que des îlots de peau plus sombre apparaissent sur mes pommettes, je me sens dans une sorte de paradis : je passe des journées oisives, une vie ouatée, étincelante des couleurs de l'arc-en-ciel. Ma mère tricote de minuscules vêtements avec la laine la plus douce et je peins des animaux de la jungle sur les murs de la pièce où dormira le bébé.

Alors que l'été s'estompe, remplacé par l'automne puis l'hiver, je deviens impatiente de la rencontrer. Je sais sans le moindre doute que ce sera une fille. Quand elle me donne des coups de pied, je soulève mon chemisier et regarde ses talons faire onduler ma peau. L'excitation tourbillonne en moi à l'idée que je soupèserai bientôt ses petits pieds dans les paumes de mes mains.

Je ne ressens aucune appréhension, juste de l'anticipation. Une nuit, trop gênée par mon ventre pour dormir, je lui souhaite d'être belle et intelligente, les doigts croisés sous les couvertures. Le matin, je me tourne vers Greg couché à côté de moi, appuie mes lèvres contre son épaule nue.

« J'ai pensé à un nom pour elle, lui dis-je en repoussant d'une caresse la longue frange qui tombe sur ses yeux. Je l'ai rêvé. Ce sera Élodie. »

1993

Ce sont peut-être tes histoires de fantômes qui m'attirent dans sa chambre après dîner. J'ai trop bu aujourd'hui et je me sens tanguer légèrement alors que je monte l'escalier. Arrivée sur le palier, je sens mon estomac se nouer.

J'ai trouvé une vieille réserve d'ampoules dans la cuisine et je remplace facilement celle du couloir, éclairée par la lumière des autres pièces. Je me dis que je ferais mieux d'attendre demain matin pour changer celle de la chambre d'Élodie mais je ne résiste plus à l'envie d'y entrer, éperonnée par l'alcool.

J'apporte une chaise, comme si je faisais tous les jours ce genre de corvées, et monte dessus en chantonnant pour calmer mes nerfs à vif, feignant la désinvolture. Je cherche la douille à tâtons dans l'obscurité, effleure la vieille Bakélite qui commence à se balancer. Je tente de l'attraper au vol, mais au deuxième essai, je touche une partie du câble non isolée, rien qu'une fraction de seconde. Une violente secousse, un énorme choc résonne en moi.

Quand j'ouvre les yeux, je suis étendue par terre, sur le dos, la douille oscille au plafond et une faible musique me parvient d'en bas. Je me demande si c'est une invention de mon cerveau électrocuté mais tu hausses soudain le volume. Ça ne peut être que toi bien sûr, même si j'en doute un instant.

Je connais cette chanson par cœur. Pourtant ça fait longtemps que je ne l'avais pas entendue. Le premier couplet plaintif de « Good Vibrations ». Soleil, cheveux et parfum. Je ne l'écoute jamais : je m'étais même enfuie d'un magasin, abandonnant mes courses aux premières notes tant le souvenir était douloureux ; c'était de loin sa préférée. Je la réentends après si longtemps, les harmonies s'élèvent et s'entrelacent comme des esprits enjôleurs qui demandent qu'on les laisse entrer. Je dévale l'escalier, me précipite pour lever le saphir, rayant tout le disque.

« Maman, qu'est-ce que tu fais ? »

Tu hésites entre l'étonnement et l'exaspération.

« Désolée. Je voulais juste... »

Je suis sauvée par le téléphone. Sa sonnerie aiguë me fait sursauter. Je décroche d'une main tremblante, j'ai un début de migraine. J'espère entendre la voix mélodieuse d'Olivier ou même celle plus brusque de Camille qui, comme à son habitude, me secouerait. Mais c'est ton père, et il n'a jamais été rassurant en temps de crise.

« Qu'est-ce qui ne va pas ? On dirait que tu as trop bu.

– En fait, je viens juste de tomber. J'essayais de changer une ampoule.

– C'est une blague ou quoi ? rit-il.

– Tu m'as appelée juste pour sous-entendre que je suis une idiote ?

– Non, répond-il, piqué. J'ai appelé parce que je n'avais pas de nouvelles. Tu m'avais promis de téléphoner quand tu arriverais. Ça fait maintenant deux jours. »

Deux jours ? J'ai l'impression d'être ici depuis des semaines. Je me force à m'excuser.

« Je suis désolée. Nous avons été très occupées. J'allais le faire.

– Alors, me demande-t-il prudemment, c'est comment ?

– Exactement comme avant.

– Et tu n'as que des mauvais souvenirs ou est-ce que tu as réussi à en déterrer quelques bons ? »

Je te cherche des yeux mais tu es allée à la cuisine.

« Tu dis ça comme si je ne voulais que les mauvais.

– C'est l'impression que tu m'as parfois donnée.

– Nous n'y sommes pour rien, Greg, dis-je à mi-voix. Nous ne sommes pas responsables de ce qui est arrivé. »

Je l'entends prendre une longue inspiration et je m'attends à un soupir d'impatience mais je reconnais le tremblement qui signifie qu'il est au bord des larmes.

« Écoute, si tu disais un mot à ta fille ? Elle est à côté. »

Un ange passe et je sais qu'il croit, une fraction de seconde, que je parle d'Élodie. Je pense que c'est pour ça que j'ai dit « ta fille » plutôt que ton prénom : l'envie de lui transmettre dans le combiné un peu de ce que je ressens dans cette maison, de le lui siffler à l'oreille.

Tu m'arraches le téléphone. Je t'entends dire « pas grand-chose » alors que je me dirige vers les portes-fenêtres entrouvertes qui laissent passer un ruban d'air frais nocturne.

« Juste lézarder au bord de la piscine. »

Je sors dans le jardin qui sent les fleurs de laurier-rose et la poussière chaude. Il y a une lune nouvelle, un mince croissant qui me rappelle la cicatrice qui s'incurvait au-dessus du sourcil droit d'Élodie.

« J'ai fait de mon mieux », dis-je à ton père dans ma tête où la conversation que nous avons eue tant de fois continue, toujours selon le même script.

Je m'assois sur la troisième marche et mes doigts vont automatiquement à la petite tache de sang que personne d'autre ne remarquerait. Combien d'autres endroits sont hantés par des souvenirs pénibles ? Tant de signes infimes qu'on ne peut s'empêcher de fouler, des échardes de verre qui pénètrent petit à petit sous la peau.

La lueur de la lune se répand sur la piscine quand je m'en approche. Je ne regarde pas l'espace sous le laurier. Il y a, là aussi, un peu de sa présence, ou c'est du moins ce que j'ai ressenti ces derniers jours. Une émanation en suspens, comme de la cordite dans l'air. Je murmure :

« Élodie, es-tu revenue ? »

Les grillons, jusque-là silencieux, rugissent soudain.

1969

Elle glisse hors de moi comme un poisson après cinq petites heures. J'ai à peine le temps d'absorber son arrivée qu'on l'emporte, hurlante, les poings serrés si fort qu'ils en tremblent, et je plonge dans un trou noir capitonné de sommeil.

La routine est primordiale dans les maternités françaises. On nourrit les bébés à heure fixe puis on les emmène prestement pour que la mère puisse récupérer et s'habituer à sa nouvelle vie. Pendant huit jours et huit nuits, je suis une patiente modèle, obéis à la lettre aux ordres des infirmières. Je n'implore jamais des tétées ou des câlins plus longs avec mon bébé. Je mange tout ce qu'on me donne et dors le reste du temps. Paradoxalement, je me sens comme une enfant gâtée.

Ils sont contents de moi. « En voilà une qui est vraiment raisonnable », dit l'infirmière à Greg quand il vient nous chercher. Je passe le trajet de retour assise derrière à regarder ma fille dormir. Je pense : je suis mère. Comment est-ce possible ? Elle est si parfaitement calme, ses paupières, coquillages roses, si immobiles, que je me penche pour vérifier qu'elle respire encore.

« Tu crois que les bébés rêvent ? »

J'ai murmuré ma question à Greg qui conduit. Il sourit.

Bien que ma joie soit entrelacée de peur, c'est celle que ressent tout parent, celle qui vous serre douloureusement le cœur et vous rend le monde aussi sublime que dangereux.

Je suis mère.

1993

Tu te glisses dans mon lit peu après deux heures du matin. Tu te blottis tout contre moi, tes pieds glacés s'enroulent autour des miens et je remarque que le vent s'est levé. Quelque part, un volet grince. C'est celui de la chambre au bout du couloir.

« J'ai fait un cauchemar, murmures-tu, et je n'ai pas réussi à me rendormir. La nuit est si noire ici. »

Je te serre dans mes bras. Ta peau est fraîche et j'y sens l'odeur de renfermé des draps.

« C'était juste un mauvais rêve. »

J'espère que tu ne voudras pas me le raconter.

Le volet claque et tu sursautes.

« Je crois que c'est ce qui m'a réveillée.

– Je vais aller le bloquer. »

Je repousse les couvertures et sens la fraîcheur de l'air dans la chambre. Il va bientôt pleuvoir. J'adorais ça, enfant, cette chute brutale de la température au cœur de la nuit. La pluie rendait toujours l'air limpide, et le ciel le lendemain matin était d'un bleu cristallin éblouissant, le jardin bruissant d'une nouvelle vie.

J'essaie d'allumer la lumière dans le couloir mais elle ne marche pas malgré la nouvelle ampoule. Il faudrait probablement refaire toute l'électricité de la maison, qui remonte aux années cinquante. J'avance à tâtons et éprouve une nouvelle sensation de déjà-vu. Comme si on me propulsait tête la première dans le passé : le plancher ciré sous mes pieds et, à ma droite, l'angle précis de la cage d'escalier obscure me sont si intimement familiers que les années écoulées semblent une fiction.

J'hésite sur le seuil de sa chambre et le volet claque de nouveau. La porte grince bruyamment quand je l'ouvre. La seule lumière vient de l'orage dehors, des éclairs intermittents alors que la persienne se balance d'avant en arrière. Au loin, le tonnerre gronde.

Je m'approche, tourne la poignée de la fenêtre qu'une bourrasque projette violemment contre moi. La vitre fine, que le mastic ne tient plus, tremble. Je dois me pencher très loin au dehors pour attraper le volet en espérant que le barreau en bois supportera mon poids. Je le tiens presque lorsqu'un réflexe instinctif me fait reculer dans la pièce et m'éloigner du vide, convaincue qu'il y a quelqu'un derrière moi.

À la deuxième tentative, j'attrape le loquet du volet quand le vent le ramène violemment vers moi. Essoufflée, je le bloque avec difficulté. Je repousse les battants de la fenêtre, tourne la poignée pour bien la fermer. La pluie tombe désormais en trombes et le tonnerre lui répond plus fort. Je t'entends m'appeler de l'autre bout de la maison et je sors de la pièce en courant, les yeux fuyant l'ombre où est plongé son lit.

« Que se passe-t-il, chérie ? »

De retour dans la chambre, j'essaie de ne pas te montrer que je suis à bout de souffle. Tu es à la fenêtre. Dehors, la pluie monte encore d'un cran, un sifflement s'élève de la terrasse en pierre. La foudre nous aveugle un instant.

Tu te tournes vers moi, les yeux écarquillés.

« Il y a des gens dehors. Je les ai vus. »

Le jardin ondule en tous sens : l'eau et le vent martèlent les feuilles, plient les branches. J'essaie de sonder les espaces vides et obscurs entre les buissons et les arbres mais je ne distingue rien.

« Ce n'est rien, juste l'orage. Il n'y a personne. »

Je me retourne vers la fenêtre au moment même où un éclair parfait, à la fourche rosée, illumine la scène comme si quelqu'un prenait une photo avec un puissant flash. Alors que le tonnerre éclate juste au-dessus de la maison, je pense à l'appareil que Greg lui avait acheté à ta naissance et à sa dernière pellicule. Ces horribles photos du même petit visage aux minuscules pupilles rougies par le flash. Le seul mot qui m'était venu à l'esprit : *preuve*.

L'orage s'éloigne, les espaces entre les éclairs et le tonnerre s'étirent tant que je perds le compte des secondes. Tu t'es déjà rendormie et je suis en train de m'assoupir quand je l'entends : le hurlement des moteurs de mobylette, quatre ou cinq au moins, qui se recouvrent les uns les autres comme s'ils faisaient la course. Le bruit, amplifié par l'asphalte mouillé, gonfle puis s'atténue avant de croître de nouveau. Je crois d'abord à un effet du vent qui souffle en bourrasques avant de m'apercevoir qu'il s'est calmé. Je comprends qu'ils font des allers-retours sur le même petit bout de route.

Je m'approche sur la pointe des pieds de la fenêtre qui donne de ce côté et, comme s'ils savaient que je les regarde, l'une des mobylettes quitte la route et s'engage dans l'allée qui mène à la maison. Vers nous. Paralysée, je la regarde s'approcher lentement. À l'instant où elle semble devoir percuter notre voiture, elle opère un demi-tour, accélère et retourne vers les autres en rugissant. Je ne sais pas combien de temps je reste là, incapable de bouger, à regarder la lumière blanche et froide de leurs phares mitrailler sans répit les champs sombres, la maison, mes mains toujours agrippées au rebord de la fenêtre.

1969

Bien que nous vivions avec mes parents, on dirait que nous sommes, tous les trois, mère, père et enfant, les derniers survivants sur terre. Nous sommes inséparables, même la nuit : Greg a installé le berceau dans notre chambre. Ma mère désapprouve de manière discrète à demi-mot, nous prévient que nous nous donnons le bâton pour nous faire battre, mais nous lui répondons par un sourire. Nous savons mieux qu'elle, c'est ce que Greg et moi pensons secrètement.

Il y a tant d'amour en moi que j'éprouve un sentiment permanent de satiété. Je dois me rappeler de manger, de boire un grand verre d'eau après avoir tiré mon lait. Voilà bien le seul petit nuage à l'horizon : il semblerait que je n'arrive pas à allaiter Élodie. Elle refuse de prendre mon sein, détourne la tête alors même que son tout petit estomac crie famine. J'ai pleuré deux ou trois fois dans les bras de Greg qui me berce et me calme comme si c'était moi le bébé. Il me rappelle que c'est toujours mon lait même si elle ne l'accepte que dans un biberon.

Je le regarde quand il est avec notre enfant et, même si je ne le dirais jamais de peur de l'offenser, je m'émerveille de le voir si bon père. Je savais qu'il aimerait notre fille mais supposais qu'il le ferait de loin. Comme ses amis : ces pères des années soixante aux cheveux longs, aux idées radicales, qui soutenaient qu'ils ne ressembleraient jamais à leur propre géniteur jusqu'à ce qu'on leur demande de mettre la main à la pâte.

Mais pas lui. Il est tombé amoureux d'elle, je suppose. Je n'aurais jamais cru pouvoir supporter de le voir aimer quelqu'un autant que moi mais c'est elle, donc cela ne me dérange pas.

1993

Quand je me réveille le lendemain matin, le lit est vide à côté de moi, un seul long cheveu enroulé sur l'oreiller. Je m'assois et retourne le réveil. Il est de nouveau tard.

Dehors, il fait un temps magnifique, seules quelques branches mortes dans l'herbe témoignent de l'orage. Tout semble régénéré, le jardin bourdonne de vie. Je me souviens des mobylettes, mais la menace qu'elles évoquaient de nuit, telle une meute de loups qui nous encerclait, semble atténuée par le soleil. Juste des adolescents désœuvrés.

Je me dirige vers la piscine et suis choquée de t'entendre parler alors que nous sommes seules ici. Pendant un pénible instant, cela me ramène à nos premiers mois à Londres quand, un après-midi, la remplaçante de ton institutrice m'avait convoquée. « Emma s'adresse à une amie imaginaire, m'avait-elle informée alors que nous étions toutes les deux inconfortablement assises à l'une des petites tables de ta classe. Elle dit qu'elle s'appelle Élodie. » J'avais dû lui expliquer qu'il y avait eu une grande sœur et la pauvre femme avait rougi jusqu'à la racine des cheveux.

Je m'approche de la piscine et vois que tu parles à un garçon armé d'une longue épuisette. Vous me tournez tous les deux le dos. Il mesure une tête de plus que toi et, bien que fluet, paraît visiblement plus âgé : dix-huit ou dix-neuf ans. Il sent ma présence, se retourne, et son visage me frappe par sa familiarité. Je ne dis pas un mot, figée.

« Luc. Luc Martin. » Il repousse ses cheveux qui lui tombent sur les yeux et s'avance pour me serrer la main à l'anglaise.

« C'est Luc qui s'est occupé de la piscine, m'annonces-tu, aux anges. Il parle vraiment bien anglais. » Tu lui jettes un coup d'œil furtif pour voir s'il apprécie le compliment, mais il ne m'a pas quittée des yeux. Je me demande ce qu'on lui a dit de cette voisine qui a abandonné sa maison pendant si longtemps.

« Luc. Bien sûr, lui dis-je enfin en français. Comme tu as grandi ! Tu n'étais qu'un petit garçon la dernière fois que je t'ai vu. »

Il sourit, légèrement embarrassé. Tu nous regardes tour à tour, essayant de comprendre notre échange.

« C'était très gentil de ta part de t'occuper de la piscine, mais comment savais-tu que nous arrivions ? »

Son sourire s'efface et il ne répond pas tout de suite.

« Oh, c'est mon père. »

Je remarque pour la première fois que ses cheveux et son short sont mouillés. Il a dû se baigner avant que tu n'arrives. Je ne sais pas si ça m'embête ou non.

« Oui, c'est lui, poursuit-il d'un ton plus décidé. Il a entendu dire que vous reveniez. Il pensait que nous devrions la nettoyer et la remplir. »

Il s'ébouriffe les cheveux. Son geste, semblable à celui de Laurent au même âge, m'ébranle profondément ; je suis de nouveau déphasée, hors du temps.

« Je devrais te donner quelque chose pour te remercier. »

Il secoue la tête, maintenant détendu.

« Pas de souci, j'aime venir ici. Et Papa ne vous laisserait pas faire de toute façon. Si je n'étais pas chez vous, il me forcerait à travailler dans les champs et je préfère de loin m'occuper de votre piscine.

– Bon, très bien, si tu en es sûr. Merci. Comment va Laurent ? Et ta mère, bien sûr. »

Annette Martin ne m'a jamais aimée. Quand nous étions jeunes, dans la même classe, elle était jalouse que Laurent me préfère, que je sois son premier amour, elle le convoitait déjà. Plus tard, je crois que c'est parce que je suis partie à Londres et que je me suis trouvé un Anglais, comme si je me considérais supérieure, trop bien pour les hommes de chez nous. Nous avions tous essayé de devenir amis pendant un temps : quand Élodie était petite, ton père et moi avons dû traverser le champ qui séparait nos propriétés une demi-douzaine de fois, Élodie dans une écharpe sur le dos de Greg, le soleil bas sur les rangées soignées de vignes.

Un soir, alors que j'essayais de faire la conversation, je lui avais confié que j'étais épuisée par les nuits de sommeil haché qui accompagnent la venue d'un bébé. Laurent et elle n'avaient pas encore d'enfants à cette époque, Luc est arrivé bien plus tard. Elle ne m'a montré aucune sympathie. « Parce que tu te pensais différente de toutes les autres femmes avec un nouveau-né ? » m'avait-elle lancé en me tournant le dos pour aller rejoindre les hommes au salon. Elle avait parlé trop bas pour qu'ils l'entendent. Elle avait flirté de façon éhontée avec Greg ce soir-là, même s'il en était manifestement gêné.

Je cligne des yeux, de retour au présent, et remarque que Luc me contemple d'un œil admiratif. Tu serais normalement embarrassée de me voir aussi distraite, mais tu es trop occupée à l'observer pour t'en soucier. Je ne peux pas t'en vouloir : il a la beauté fugace qu'ont parfois les adolescents, un an ou deux à peine, avant de s'épaissir et de devenir des hommes.

Je me dis qu'il sera probablement ton premier véritable béguin et ne sais pas trop quoi ressentir. Surtout de la nostalgie pour ta petite enfance, je crois ; pour celle que j'étais quand j'éprouvais les mêmes sentiments pour Laurent ; pour l'époque avant que Greg et moi ne nous égarions. Avant tout ça.

1969

Ses yeux sont d'un bleu sombre brumeux à sa naissance. Il n'y a là rien d'inhabituel, au contraire même, mais je ne connais pas de bébés et n'ai encore jamais vu cette couleur. Le mot qui me vient à l'esprit est « insondable », non seulement comme les océans bien trop profonds pour qu'on puisse les mesurer, mais aussi dans son autre sens, plus abstrait : impénétrable, une énigme.

Quand elle se tournait et se retournait dans mon ventre, je la savais amarrée. Une extension de moi-même. Je comprends qu'elle est devenue une personne à part entière en quelques mois, même si elle doit encore compter sur moi pour sa survie. Ces derniers temps, j'ai éprouvé un sentiment des plus étranges, comme si elle m'en voulait de cette dépendance, bien qu'elle ne soit pas encore capable de soulever le poids de sa propre tête.

Par bien des côtés, la maternité reste toujours pour moi un état mystérieux et insaisissable. Je m'attendais à être tout pour mon bébé : la silhouette floue que ses yeux chercheraient, la voix qui la calmerait aussitôt. Je pensais que l'instinct l'emporterait, que ce ne serait que joie, épuisement et protection féroce d'un être aussi démuni. Et tout cela existe. Je n'avais tout simplement pas anticipé sa propre force, la puissance distincte de sa présence. Il me semble parfois que je dois la séduire, gagner son approbation.

Il y a une quinzaine de jours, son iris gauche a commencé à changer. Une tache d'ambre, comme une pièce de monnaie brillant au fond d'un puits, s'est étendue jusqu'à en effacer tout le bleu qui s'y trouvait à sa naissance. L'autre œil refuse résolument de changer, bien que je vérifie tous les jours. Mis à part leur couleur, je n'y lis jamais la moindre expression. Ils semblent ne jamais parvenir à se fixer sur moi ou quoi que ce soit d'autre. Je me fais tant de souci que je la ramène à l'hôpital pour faire contrôler sa vue.

« Elle voit parfaitement bien, me dit le médecin que j'ai attendu deux heures sous les regards désapprobateurs des réceptionnistes parce que je ne fais pas les choses dans le bon ordre. Aucune raison de vous inquiéter. Bien que… » Il s'interrompt, la tête penchée de côté.

« Quoi ? » dis-je trop vite, essayant de déchiffrer son expression.

Élodie est couchée sur le dos sur un petit matelas de mousse décoré de dessins de voiliers. Le médecin ne répond pas et nous la contemplons tous les deux en silence sans que je sache ce que nous attendons.

Au bout d'une minute interminable, il soulève l'un des minuscules pieds d'Élodie.

« Les bébés bougent tout le temps. Avez-vous remarqué ? Ils sont toujours en mouvement. C'est en partie pour cela qu'ils ont besoin de dormir autant et d'être nourris si souvent. (Il laisse retomber son pied.) Je n'ai jamais vu un bébé aussi immobile.

– C'est mauvais signe ? »

Je résiste à l'envie de le tirer par la manche quand il se tait de nouveau.

– Je suis sûr que ce n'est rien, finit-il par répondre en jetant un coup d'œil à sa montre, qui ne m'échappe pas. Elle a juste probablement un peu de retard. Est-ce qu'elle est née prématurée ? »

Il va à son bureau pour consulter son dossier.

« Non, elle avait deux jours de retard. » Je la prends dans mes bras pour la remettre dans la poussette. Elle pèse de tout son poids, inerte, molle, pas du tout comme un être qui vient à peine de naître. « Pensez-vous qu'il pourrait y avoir quelque chose d'anormal dans son développement ? C'est ce que vous voulez dire ? »

Un autre coup d'œil à sa montre. Il referme le dossier.

« Madame Winters, toutes les nouvelles mères se font du souci, c'est naturel. Votre bébé est en excellente santé. Elle voit à merveille. Rentrez chez vous et demandez à votre mari de vous faire couler un bon bain chaud. Buvez un verre de vin. »

Et d'un sourire, nous sommes renvoyées.

« Tu crois que je suis hystérique ? » dis-je à Camille ce soir-là au téléphone. Greg n'est pas là pour me faire couler un bain. Ces derniers temps, j'appelle ma sœur tous les deux trois jours.

« Bien sûr que non », me répond-elle du ton aussi las que j'aurais pu l'espérer. Contrairement aux grandes discussions que j'ai avec Greg jusque tard dans la nuit sur notre nouvelle condition de parents, l'indifférence de Camille me rassure. « Il faut que tu te tritures moins les méninges et que tu dormes plus. Tu as aussi besoin de changer d'air. Amène-la quelques jours à Paris. »

Mais je n'y vais pas. Je me dis que je n'en ai pas la force mais ce n'est pas la vraie raison. Je ne veux pas lire le malaise que j'éprouve sur le visage de ma sœur. Étrangement, je préfère penser que c'est juste moi qui me fais des idées.

1993

Tu me trouves dans le bureau. Je fais l'inventaire des vieux livres, pour la plupart des poches jaunies que je n'imagine pas relire un jour. Des grains de poussière flottent et virevoltent sur des courants d'air invisibles. J'y ai passé tout l'après-midi : rien que la vieille correspondance de mon père m'a pris des heures à trier et fourrer dans des sacs-poubelle.

« Maman ? »

Je porte une main à ma poitrine.

« Mon Dieu ! Tu m'as fait sursauter. J'étais à des kilomètres. »

Tu te grattes une piqûre d'insecte, l'air préoccupée.

« Dis, on pourrait pas aller faire un tour ? »

Je lève les yeux vers la fenêtre et vois que c'est déjà le soir. Je me rends compte que ça fait un moment que je déchiffre difficilement les titres des livres.

« Tout va bien ? Tu as dû t'ennuyer aujourd'hui, toute seule. » Je te suis dans la cuisine où l'antique réfrigérateur bourdonne bruyamment.

« Em ?

– Non, j'ai juste… » Tu ne finis pas ta phrase, les ongles enfoncés dans la piqûre. Je les retire doucement et résiste à l'envie de te prendre le menton, lever ton visage vers la lumière du plafonnier et te redemander si ça va, si tu t'es souvenue de quelque chose.

L'atmosphère entre ou autour de nous, je ne sais pas trop, s'allège dès que nous quittons le jardin. Les champs qui bordent la maison faisaient jadis partie de La Rêverie, mais mon père a vendu le dernier juste avant de mourir. Ils appartiennent désormais à Laurent depuis plus de vingt ans, et les vignes qu'il y a plantées à la fin des années soixante-dix sont chargées de lourdes grappes de raisin de Carignan, resplendissantes. Exactement comme je m'en souvenais, le soleil bas a transformé les rangées en épais rubans ondulés bruns et verts.

« Tu as bien apporté ton carnet de croquis, non ?

– Ouais, pourquoi ?

– Je me disais juste que tu pourrais venir dessiner ici ou dans le jardin. Il y a une belle vue de la maison de là-bas. »

Je te montre l'endroit, gênée que mes mots semblent forcés. Tu ne lèves pas les yeux. Cela fait maintenant deux ans que je ne sais plus quelle version de toi je trouverai d'un instant à l'autre, s'il me faut t'amadouer ou te cajoler.

« Peut-être.

– Je me disais que, si ça t'intéresse, on pourrait te chercher de vrais cours de dessin à notre retour. »

Tu absorbes mes mots et m'adresses un sourire radieux. Le soleil ressort.

« Vraiment ? Ça serait super. Laura en suit un le mardi soir. Est-ce que je pourrais y aller ?

– S'il n'est pas trop cher.
– Est-ce que je peux l'appeler tout à l'heure ? Je pourrai lui demander le prix. »

J'acquiesce et tu me prends le bras. Au bout d'un moment, je me risque :

« Alors, pourquoi voulais-tu sortir, chérie ? Je crois bien que c'est la première fois que tu proposes une promenade. Je ne reconnais plus ma fille ! »

La plaisanterie tombe à plat et tu l'ignores. Tu te dégages, de nouveau fermée.

« Emma ?
– J'sais pas. Je me suis sentie bizarre tout l'après-midi. Quand j'étais allongée au bord de la piscine avec ma musique, j'avais tout le temps l'impression que quelqu'un me parlait, alors je l'éteignais et… »

Tu me suis en traînant les pieds sur le chemin de terre qui fait le tour du champ. J'effleure ton bras.

« C'est probablement parce que nous avons parlé de fantômes hier soir. Tu es comme moi à ton âge. J'avais toujours ces drôles de sensation. Camille levait les yeux au ciel et m'accusait de faire du cinéma. »

Une tache pâle à l'autre bout du champ se révèle être Laurent. Arrivée à sa hauteur, je vois que sa barbe est maintenant poivre et sel et qu'un petit ventre rebondi tire sur sa chemise et lui donne un air un peu ours.

« Tu es magnifique, Sylvie, me chuchote-t-il à l'oreille quand nous nous embrassons. J'espérais que tu viendrais. Je ne voulais pas déranger. »

Ses yeux n'ont pas changé et j'avais oublié ce mélange délicat d'affection et de culpabilité qu'ils m'ont toujours inspiré.

Je souris.

« Désolée de ne pas être venue plus tôt. Je…

– Ça n'a pas d'importance. »

J'entoure tes épaules d'un bras. Tu fronces un peu les sourcils, tu t'es visiblement sentie exclue par notre conversation en français.

« Et voici Emma », dis-je en anglais.

Il prend ta main entre les siennes, bien plus grandes, et la tapote légèrement.

« Tu es bien une Durand, dit-il avec un accent à couper au couteau. Le même… » Il indique sa bouche.

« Sourire ? »

En réalité, tu n'as rien de ma famille. Avec tes taches de rousseur et ta tendance à rougir, tu ressembles à ton père. Élodie était, elle, mon portrait craché, le même visage en cœur, mes traits dessinés chez elle de façon bien plus exquise, d'une symétrie presque irréelle. Seule exception, la fossette sur sa joue gauche, identique à la mienne : un défaut que les gens trouvaient joli.

« Elle doit avoir le même âge que sa sœur quand… »

Je lui coupe aussitôt la parole en français :

« Merci d'avoir demandé à Luc de nous préparer la piscine. Emma y passe tout son temps. »

Laurent hausse les épaules.

« Luc a dû avoir l'idée tout seul. C'est un bon gars, la plupart du temps. Il m'aide plus que d'autres ne le feraient.

– Comment va Annette ? »

Il penche la tête de côté, tristement.

« Ah, tu la connais. Annette est Annette. »

Je te jette un coup d'œil mais tu regardes ailleurs, de nouveau exclue par notre français trop rapide pour toi. Je n'ai pas envie que tu rencontres Annette. On ne sait jamais ce qu'elle dira ou ce qu'elle ira chercher pour se divertir. Son anglais est meilleur que celui de Laurent.

« Qui est Annette ? me demandes-tu quand nous sommes assez éloignées pour que Laurent ne puisse plus nous entendre.

– La mère de Luc.

– Vous ne vous entendiez pas ? »

Je ris et tire doucement sur l'une de tes mèches.

« Comment as-tu compris ça ? »

Je jette un coup d'œil derrière nous mais Laurent a disparu.

« À la façon dont tu as prononcé son nom. »

Je soupire.

« Laurent était mon amoureux quand nous étions jeunes et elle ne me l'a jamais pardonné. Elle a essayé d'embrasser ton père une fois, tu sais. »

C'est mesquin de ma part de te raconter ça, sachant que tu seras séduite par ce genre de détails qui te sont d'habitude censurés.

« C'est pas vrai ! » t'exclames-tu, aussi titillée que scandalisée.

Comme je m'y attendais ! Les adolescents sont presque toujours vieux jeu sous la fine couche de nonchalance qu'ils affectent.

« Je crois bien que Laurent a toujours un faible pour toi. Ça se voit. »

Tu me dis cela sur un ton précocement sage qui me fait sourire, mais je le dissimule en me tournant pour contempler le coucher du soleil. Il commence à teinter les vignes d'un reflet cuivré. Dans le ciel abricot au-dessus de nous, de petites chauves-souris ricochent en tous sens, étincelles noires si vives qu'on ne peut les suivre des yeux.

J'ai acheté une douzaine de canettes de panaché au supermarché – à ton initiative, leur peu d'alcool suffisant à les rendre cool – et tu files en chercher deux dans le frigo pour que nous puissions les boire dans le jardin. Rester dehors apaise la tentation que j'ai de prendre nos cliques et nos claques et de partir.

Chacun de mes sens semble aiguisé depuis notre retour à La Rêverie, un peu comme pendant une grossesse. Où que je me tourne, je suis assaillie de beauté et de sensations. J'avais oublié comment le soleil couchant dore la pierre grise de la maison et la façon dont le gravier pâle glisse sous les pieds. La propriété ressemble à un vieil amant auquel je ne devrais pas faire confiance et qui essaie de me reconquérir. Tu perçois un peu de cette tentative de séduction, toi aussi, je pense, tes yeux à l'affût de toute éventualité qui me déciderait à rester.

« Je suis allée dans sa chambre cet après-midi », me dis-tu quand nous avons fini nos panachés.

Je sens mes épaules se soulever un peu mais je ne trouve rien d'autre à dire que « oh ! ».

Je suis frappée de voir combien tu sembles plus âgée loin de Londres, sans ton uniforme d'écolière. C'est à ce moment-là que je remarque le collier. Tu avais dû le cacher sous ton t-shirt mais il a réussi à se dégager et étincelle contre ta peau : une délicate chaîne en argent avec de minuscules turquoises que je reconnaîtrais n'importe où.

Quand tu vois mon expression, tes doigts s'y posent comme si tu craignais que je ne te l'arrache.

« Tu ne veux pas que je le porte, c'est ça ? »

Je déglutis.

« Ça m'est égal, si tu l'aimes bien. Mais je pensais que nous commencerions à faire le tri dans sa chambre ensemble.

– Tu étais plongée dans les livres. De toute façon, j'ai juste regardé ce qu'il y avait dans les tiroirs et je n'ai pas trouvé grand-chose. Juste ça, au fond de l'un d'eux. »

Je n'ai pas besoin que tu me le dises. Je me souviens clairement comment il y est arrivé. Le bruit qu'il avait fait en glissant contre le bois avant de disparaître hors de vue. Peu après, nous avions débarrassé une grande partie de sa chambre. Greg et moi avions trouvé insupportable de la laisser telle qu'elle était : un autel qui semblait suinter la détresse dans le reste de la maison.

« Parle-moi d'elle, me dis-tu d'une voix plus douce, comme celle qu'on prendrait pour essayer de calmer un chat nerveux et le faire descendre d'une clôture. Raconte-moi une histoire que je ne connais pas. »

Je me plonge dans le passé à contrecœur, à la recherche de quelque chose que je puisse te raconter et qui te satisfera. Je finis par trouver.

« Elle aimait la même musique que moi. (Le souvenir de ce lien qui avait eu tant de signification me fait sourire.) C'est ce qui explique ma réaction disproportionnée quand tu as mis ce disque hier soir. (Je tends la main vers ta joue pour me faire pardonner d'une caresse.) Son goût pour la musique pop a toujours énervé ton père. Il a essayé ses albums de Frank Zappa sur elle, mais c'était toujours ma musique qu'elle préférait. »

C'était vrai, et bien malgré elle, je pense, parce qu'elle aimait toujours faire plaisir à Greg et se délectait, rayonnante, quand les gens remarquaient qu'elle était une vraie fifille à son papa.

« Dès qu'elle entendait la musique, elle se mettait à bouger, même toute petite et tenant à peine sur ses jambes. Je crois qu'elle ne pouvait pas s'en empêcher. »

Tu souris dans la pénombre.

« C'est pour ça que ta musique préférée ne dépasse pas les années soixante ?

– Quoi ? Mes goûts me paraissent tout à fait éclectiques, dis-je en haussant un sourcil. J'écoute aussi des chansons des années soixante-dix. »

Mais il est vrai que mes 33 tours aux pochettes écornées sont les rares survivants de cette époque. Je ne supportais pas de les perdre, eux aussi. Même des albums désenchantés sortis plus tard dont le revers révélait la face cachée du paradis ; les *drive-thru* laissant la place aux desperados. Il m'arrivait parfois de rêver que j'étais en Californie, que je me perdais dans des canyons couverts de végétation, enveloppée dans la brume orangée d'un léger nuage de pollution.

Je ne te raconte pas ça, ni la joie ressentie à la voir danser et tournoyer au son de cette musique qui illuminait quelque chose tout au fond de moi. Je ne te raconte pas non plus comment je l'avais une fois regardée se balancer au rythme d'une chanson que je croyais nous appartenir, à elle et à moi, son corps collé à celui d'un homme bien trop âgé pour qu'il la touche. Tous ces souvenirs me donnent envie de pleurer donc je reviens à des choses plus anodines.

« Je portais toujours ces robes et ces chemises en étamine. Mes cheveux m'arrivaient presque à la taille et je les brossais rarement. Cela ne plaisait pas à Maman qui me serinait tout le temps que ce n'était pas chic, que j'avais l'air d'une plouc. » Je souris à ce souvenir et l'imite pour te faire rire en marmonnant « Mon Dieu ! » exactement comme elle le faisait de la cuisine quand ces musiques et ces odeurs étrangères lui parvenaient par l'escalier : bâtons d'encens et Joni Mitchell poussant des hurlements.

Mais alors même que je ris avec toi, je repense à ta sœur bougeant instinctivement avec la musique. Elle est soudain ici, aussi vivante que nous, elle respire le même air violet du crépuscule, ses pieds nus et crasseux marquant le rythme sous le laurier-rose, l'expression dans ses yeux aussi hostile que la dernière fois que je l'ai vue.

1970

« Ça va, chérie ? »

Ma mère est venue passer une semaine. Elle vient d'ouvrir les volets et se tient debout au pied du lit. Elle pense qu'elle m'a permis de faire la grasse matinée mais je suis réveillée depuis l'aube. Mon père est mort il y a un mois, la nouvelle décennie ne lui était pas destinée. Je m'attendais à ce que Maman reste vivre avec nous mais elle avait insisté pour déménager dans l'appartement exigu de ma tante Mathilde à Toulouse, prétextant qu'il était temps que Greg, Élodie et moi ayons notre espace à nous.

« Mais tu vas me manquer ! » m'étais-je écriée pour m'empêcher de dire ce que je pensais vraiment : « Mais j'ai besoin de toi. »

« Ne t'en fais pas si tu te sens parfois un peu dépassée, me dit-elle gentiment, sa main fraîche sur mon front. C'est normal. Ça m'est arrivé parfois à moi aussi quand vous êtes nées, toi et Camille, tu sais. Ce sera plus facile avec le temps. »

J'abrite mes yeux de la lumière du soleil qui ruisselle par les fenêtres.

« Je ne crois pas que ce soit ça. »

Elle se perche au bord du lit et commence à lisser mes cheveux emmêlés.

« Quoi, alors ?

– Je ne sais pas. Rien. Je passe probablement trop de temps à tout analyser. Juste... Comment tu te sentais quand nous étions petites ? »

Elle incline la tête, plonge dans ses souvenirs.

« Surtout fatiguée. Il m'arrivait d'être incapable de penser tellement j'étais épuisée. Et je pleurais tout le temps pour un rien, comme un robinet. » Elle secoue la tête et sourit : « Ton père ne savait plus quoi faire. »

J'ouvre la bouche pour parler mais je me ravise. Je veux croire que ce que je ressens est identique à ce qu'avait éprouvé ma mère, ou tant de nouvelles mères. Mais cela ne me paraît pas tout à fait vrai. Le malaise à bas bruit du début se transforme en un noyau noir de peur qui s'est enraciné en moi. Je pensais que cela deviendrait plus facile avec le temps, pas plus difficile. Je pensais que la relation entre mon enfant et moi se ferait plus naturelle, plus normale.

Tout cela se mêle peut-être à mon chagrin pour mon père. Un jour de la semaine dernière, j'ai oublié qu'il était mort. Je suis allée dans le champ derrière la maison guetter sa mince silhouette penchée sur des grappes de raisin, pour lui demander s'il voulait une boisson fraîche, mais il n'y avait personne. La vérité m'a coupé le souffle : le champ vendu à Laurent et Papa perdu à jamais.

Mon cerveau fuit cette douleur. Je reviens à la pensée qui m'obsède depuis la première fois qu'elle m'a effleurée. Je n'arrive pas à me souvenir d'avoir vu une seule fois Élodie rire, bien qu'elle ait maintenant un an. Elle a beau dire quelques mots, elle reste surtout silencieuse. L'autre jour, cette étrange idée m'est venue : si elle n'était pas un bébé mais un homme, un amant, je la penserais dénuée de sentiments ; si je me sens aussi stupide, c'est parce qu'elle me juge indigne de ses efforts.

Je vois ma mère ranger prestement les flacons et les brosses sur la coiffeuse. Il suffirait qu'elle insiste un petit peu et je lui confesserais tout. Elle se retourne vers moi et je crois qu'elle va dire quelque chose, mais au lieu de ça, elle se penche pour déposer un baiser sur mon front.

« Je m'occupe d'Élodie. Habille-toi. »

J'acquiesce, soulagée. Bien que je puisse dissimuler mes craintes – et le sentiment de culpabilité qui les accompagne –, il se peut encore que je me trompe, que j'aie une sorte de dépression post-partum à retardement et non cette sensation de manque entre nous. De quelque chose qui me fait défaut.

J'ai beau faire de mon mieux pour la refouler, une question plus sinistre remonte tout le temps à la surface. Elle se pose tout bas pour ne pas se faire entendre de la culpabilité. C'est tout juste un murmure pour ne pas éveiller ce sentiment de culpabilité : et s'il lui manquait quelque chose à *elle* ?

*

Ma mère retourne à Toulouse et Greg est toujours en voyage à Londres. Je me retrouve de nouveau seule avec Élodie.

Ces jours-ci, j'ai de plus en plus de mal à agir sous les yeux glacés de mon enfant. Je suis en nage dès que je l'étends sur le tapis moelleux pour changer sa couche. Je bataille avec la propre, maladroite, n'arrive pas à ajuster ses plis et, frustrée, finis par piquer accidentellement la peau lisse de l'intérieur de sa cuisse avec l'épingle à nourrice.

« Pardon ! Pardon ! »

Je suis en larmes alors qu'elle n'a pas bronché, à peine dilaté les narines, seul signe qu'elle a remarqué quoi que ce soit. Je me penche pour embrasser la marque rose que j'ai laissée en chuchotant :

« Je suis stupide ! Stupide et maladroite. »

Je secoue un lange et le tiens devant ma figure. Cela fait plusieurs mois que je n'ai pas essayé de jouer à ce jeu mais je me force à le faire : étrange punition pour l'épingle à nourrice.

« Coucou ! » dis-je en baissant soudain le carré de mousseline.

Elle ne bouge pas, sourit encore moins, mais je recommence, une deuxième puis une troisième fois. Elle ne cille même pas et l'idée me vient que ces quelques secondes où je me cache derrière le lange sont un soulagement… le rideau abaissé sur une saynète ridicule.

Elle me regarde sans expression et je me demande si les enfants de cet âge sont capables de mépris. C'est une pensée si horrible que je la prends dans mes bras et la serre contre moi. Je caresse le duvet en aigrette de ses cheveux à l'arrière de sa tête, bien décidée à ignorer son corps flasque, ses petits bras qui glissent de mon cou pour pendre à ses côtés.

J'aime désespérément Élodie et ce terme est peut-être symptomatique. Comment décrire cet état sinon par cette image : une poche secrète en plus de tout l'amour que je ressens pour elle, invisible de l'extérieur mais bien présente. Chaque fois qu'elle se détourne de moi, chaque fois qu'elle hurle, les yeux secs, pendant plusieurs minutes d'affilée, une nouvelle pierre y tombe. La poche bat contre ma jambe, de plus en plus lourde.

1993

Le lendemain matin, le téléphone me réveille après une mauvaise nuit entrecoupée de rêves de départ, le ronron du vieux ventilateur que j'avais laissé en marche mué en rugissements de moteurs au décollage. Je descends l'escalier d'un pas lourd et saisis le combiné.

« Sylvie, Olivier Lagarde à l'appareil. » Sa voix me sort de ma torpeur matinale.

« J'ai quelques documents à vous faire signer. Je vous les apporte cet après-midi, si vous êtes libre ? Ça ne me dérange pas. »

J'entends un sourire dans sa voix et je me surprends à en ébaucher un moi aussi.

« Bien sûr, je serai là. Nous serons là. »

Lorsqu'il a raccroché, j'hésite un instant et compose le numéro de Camille à son bureau pour lui expliquer la situation.

« Tu m'appelles bien de La Rêverie ? Donc tu y es allée ! Je ne pensais pas. Emma est avec Greg ?

– Non, j'ai dû l'emmener. Il ne pouvait pas la prendre.

– Ah, tiens donc ! Alors j'imagine que tu as fini par lui dire ? »

Je ne réponds pas.

« Zut, Sylvie, tu n'as rien dit, n'est-ce pas ?

– Je lui raconterai tout, comme il faut, le moment venu, mais…

– Je pense que tu es folle, me coupe-t-elle. Écoute, là j'ai une réunion. Dis-lui, veux-tu ? Ce n'est plus un bébé.

– Tu penses venir nous voir ? »

Ma question tombe dans le vide, elle a déjà raccroché.

Je repose le combiné et regrette de l'avoir appelée. C'est une vieille habitude, je lui passe un coup de fil pour qu'elle me rassure, me prodigue ses conseils à elle, toujours si désinvoltes, mais cette fois-ci elle n'a pas joué le jeu.

Je me fais un café et vais le boire dans le jardin où la chaleur et l'éclat de la lumière sont comme une gifle. Un couple d'oiseaux invisibles se bat au cœur du laurier-rose et des bruits d'eau montent de la piscine. Je marche lentement, réprimant ce besoin ridicule de vérifier que tu vas bien. Mon cœur se serre lorsque quelque chose de rouge bouge derrière les pins. Un souvenir enfoui pendant si longtemps qui s'embrase soudain comme de l'étoupe, mais ce n'est que ta serviette de bain qui a glissé par terre de l'une des chaises longues.

Tu es occupée à faire des longueurs et je t'observe un moment, ton sillage droit et net. Je vais m'allonger sur une chaise et m'étire, les yeux clos contre le soleil ascendant, et je sens que la chaleur commence à dénouer mes muscles tendus.

« Bonjour ! »

Je me redresse. Tu as les coudes en appui sur le rebord de la piscine, tes cheveux assombris par l'eau ruissellent sur tes épaules.

« Bonjour, ma chérie, tu as bien dormi ?

– Pas vraiment, me réponds-tu avec un haussement d'épaules. Il fait si chaud. J'ai fait un drôle de rêve. »

Je marque une pause et finis mon café tout en essayant de décider si je vais te demander de me le raconter ou pas, alors comme si tu ne souhaitais pas m'en dire plus, tu te propulses subitement sous l'eau et il ne reste plus de toi que les marques de tes doigts écartés sur le rebord et des bulles remontant à la surface.

« Je vais te chronométrer, dis-je dès que tu réapparais. Plus jeune, tu adorais ça dans ton bain.

– D'acc », acquiesces-tu pour me faire plaisir.

Tu prends une grande inspiration et, le nez pincé d'une main, tu suis la paroi de l'autre et descends sous l'eau. Quand tu émerges, je t'annonce un temps vaguement estimé, auquel de toute façon tu ne prêtes guère attention. Tu as peut-être compris que je ne me sens pas bien ce matin et tu le fais pour moi, pas pour toi : un vieux rituel rassurant.

Les oiseaux bagarreurs se sont envolés et le jardin a retrouvé son calme. J'essaie de me concentrer sur ton corps immergé, tache floue déformée et ondoyante, mais soudain elle envahit tout – l'air autour de moi bourdonne de sa présence et l'eau vert jade qui t'enveloppe en frémit.

Élodie. Élodie. Élodie.

*

Olivier arrive plus tard que je ne l'attendais, juste avant dix-huit heures ; dans le jardin, les ombres s'étirent et virent au bleu. Comme nous nous voyons pour la deuxième fois, nous nous faisons la bise sur le pas de la porte, trois fois. Même si c'est la coutume dans le Sud de la France, un frisson nous parcourt quand nos joues se frôlent. Aucun doute. Ses doigts effleurent le creux de mon dos lorsque nous nous écartons, si légèrement que ce pourrait avoir été accidentel, mais je n'en crois rien.

Tandis que je le conduis sur la terrasse en lui faisant traverser la maison, mes mains se portent automatiquement à l'endroit de mon visage où nous nous sommes touchés. La peau est chaude.

Je verse le vin qu'il a apporté, pâle, la bouteille encore couverte de givre. Au-dessus de nous, les hirondelles ont commencé leur spectacle quotidien : avec grâce, elles glissent et virevoltent entre la maison et les arbres.

« Je me demandais si vous alliez venir, lui dis-je avec un sourire pour qu'il sache que je ne suis pas fâchée.

– Oui, désolé. C'était une journée chargée. J'ai préféré la conclure par cette visite. Le meilleur pour la fin. »

Il se penche, un lent sourire aux lèvres, et nous trinquons. Je le surprends à regarder mes épaules nues et m'agite sur mon siège.

« J'ai de nouveau appelé la police aujourd'hui pour voir s'ils avaient parlé aux jeunes Gattaz à propos du feu. Apparemment, ils étaient ailleurs ce soir-là. L'un d'eux a été arrêté pour excès de vitesse sur l'A7 près de Montélimar. À des kilomètres d'ici.

– Donc si ce n'est pas eux, ont-ils une idée de qui ça pourrait être ?

– Ils ont bien reconnu avoir reçu un appel cette nuit-là. Un chauffeur routier qui s'était arrêté sur la route principale entre ici et le village pour se reposer a signalé une bande de jeunes qui faisaient la course sur leurs mobylettes. Ils l'ont réveillé. »

Je déglutis, me rappelant la nuit de l'orage, et tends la main vers mon verre mais, au même moment, je sens comme une aiguille brûlante me traverser le pied.

La douleur si vive me fait crier. D'un coup sec, j'ôte ma sandale ; une guêpe glisse doucement sous ma voûte plantaire, là où elle a piqué la peau tendre. Elle s'envole vers le côté de la maison où le volet mal refermé de la chambre d'Élodie s'est de nouveau décroché. Je l'ai entendu grincer plus tôt dans la journée alors que je taillais les lavandes.

Olivier s'agenouille devant moi et me soulève le pied pour l'examiner, puis il appuie le verre galbé et froid de la bouteille de vin sur la voûte plantaire. De son autre main, il me tient la cheville fermement. Je sens son eau de Cologne, une odeur citronnée avec une touche plus épicée, comme du poivre concassé. Lentement, la douleur s'atténue et n'est plus qu'un battement.

Il relève la tête, son visage tout près du mien.

« Ça va mieux ? »

J'opine. Maintenant que la douleur s'est estompée, le sentir si proche me met mal à l'aise.

« Rentrons. Nous serons dévorés vivants si nous restons dehors. »

En boitillant, je le fais entrer dans le salon par les portes-fenêtres. Tandis que je les referme pour éviter que les insectes ne rentrent, durant cette fraction de seconde avant de me retourner vers Olivier, quelque chose de pâle bouge dans l'obscurité au-delà des vitres. J'ai beau la scruter, je ne vois rien.

1971

Depuis plusieurs semaines, Élodie refuse de manger ce que je lui prépare. Elle n'a que deux ans et demi mais fait preuve d'une volonté étonnante et repousse la nourriture alors même que son estomac gronde de faim.

« Et alors, elle est difficile, dit Camille, et je crois presque l'entendre hausser les épaules dans le combiné. Toi aussi, tu étais comme ça quand tu étais petite. Mon Dieu, ce tintouin pour la graisse sur le cassoulet de Maman. »

Je souris brièvement à cette évocation.

« Je sais, c'est courant. Beaucoup d'enfants font des caprices à cet âge, je le sais, c'est juste que…

– Quoi ?

– Elle ne le fait pas avec Greg. Seulement avec moi. Et je m'inquiète pour elle. Quand il part faire sa tournée d'achats, elle ne mange pas du tout. Il faudrait que je la force et c'est une violence dont je ne me sens pas capable.

– Ça lui passera », répond Camille, et je sais à la petite pause avant de parler qu'elle ne m'écoute plus.

Je me demande comment elle va occuper son après-midi ; au-delà de la porte de son appartement, il y a tout Paris qui attend.

*

Lorsque Camille me rend visite – j'ai compté les jours jusqu'à son arrivée mais ne l'admettrai jamais : ma sœur déteste la dépendance –, Élodie ne mange toujours pas. En réalité, je suis convaincue qu'elle a perdu du poids. Je suis terrifiée à l'idée de ce que ça révèle de mon aptitude à être mère, incapable d'accomplir cette tâche basique : nourrir son enfant.

Camille arrive juste avant midi et, le temps que nous soyons installés sur la terrasse, c'est moi qui, ironiquement, suis trop anxieuse pour déjeuner. En silence, je la supplie d'observer Élodie mais au lieu de cela, ma sœur jauge Greg de sa manière désinvolte.

« Il semble que tu n'aies guère été à la maison ces temps-ci, attaque-t-elle, un sourcil en l'air. Le marché des antiquités doit être en plein essor. »

Je me verse encore du vin tandis que Greg esquisse un petit sourire.

« Ça va pas mal, je préférerais être ici, bien sûr, poursuit-il en tendant la main pour caresser les cheveux d'Élodie, mais nous avons besoin de l'argent. »

Camille n'a mangé que la moitié de sa part de quiche et repousse le reste.

« De nouveau au régime ? » lui demande Greg.

Camille ne réagit pas, elle se tourne vers Élodie.

« Et toi, ma petite ? Tu ne deviendras pas une belle grande fille si tu ne termines pas ton repas. »

Élodie n'a pas touché à sa nourriture et j'espérais que Camille le remarquerait.

« En fait, elle a un petit appétit mais elle mange bien », dit Greg qui prend sa fille sur ses genoux. Il pique un morceau de quiche et le lui met dans la bouche, oubliant qu'elle refuse de manger tout ce qui contient des œufs. Elle marque une pause et j'attends – nous attendons tous –, puis elle commence à mastiquer. Encore trois bouchées, puis Greg va chercher du vin à l'intérieur.

Camille se lève et s'écarte de la table pour allumer une cigarette quand Élodie ouvre la bouche et recrache tout ; la nourriture retombe mollement sur le devant de sa robe. Elle me surveille, la tête penchée de côté, et se met à étaler la bouillie de quiche sur le coton, sans voir que Camille s'est retournée.

« Arrête, Élodie ! Mais arrête ! (Elle repousse sa main.) C'est pas bien ! »

Je lis dans les yeux de ma sœur qu'elle a compris ce que j'éprouve et cela me soulage un instant de l'oppression croissante des dernières semaines, pareille à la peinture des volets qui se craquelle et se met à cloquer sous l'effet des grosses chaleurs.

Greg est de retour sur la terrasse, une bouteille de rouge à la main.

« Qu'est-ce qui se passe ? »

Élodie se met à hurler.

« Elle m'a fait mal ! » crie-t-elle, levant la main que Camille a écartée. Il la prend dans les bras et lui embrasse les joues. Il ne semble pas remarquer qu'elles sont sèches mais je m'en moque.

« Je ne lui ai certainement pas fait mal, dit Camille d'un ton sarcastique. Je lui ai juste dit de ne pas salir sa robe. » Elle écrase sa cigarette et se sert de nouveau du vin. « Les enfants ont besoin qu'on leur interdise de jouer avec la nourriture et de la gaspiller. Il ne faut pas tout leur passer.

– Et tu es experte en la matière, j'imagine ? »

Mon regard va de l'un à l'autre. Je devrais intervenir, ce que normalement je fais quand ils commencent à se disputer, mais pour une fois il ne s'agit pas de politique.

« Je n'ai peut-être pas d'enfants mais je connais les limites », réplique-t-elle du tac au tac en allumant une autre cigarette. Elle tend le paquet à Greg mais il l'ignore. « Les petits Français sont élevés dans un cadre...

– Oh, oui, parlons-en du cadre, la coupe-t-il en roulant des yeux. Ces vieilles bêtises autoritaires. Ce n'est qu'une cage. Comment peut-elle se montrer créative si on la corrige et on lui fait la morale toutes les cinq minutes ? Si on livre les enfants à eux-mêmes, ils trouvent leur voie.

– Tu es vraiment un hippy, dit Camille en riant. Imagine ce qu'elle fera à quinze ans. Elle vous mène déjà en bateau. »

Le visage de Greg s'assombrit mais elle a raison. Bien qu'il soit prêt à le nier avec véhémence, Élodie est pour lui une extension de ses idées politiques, une expérimentation qui, il l'espère, validera ses théories en matière de liberté personnelle, de vie menée sans contraintes. Il veut pour elle le type d'éducation bohème que ses amis « artistes » de Hampstead donnent à leurs enfants. Il refuse à tout prix de recréer pour Élodie l'enfance étouffante, ennuyeuse et profondément ringarde qui fut la sienne dans le Surrey.

Je ne peux empêcher d'être ravie d'entendre Camille dire à voix haute ce que je tais par amour pour lui. Et parce que je ne veux pas que l'enfant que nous avons fait ensemble soit source de disputes.

Je regarde Élodie, qui est de nouveau sur les genoux de Greg. Elle me fixe sans expression, son visage est un vide magnifique. Comme si l'orage ne s'était jamais produit.

Elle se retourne pour s'appuyer contre la poitrine de son père et quand elle s'endort, du sommeil instantané des innocents, avec ses longs cils qui jettent des ombres délicates sur sa peau couleur lait d'amande, c'est un soulagement. Un soulagement de l'aimer de nouveau tout simplement. Sa respiration se fait plus profonde, l'air se détend. Mes épaules se relâchent et Greg prend l'une des cigarettes de Camille.

Lorsque Camille rentre faire une sieste – à eux deux, Greg et elle ont bu deux bouteilles de vin –, il se tourne vers moi.

« Elle s'en va bien demain, n'est-ce pas ? demande-t-il avec un sourire pour adoucir sa question. Sinon, on va devenir fous. Une chance pour moi d'avoir épousé la sœur facile à vivre. »

Il tend le bras, et dès que je niche ma main dans la sienne, plus grosse, Élodie se réveille, les yeux aussitôt grands ouverts et vigilants, comme ces poupées dont les paupières s'ouvrent automatiquement quand on les assoit. Elle me montre ses petites dents blanches, juste une seconde, puis s'étire et, d'un geste, envoie valser les lunettes de lecture oubliées par Camille.

Je les ramasse. L'un des verres est fendu. Je le montre à Greg et, à ma surprise, il descend Élodie de ses genoux et la pose par terre assez brutalement.

« Pourquoi tu as fait ça ? »

Elle inspire un bon coup et se met à hurler. Il s'agenouille, lui lisse les cheveux car il n'y a toujours pas de larmes qu'il pourrait sécher.

« Je suis désolé, je suis désolé, chantonne-t-il. Elle n'aurait pas dû les laisser là, hein ? Quelle bécasse, cette Camille ! »

Et parce que je veux que Greg soit de mon côté, que je nous veux tous dans le même camp et que Camille part le lendemain, je ne dis rien. Je laisse courir et la crise se dissipe et disparaît, consumée par la chaleur de l'après-midi.

1993

Le temps change du jour au lendemain. Les nuages, qui ont généralement le bon goût de s'accrocher aux collines lointaines, se sont déployés sur toute la plaine; ils voilent le ciel bleu pétrole et lui donnent une lumière nacrée et spectrale qui a quelque chose de rassurant et me rappelle l'Angleterre par sa douceur. J'ouvre les volets et me souviens que j'ai rêvé de ta sœur. Ce vieux rêve, cette vision inhabituelle qui, je l'espérais toujours, se produirait dans la vie réelle: Élodie, le soleil comme un halo derrière elle, les cheveux étincelants, ses petites mains tendues vers moi.

Dehors, le soleil intense est enveloppé dans la même gaze épaisse, toute la luminosité et les ombres sont aplanies dans le jardin. Tu t'es assoupie dans le salon, vêtue de ton maillot de bain et d'un t-shirt noir Soundgarden trop grand, une traduction jaunie de *Bonjour tristesse* posée à l'envers sur ton ventre. Je résiste au désir de la remplacer par quelque chose de plus innocent. Au moins, quand je me penche pour t'embrasser et te dire bonjour, je reconnais de nouveau ton odeur bien à toi, pas le chlore ou la lotion solaire, mais celle de ma petite Londonienne.

J'ai bien du mal à ne pas céder à l'envie de te pousser dans la voiture et de prendre la route du Nord, avant que le soleil ne brûle tout, projetant de nouveau ses longues ombres noires sur le jardin, et cet excès d'énergie me galvanise et me précipite dans la cuisine. Je sors de vieux bocaux et de vieilles boîtes de conserve de l'un des placards quand on frappe à la porte.

Je vois à travers les panneaux en verre biseauté du hall que c'est une femme.

« Camille ! » J'ai du mal à cacher ma surprise.

« Dieu merci, tu n'es pas encore rentrée chez toi. J'ai oublié ma foutue clef à Paris. »

À son entrée, un nuage dense de parfum m'enveloppe. Cette fragrance musquée qu'elle porte depuis si longtemps lui est aussi intrinsèque que ses cheveux noirs brillants coupés au bol et son goût pour les joutes verbales, quel que soit le sujet.

Elle est déjà presque à la cuisine quand, comme si elle y pensait soudain, elle se retourne pour m'embrasser, sans que ses lèvres, sèches malgré le rouge vif, touchent tout à fait mes joues.

« Tu es superbe », lui dis-je, incapable de me défaire de cette vieille habitude que j'ai d'essayer de rallier à ma cause mon aînée impérieuse. Et puis, c'est vrai : elle a pris quelques kilos et cela lui va bien. Son visage n'a plus l'air aussi tiré et les rides autour de sa bouche sont moins marquées.

Elle me jette un regard méprisant, si familier que je me languis brièvement des années où j'avais constamment cette expression sous les yeux, ce temps où nos parents étaient encore en vie.

« Hum, j'ai plutôt un air de patapouf ! s'exclame-t-elle avec emphase. Ça a été un cauchemar au boulot. »

Inutile qu'elle m'explique. Je comprends encore à demi-mot comment son cerveau établit des connexions. Elle a été trop stressée et trop occupée pour suivre son régime draconien habituel. À moins qu'un de ses admirateurs ne l'emmène dîner, Camille vit de salades sans sauce, d'omelettes nature et de cafés noirs. Mais elle n'est pas faite pour être mince. Quand nous étions enfants, j'étais la fille élancée qui mangeait ce qu'elle voulait tandis que ma mère mettait très souvent ma sœur plus en chair au régime. Camille ne me l'a jamais vraiment pardonné.

Je souris bravement, esquivant la vieille rivalité.

« Je ne savais pas que tu venais. Emma va être si contente. C'est une belle surprise. »

Elle a l'air sceptique.

« J'ai appelé, mais personne n'a répondu.

– On était sans doute dehors. Emma vit pratiquement dans la piscine. Je t'offre à boire ? dis-je, le bras tendu vers le réfrigérateur. Que veux-tu ? Du vin ?

– Oui, un petit verre si ça te déculpabilise de commencer de si bon matin », répond-elle avec un sourire malin.

Qui boit le plus, mange le moins – ça aussi, c'est un vieux terrain de bataille. J'avale la réplique qui me vient aux lèvres et je vais chercher deux verres. Automatiquement, je les porte à la lumière qui entre du jardin et vérifie qu'ils ne sont pas tachés. Camille ne rate jamais une occasion de trouver à redire.

« Comptes-tu rester cette nuit ?

– Tu préférerais que je reparte ?

– Bien sûr que non, soupiré-je. Je me demandais simplement si tu allais rester. Ce n'est pas dans tes habitudes et l'autre soir, au téléphone, tu n'as même pas mentionné que tu viendrais peut-être. Je vais faire un lit.

– Je peux toujours réserver une chambre à Laussac. Ce ne serait pas la première fois. »

Je me retourne et lui fais face.

– Ne sois pas ridicule. Cette maison est la tienne aussi. La dernière fois que tu es venue à Londres, c'était il y a presque deux ans. J'aimerais que tu restes. »

Alors que je prononce ces mots, je me rends compte qu'ils sont sincères. « On est moins en danger à plusieurs », voilà l'expression qui, de manière absurde, me vient à l'esprit.

« Eh bien d'accord, accepte-t-elle avec un petit sourire contraint. Mais juste deux ou trois nuits. Je ne suis pas venue que pour toi. Je veux jeter un coup d'œil au service en porcelaine de Maman et il faudra aussi que je passe voir Olivier Lagarde. Tu sais, reprend-elle d'un air songeur alors que je lui tends un verre, je pense que c'est ça le danger.

– Quoi ?

– La différence entre un bel homme et un homme attirant. La beauté ne suffit pas, il faut ce truc en plus. Et ça, Olivier l'a. »

Je lève un sourcil, geste infime qu'elle perçoit pourtant, et son sourire lorsqu'elle me répond est plein de malice.

« Ah, alors tu l'as repéré toi aussi ?

– Allez, lui dis-je en prenant la bouteille, sortons.

– Bon, comment ça va ? me demande-t-elle une fois que nous nous sommes assises. Tu ne dors pas beaucoup, n'est-ce pas ?

– J'ai si mauvaise mine ?

– Ah, toujours aussi susceptible, tss-tss. Les yeux un peu cernés, c'est tout. Personne, à ta place, ne dormirait bien, c'est normal.

– C'est une maison comme une autre. »

Je sais bien que je dis n'importe quoi. L'endroit empeste le passé : toutes ces années avec Élodie et aussi mes années d'enfance.

Elle se penche vers moi et je connais déjà la suite.

« Non, avant que tu ne me poses la question, je ne le lui ai pas encore dit. J'ai besoin de faire ça comme il faut.

– Mon Dieu, Sylvie ! On va encore se fâcher à cause de ça ? C'est une adolescente maintenant, et tu la maintiens toujours dans l'ignorance. Alors, à son avis, il s'est passé quoi ici ? »

Je déglutis. Je sens monter la colère mais c'est parce qu'elle a raison.

« Elle croit ce qu'elle a toujours cru, qu'Élodie est morte parce qu'elle était malade. Dans sa classe à Londres, au tout début de notre vie là-bas, le frère d'une petite fille a eu une leucémie. Elle a imaginé que c'était pareil.

– Imaginé, et tu n'étais que trop contente de la laisser penser ça. La fois où je suis venue, elle ne cessait de poser des questions sur le paradis… (Camille hoche la tête.) Je n'ai jamais compris comment elle pouvait le réconcilier avec ses souvenirs d'Élodie. »

Je me tais, mais Camille me connaît mieux que quiconque. Pas la mère, pas l'épouse : moi.

« Tu espères t'en tirer sans rien dire, n'est-ce pas ? Maintenant que vous êtes ici, ses souvenirs vont lui revenir et feront le sale boulot. »

Camille me regarde avec cet air qui m'a toujours rendue furieuse : un air de triomphe déguisé en désapprobation.

« Tu sais, si nous avions vendu la maison il y a des années de cela, je ne me serais pas retrouvée du jour au lendemain dans cette situation. Mais nous n'avons jamais vraiment réussi à nous mettre d'accord, n'est-ce pas ?

– Ah, j'aurais dû m'en douter. C'est ma faute si, toute ta vie, tu as caché la vérité à ta fille. Non, je n'accepte pas ce reproche, Sylvie. Tu as eu des années. »

Elle a raison, bien sûr. J'ai eu dix ans. Ces jours innombrables, toutes les deux seules à Londres, où tu dévorais sa photo des yeux un peu en douce. Je ne sais plus maintenant pourquoi je ne t'ai pas tout bonnement pris les mains. « Ma chérie, il y a des choses que je dois t'expliquer, aurais-je pu commencer. Au sujet de ce qui s'est passé en France. Pourquoi nous avons dû partir. »

Le pied de la chaise en fer de Camille racle le sol de la terrasse et me ramène au présent. Très lentement, par petites touches, les nuages se dispersent. Comme le ciel s'éclaircit et blanchit, des zones d'ombre s'accentuent et dessinent des hachures sur la pierre et la pelouse. Après avoir farfouillé dans son sac, Camille se redresse, met d'énormes lunettes de soleil, puis elle allume une cigarette.

« Eh bien, j'imagine que c'est une bénédiction si vraiment elle ne se souvient de rien. (Son ton s'est adouci.) Mon Dieu, quelle chaleur ! On oublie qu'il peut faire si chaud. »

Je lève la main pour me protéger les yeux.

« À moins qu'elle ne me dise pas tout. Mais je ne crois pas, la maison lui paraît un peu sinistre le soir. La seule chose qu'elle ait reconnue, c'est le papier de la chambre bleue. Elle inventait des histoires sur les personnages, tu t'en souviens ? »

Camille expire un nuage de fumée.

« La mémoire est quelque chose de particulier. Peut-être une façon de se protéger. Le cerveau a son intelligence. Et elle n'avait que quatre ans quand vous êtes parties, n'est-ce pas ? Elle est déjà allée près de la grange ? »

Elle tend le bras et fait tomber de la cendre dans une soucoupe tandis que je hoche la tête.

Camille était au courant d'une grande partie de ce qui se passait à l'époque. Il y a eu une phase où je l'appelais régulièrement tard le soir et elle me laissait décharger sur elle les événements de la journée. Elle ne venait pas me voir aussi souvent que je l'aurais voulu mais, à sa manière, elle était un soutien. C'est le moment, je pense, où nous avons été le plus proches. Après mon départ à Londres nous nous sommes éloignées, peut-être parce que, là-bas, j'avais moins besoin d'elle.

« C'est à cause de moi ? lui demandais-je presque chaque fois. C'est moi, la responsable ? »

Et elle me répondait toujours que non, à sa façon merveilleusement emphatique. « Cette fille est née différente. Tu n'aurais rien pu faire. »

Malgré nos caractères si contrastés, elle a préservé ma santé mentale à l'époque, elle et le sac que j'avais préparé en secret – avec un sentiment de culpabilité –, préparé pour toi et moi, caché tout au fond de l'armoire à linge, sous une pile de couvertures d'appoint.

Je regarde désormais Camille, suppliante.

« Tu te souviens comment Emma faisait pipi au lit quand nous avons quitté la France ? Ces terreurs nocturnes qu'elle avait ? Son asthme était horrible.

– Oui, mais partir est une chose. Je l'ai compris. Ce n'est pas la même chose que de ne rien lui dire…

– À l'époque, je ne savais comment l'aider au mieux. J'espérais qu'une fois en Angleterre ça se réglerait miraculeusement tout seul, et c'est en partie ce qui s'est passé. Elle aimait son école, son asthme était tout à coup sous contrôle. Elle parlait toujours d'Élodie mais comme si elle avait inventé une toute autre personne, une fille composite inspirée des grandes sœurs de ses amies. Elle ne faisait pas semblant non plus. Je sais que non. Tu l'as vu par toi-même lors de ta venue. Tous les mauvais souvenirs s'étaient juste... envolés.

Pourtant, la nuit, elle faisait toujours pipi au lit, elle criait dans son sommeil, faisait des cauchemars. Quand elle a demandé si Élodie était comme le petit frère de son amie, mort de leucémie, j'ai espéré que cela fermerait une porte dans son cerveau. C'est peut-être ce qui s'est produit, à moins que ce ne soit l'effet du temps. Les mois suivants, la situation s'est lentement améliorée, non ? Mon Dieu, j'étais tellement soulagée ! J'ai joué le jeu et accepté cette version inventée d'Élodie ; je crois que j'ai même fini par y croire moi-même – et la nuit, Emma dormait bien. Elle n'avait plus l'air si fatiguée, si constamment craintive, apeurée. Elle a pris du poids. J'aurais raconté n'importe quel mensonge pour ça. »

Je m'arrête car je suis sur le point de pleurer, j'ai mal à la gorge à force de retenir mes larmes.

Camille finit son verre de vin et nous en ressert un autre.

« Élodie a toujours été bien plus difficile avec moi qu'avec Greg, n'est-ce pas ? » finis-je par dire après avoir allumé l'une de ses cigarettes et d'abord vérifié que j'entendais toujours des clapotis dans la piscine.

Elle me lance un regard ironique.

« Son petit papa chéri.

– Voyons, Sylvie, tu sais pourquoi c'était plus facile pour Greg ! s'exclame-t-elle, ôtant ses lunettes de soleil et se frottant entre les sourcils. Il était rarement à la maison. Il a pu être dans le déni plus longtemps que toi, même si à la fin il a bien dû regarder les choses en face. Élodie ne pouvait faire autrement que de te montrer tous les aspects de sa personnalité, et pas juste les opérations de séduction qu'elle menait avec les autres. La plupart des gens veulent être reconnus et compris, mais Élodie… (Elle hoche la tête.) Je n'ai jamais vu quelqu'un d'aussi indépendant, d'aussi déterminé que cette enfant. Parfois, elle me faisait peur à moi aussi. »

1972

Je suis étendue, parfaitement immobile dans la fournaise du jardin. Aucun souffle et, au-dessus de moi, les feuilles allongées du laurier-rose sont immobiles, leurs ombres dessinent sur mes jambes nues des ecchymoses aux doigts crochus. Je suis comme l'air, incapable du moindre mouvement. Il fait déjà une chaleur accablante, le nuage diaphane du petit matin depuis longtemps consumé.

Dans la maison derrière moi, j'entends repasser en boucle un morceau de Charlie Parker. À moins que ce ne soit John Coltrane. Je ne sais pas, c'est la musique de Greg; portée par l'air inerte, chaque note me parvient facilement. Greg ne m'a pas encore adressé la parole ce matin. Ces temps-ci, nous effectuons dans la maison une danse étrange: chacun va d'une pièce à l'autre et occupe l'espace que l'autre vient de libérer, soucieux d'éviter autant que possible tout contact.

Des jours comme ça, je rêve de pouvoir dormir à jamais. J'ai presque oublié ce que c'est que de se sentir alerte et reposée. Le café que je me prépare dans un état de torpeur ne sert pas à grand-chose sinon à accélérer mon rythme cardiaque, sans parvenir à dissiper ce brouillard indistinct qui envahit ma tête.

Parfois, je repense au seul hiver londonien que j'ai vécu avant de connaître Greg – la pluie glaçante, les fins d'après-midi crépusculaires, le bout des doigts engourdi et rougi. Là-bas, j'étais capable de penser clairement, mon esprit aussi aiguisé que le vent. Ici, le soleil est abrutissant, la vague de chaleur sera très forte cette année. La *canicule* : la constellation du chien. À la télé, on ne parle que du Watergate ; Nixon, sa hargne et son regard fuyant tremblotent sur l'écran en noir et blanc. Greg est captivé, il insulte les fascistes mais je n'arrive pas à saisir tous les détails. Je passe le plus clair de mon temps dehors, à attendre que le soleil commence à descendre, un jour de plus de barré. Nous ne sommes encore que début juillet, pourtant le jardin de mon père est déjà jauni et desséché.

Un lézard frôle ma main que j'ai laissée reposer sur la pierre chaude et je tressaille, mon premier mouvement depuis un moment. Une demi-heure, une heure, je n'ai aucune idée du temps que je viens de passer là. Je sens que mes jambes commencent à cuire. Il doit être bientôt midi.

Tel le tintement sourd d'une fourchette sur du verre fêlé, une pensée me traverse vaguement : je ne sais pas où est Élodie. Ses cheveux effleurent désormais le haut de ses clavicules, pointes décolorées par le soleil, racines d'un caramel pâle. Une brise des plus douces agite la surface de la piscine, le mouvement se répercute sous le couvert sombre du laurier-rose et envoie des ondulations dans toutes les directions. Je me mets mentalement à chercher ma fille dans la maison et le jardin, rongée peu à peu d'inquiétude à l'idée de ce qu'elle pourrait mijoter. Je la repère au bord de la pelouse desséchée, en haut des marches qui mènent à la terrasse, accroupie dans la terre noire d'un massif où rien ne semble jamais pousser. Armée d'un bâton pointu, elle est si absorbée par quelque chose derrière une grosse pierre qu'elle ne m'entend pas approcher.

J'ouvre la bouche, prête à lui demander ce qu'elle fait, juste au moment où le bâton s'abat avec force, une fois, puis deux, puis trois, comme une lance, avec des mouvements précis et totalement concentrés.

« Élodie, qu'est-ce tu as là ? » lui dis-je, montant les marches d'un pas rapide.

Elle se retourne au son de ma voix. Quelque chose de sauvage et de vide sur son petit visage me fige sur place. Sous la pointe de son bâton, il y a un petit lézard, le ventre ouvert, les entrailles en bouillie qui se répandent. Je fais un pas de plus et vois une couvée d'œufs pâles qu'elle a déjà mise en pièces.

« Oh, Élodie, dis-je d'une voix que j'essaie de garder aussi assurée que possible. Pourquoi tu agis comme ça ? Ce… ce n'est pas bien de faire du mal, de faire du mal aux ani… »

Elle s'est déjà retournée vers le lézard embroché qui se tortille de façon grotesque et, c'est plus fort que moi, je lui prends le bâton, le casse en deux et jette les morceaux.

Elle hurle d'indignation, ses yeux lancent des éclairs et elle se redresse, le corps tendu, je crois qu'elle va me sauter dessus. À ma surprise, elle qui n'est jamais maladroite évalue mal l'endroit où poser le pied et tombe presque des marches. Je la vois chanceler puis se rétablir, mais juste au moment où je l'atteins pour la tirer de là, elle s'immobilise, soutient mon regard et fait un pas délibéré dans le vide. Ses cris tirent Greg de la maison.

« Tu fichais quoi ? me hurle-t-il tandis qu'il la soulève. Bon Dieu, tu pourrais t'en occuper. T'es quand même pas débordée de boulot. »

Il quitte la terrasse sans un regard, Élodie raide dans ses bras. Son coude saigne et tache la chemise bleue de son père qui tourne au violet. Elle soutient toujours mon regard tout en continuant à hurler, sa bouche figée en un petit O tout rond, ses yeux ni plissés ni humides mais impassibles. J'essaie de me rappeler quand, pour la dernière fois, je l'ai vue pleurer réellement, pleurer de vraies larmes, mais je n'y arrive pas.

Je donnerais ma vie pour elle, sans l'ombre d'une hésitation ; je suis sa mère. Mais, parfois, j'aimerais ne pas l'être. Il n'y a pas de paradoxe pour moi dans ces affirmations. Elles coexistent dans ma tête, certitudes jumelles que je me surprends à chuchoter, comme un étrange mantra.

1993

Camille a insisté pour que nous dînions dans la salle à manger ; le lustre chéri de Maman – terni par la poussière, quelques ampoules grillées – répand sur nous sa lueur flatteuse. Le reste de la pièce, avec ses boiseries de couleur sombre et sa cheminée en marbre, s'est fondu dans l'obscurité. Des phalènes tapent doucement aux carreaux.

« Je vais te dire qui sera également dangereux », déclare ma sœur en français. Après quelques verres de vin, elle est en grande forme, aux petits soins pour toi, et a même mangé une part correcte de l'omelette que j'ai préparée. « Luc Martin. »

Tu te redresses en entendant son nom.

« Ça m'a fait drôle de le revoir. Il s'est retourné et j'ai cru retrouver le Laurent d'avant mon départ pour l'université à Londres.

– Mais non, il ne ressemble pas du tout à Laurent. Son père était un chiot qui te suivait partout, la langue pendante. Je n'imagine pas Luc faire ça pour une fille. Non, il a pris assez de sa mère Annette pour que cela le rende intéressant.

– De quoi parlez-vous ? demandes-tu, une note plaintive dans la voix.

– Des garçons, bien sûr, s'exclame Camille tout en te faisant un clin d'œil. Luc t'a plu ? »

Ton regard pique sur ton assiette mais tu souris.

« Ouais, il est sympa. »

Camille se retourne vers moi.

« Sylvie, tu te souviens de Julien Lefèvre ? Son père possédait le garage Citroën sur la route d'Alès. (Elle ne peut s'empêcher de se remettre à parler français comme une mitraillette.) Je l'ai vu dans le métro, un vieillard ! Il a perdu tous ses cheveux. Mon Dieu, je l'adorais. » Je ris et dans ma poitrine quelque chose se détend.

« Ça fait un bail que je n'ai pas pensé à lui. Il ressemblait un peu à Alain Delon avec ses grands yeux bleus mais il n'en avait que trop conscience.

– Ah, oui, je n'avais aucune chance avec lui. Je passais devant sa classe, ma jupe remontée si haut qu'on voyait presque ma culotte. Papa en aurait eu une attaque. »

Je me penche vers toi.

« Camille explique qu'elle avait le béguin pour ce Julien. Il était magnifique, tout le monde l'aimait. Il jouait de la guitare.

– Quel âge avais-tu quand tu es sortie avec Laurent ? »

Tu ne m'as jamais vraiment posé de questions sur ma jeunesse, sur l'époque où j'avais ton âge. Avoir suscité ta curiosité – t'avoir montré que je suis plus que juste ta mère – me procure un étrange plaisir.

« Juste un peu plus grande que toi, je crois.

– Il a épousé cette horrible Francine, tu t'en souviens ? m'interrompt Camille. Julien. Ce postérieur qu'elle avait ! Elle ne l'a eu que parce qu'elle a ouvert ses jam… »

Elle s'arrête car je regarde avec insistance dans ta direction, même si tu ne peux pas la comprendre. Je la considère avec affection tandis qu'elle tend le bras vers la bouteille.

Elle fait plus jeune dans cette lumière tamisée et je repense à tous les repas que nous avons partagés dans cette pièce. Nous avons automatiquement repris les places que nous occupions enfants.

Puis, son visage s'aiguise.

« Élodie n'a pas traîné un temps avec la bande du fils Lefèvre ? »

Son rouge à lèvres a un peu coulé et je me rends compte qu'elle est bien éméchée.

« Ils étaient plus âgés, n'est-ce pas ? Plutôt déchaînés. Bien sûr, y avait pas eu cette soirée ? Juste avant... »

Je lui jette un autre regard et, incapable de rester sur ma chaise, je me dépêche de débarrasser. Elle acquiesce d'un léger mouvement de tête. Je me prépare, m'attendant à ce que tu demandes pourquoi elle a parlé d'Élodie mais tu lui adresses un sourire timide.

« Tu crois que Luc a une petite amie ? »

Tu es passée à côté. Je laisse échapper un long soupir.

Camille se tourne vers toi, un sourire aux lèvres, les sourcils levés.

« Pourquoi tu me demandes ça, petite ? Il t'a tapé dans l'œil ? »

Tu te mets à rire et, dans les angles de la pièce, les ombres se stabilisent.

Après le dîner, nous jouons aux cartes et je suis étonnée de voir Camille te laisser gagner. Lorsque nous montons nous coucher, je m'arrête en haut des marches et l'embrasse spontanément, même si nous n'avons jamais été très démonstratives, à la différence de certaines sœurs. De surprise, elle porte sa main à son visage.

« Je suis contente que tu sois là. »

Elle a beau hausser les épaules, je sais que ça lui fait plaisir. Cela ne tient pas à la présence d'une troisième personne qui assourdirait la petite musique de La Rêverie et son passé, rendant l'atmosphère plus légère. C'est grâce à la personnalité même de Camille. Je ne le lui ai jamais dit et ne le lui dirai jamais, mais ma sœur a toujours su mieux que quiconque chasser les ténèbres.

*

Le lendemain, Camille fait la grasse matinée et, pour ne pas la réveiller, nous allons et venons sans bruit. Après le petit-déjeuner, tu ne sors pas comme d'habitude avec ta musique et tes livres, bien que le temps ait retrouvé son éclat et sa chaleur ; les dalles de la cuisine sont déjà tièdes là où le soleil les éclaire.

« Ça va ? »

Je pose la main sur ton front ; tu n'as pas de fièvre mais je te trouve pâlotte.

« J'ai mes trucs », marmonnes-tu. Le rouge te monte aux joues car avoir tes règles, c'est encore tout nouveau pour toi. Et pas seulement nouveau mais déconcertant. L'hiver dernier, quand elles sont arrivées pour la première fois, un flux spectaculaire comme ce fut également mon cas, et non juste quelques gouttes, tu as pleuré. Ce n'est ni le sang ni le mal de ventre qui t'ont tiré des larmes mais le début d'un lent adieu à l'enfance. Tu aimais bien être une enfant. À cet égard, Élodie était très différente.

« Sais-tu ce que les mères françaises sont censées faire au moment des premières règles de leurs filles ? » Je pose la question pour dissiper ta gêne.

Tu hoches la tête, sans vraiment croiser mon regard.

« Elles doivent leur donner une gifle. »

Tu as l'air sidérée.

« Pas pour faire mal. C'est juste une tradition. Que ma mère avait suivie avec moi et Camille, et sa mère avant elle.

– Mais pourquoi ? demandes-tu avec un petit sourire.

– Personne ne sait vraiment à quoi sert cette claque. Selon une théorie, la marque rouge qu'elle laisse représente le rouge du sang

– C'est franchement bizarre.

– Oui, dis-je en riant. Écoute, retourne te coucher si tu te sens patraque. Je t'apporterai des antalgiques. (Tu hésites.) Vas-y, il fera encore beau tout à l'heure. »

Je te regarde monter lentement l'escalier. Élodie n'a jamais abordé le sujet de ses règles avec moi. Je ne l'ai appris que lorsqu'une employée de la pharmacie m'a appelée. Une cliente l'avait vue voler une boîte de serviettes hygiéniques et un vernis à ongles.

« Apparemment, avait raconté la femme au téléphone, elle n'essayait même pas de se cacher. Elle a juste mis le tout dans son sac et elle est sortie. »

« Je t'en aurais acheté une centaine si tu m'avais demandé, lui avais-je reproché plus tard après avoir payé cinq cents francs à la pharmacie pour qu'ils n'appellent pas la police. Ça te gênait de me le dire ? »

– Non, avait-elle répondu, le regard fixé sur un point quelque part au-dessus de mon épaule, j'en avais envie, c'est tout ».

J'attends d'entendre grincer les ressorts de ton matelas puis j'entre dans le bureau. J'ai fini le tri des livres et des papiers de mon père mais il me reste encore toutes les affaires de Greg. Il a toujours été un entasseur compulsif : le bureau et un vieux meuble de rangement très laid sont bourrés de reçus, de catalogues de ventes aux enchères et de factures. Tout ça pêle-mêle, sans logique aucune ; au bout d'un moment je commence à jeter des choses sur le tas destiné à la poubelle sans plus vraiment vérifier. Je n'aurais pas remarqué la petite clef coincée dans une liasse de vieilles factures si celle-ci n'était pas tombée avec un tintement sur le plancher. Je la reconnais aussitôt et la glisse dans la poche de mon short. Au bout d'environ une heure, mes épaules commencent à me tirailler et je sors faire une pause. Je résiste à la tentation de me verser un verre de vin. La chaleur est féroce et il n'y a aucun vent ; à travers l'herbe desséchée, on voit la terre déjà craquelée. Je suis près de la piscine quand un mouvement au-delà de la limite du jardin attire mon regard.

Un vieux sentier part du bassin et court le long de la bordure de la propriété pour ressortir près de la grange, un accès plus rapide d'ici que par le portail à la peinture écaillée. Je ne l'ai pas encore emprunté mais il est plus dégagé que je ne m'y attendais et qu'il ne devrait l'être. On voit que les mauvaises herbes ont été foulées.

Je n'ai jamais aimé cette grange, avec son fatras d'outils abandonnés et son manque d'entretien. Enfant, je trouvais sa masse sans ouvertures sinistre et les événements qui s'y produisirent des années plus tard ne firent que confirmer mes premières appréhensions. Je m'en approche et remarque que l'une des doubles portes est entrebâillée. Je regarde par l'ouverture mais, après la lumière aveuglante du soleil, il y fait trop sombre pour voir grand-chose, pour distinguer les vieilles traces de brûlé.

« Sylvie. »

Je me retourne, le cœur qui s'affole, et vois Luc derrière moi.

« Mon Dieu, tu m'as fait peur. Qu'est-ce que tu fabriques ici ? »

Il baisse les yeux vers ses baskets tout en grattant la terre sèche du pied, sa nonchalance habituelle remplacée par un air sournois.

« J'avais besoin d'un truc pour la piscine.

– Besoin de quoi ? Tu ne trouveras rien ici.

– OK, désolé, je vais chercher dans l'abri de jardin. »

Il s'éloigne d'un pas traînant avant que je ne puisse le questionner davantage et je me demande ce que j'ai raté. Je suis à deux doigts de pousser la porte, mue par l'envie de voir ce qui aurait pu l'intéresser à l'intérieur, mais je ne m'en sens pas le courage. À une époque, j'avais voulu qu'on abatte cette grange.

Je tapote ma poche pour sentir la clef trouvée dans le bureau, le métal rigide contre ma cuisse. La grange a déclenché quelque chose en moi, une sorte de pulsion masochiste guère différente de cette envie que je ressens pour le vin qui m'attend au frigidaire. Ou de cette attraction-répulsion que m'a toujours inspirée Élodie.

De retour à la maison, j'entends que Camille prend sa douche. Je m'approche de la chambre d'Élodie dont je referme la porte sans bruit derrière moi. Je glisse la clef dans la serrure de l'armoire, tout en évitant de croiser mon reflet. C'est un vieux meuble en chêne, chiné quelque part par Greg, les tringles à vêtements positionnées d'avant en arrière au lieu d'horizontalement ; Élodie s'en était toujours plaint, disant que cela ne lui laissait pas assez d'espace.

À peine ouverte, l'odeur de poussière et de naphtaline du revêtement intérieur en moire fanée me saisit. Suivent les effluves légers de sa propre odeur qui, après tout ce temps, me prennent par surprise. Un sanglot me monte à la gorge, je le ravale douloureusement. J'enfouis mon visage dans ses vêtements. Ils se balancent doucement et arrachent un grincement mat aux cintres sur la tringle. Tout devant, il y a la robe d'été blanche si courte qu'elle adorait et que je détestais, et que, bien sûr, elle avait portée à l'en user.

Je me la représente vêtue de cette robe le dernier été, comme si c'était hier, comme si, debout à la fenêtre, je la regardais traverser la pelouse. Je ferme les yeux et la vois se détacher, lumineuse, sur le vert du jardin ; le soleil du soir brille à travers le léger tissu dessinant ses formes, soudain si féminines alors que ses bras et ses jambes minces sont encore ceux d'une adolescente. Elle est pieds nus, un peu négligée, et ce mélange entre gamine et séductrice me trouble profondément.

« Qu'est-ce que tu fais, Sylvie ? »

Je me retourne. L'espace d'un instant, je crois que c'est elle. À la fin, elle refusait de m'appeler Maman. Mais non, bien sûr, c'est Camille, enveloppée dans sa serviette.

Elle s'avance et palpe la robe, ses ongles rouges tel du sang contre le blanc.

« Je m'en souviens. Pour moi, c'était sa robe Lolita. Pourquoi as-tu gardé tout ça ? m'interroge-t-elle avec un regard pénétrant. Pourquoi as-tu toujours été si déterminée à te punir ? »

Je ne réponds rien ; je me contente de tendre le bras vers le fond de l'armoire, les vêtements que j'écarte pèsent contre mon épaule. Mes doigts se referment sur un sac Leclerc qui, lorsque je le tire, craque, fragilisé par toutes ces années d'abandon.

« Qu'est-ce qu'il y a là-dedans ? »

Je plonge la main et en sors de minuscules brassières et des chaussons tricotés par ma mère il y a plus de vingt-cinq ans. La laine est encore douce mais le blanc est devenu sale. Je me rappelle les avoir mis à Élodie au retour de la maternité ; on était en février et la maison était glaciale. J'avais toujours si peur qu'elle ait froid. Je lisse leurs plis avec douceur, comme s'ils risquaient de tomber en lambeaux, et un autre sanglot me secoue. Celui-là, je suis incapable de le retenir.

« Ah, merde ! » marmonne Camille tandis que je presse la brassière contre mon visage. J'y sens encore un peu le talc et l'odeur toute neuve d'Élodie.

Camille me la prend gentiment des mains.

« Ce n'est pas bon, Sylvie. Je n'ai jamais compris pourquoi tu te fais tout ce mal pour elle. »

Elle remet chaque petit vêtement dans le sac et le range soigneusement, puis referme promptement l'armoire, tourne la clef et la tient en l'air. Je vais la lui prendre mais elle hoche la tête.

« Non, je la garde. Maintenant, descends voir Emma. C'est à elle que tu dois penser désormais. Laisse le passé en paix. »

1974

Greg installe un trépied près de la piscine. Il a déjà pris une photo de famille de nous cinq : ses parents, Margaret et Charles, passent la semaine avec nous. Je ne suis pas convaincue que ce séjour se déroule bien. Margaret est silencieuse, sur ses gardes, tandis que Charles en fait trop, si jovial, si heureux de tout que cela commence à sonner faux, même si je le crois sincère. Cette dynamique légèrement tendue énerve Greg qui, tel un ado irritable, a déjà répliqué sèchement deux trois fois.

« Papa, prends-moi en photo maintenant, exige Élodie après les photos de groupe. Moi toute seule, sans les autres. »

Quand il est prêt, elle se perche à l'extrémité du plongeoir au-dessus du grand bain ; sur la toile de fond sombre des pins parasols, ses cheveux brillent d'un or très pâle, ses orteils rident à peine la surface de l'eau. Il veut la prendre de profil, le gauche d'abord, puis le droit, mais cela prend plus de temps qu'il n'en faut car elle ne cesse de se tourner pour regarder l'objectif, le fixer de face.

M'apercevant près de Charles, hésitante en arrière-plan, comme souvent, figurante silencieuse ou servante qui attend les consignes, elle fait la moue.

C'est l'une de ses nouvelles mimiques. Je l'ai vue s'entraîner dans la glace.

« Arrête, Maman. » Puis elle passe à l'anglais pour ses grands-parents. « Arrête de me dévisager. Tu es toujours en train de m'observer. »

Charles se met à rire.

« Voyons, Élodie, ma douce. Ta mère pense seulement combien tu es jolie. »

Elle lui lance un sourire éblouissant avant de rejeter ses cheveux étincelants en arrière et de reprendre la pose. Je serre le bras de Charles, lui adressant un merci silencieux, et me reviennent alors à l'esprit les souvenirs de toutes ces fois où une Élodie minuscule se jetait dans les bras de Greg lorsqu'il rentrait de l'une de ses tournées. « Non, Maman, pas toi ! lançait-elle par-dessus l'épaule de son père, son petit visage dur, me repoussant de sa main. Pas toi. J'veux pas toi. Juste Papa. » Il se retournait alors et me gratifiait d'un sourire compatissant. J'en souffre encore.

Je repars vers la maison. Margaret est rentrée chercher son chapeau, mais ça fait déjà un moment. Je la retrouve dans la chambre d'Élodie, tenant son chapeau en paille blanc à la main avec une expression de dégoût. Il est effiloché, fripé, taché de traces de petits pieds mais il y a aussi quelque chose d'autre dessus que je ne parviens pas tout de suite à identifier. Puis je vois ce que c'est, abandonnée par terre : la serviette hygiénique usagée qu'elle a dû prendre dans la petite poubelle de notre salle de bains. Le chapeau est maculé de sang séché.

« Oh, mon Dieu, je suis désolée. »

Je sens le feu de la honte me monter au visage. Je suis incapable de croiser le regard de Margaret.

« Je ne sais pas ce qui a bien pu lui passer par la tête. »

Nous fixons le chapeau souillé entre nous. J'avance la main pour le prendre. Je pense un instant que Margaret ne va pas le lâcher, mais si. Elle aussi a le visage empourpré.

« Je suis vraiment désolée. Je vous en achèterai un neuf au marché demain : il y a un stand qui vend les mêmes.

– Ce n'est pas que ça », dit-elle doucement en me fixant de ses yeux bleu pâle, et je suis son regard.

La chambre d'Élodie est toujours en désordre. Autrefois, je la rangeais tous les jours mais cela semble vain désormais : elle ressort tout de nouveau. Si je suis honnête, c'est aussi surtout parce que j'éprouve une profonde aversion à l'égard de ses jouets, qui ne sont pas seulement mal aimés mais souvent détruits, fracassés, cabossés et finalement démolis. Cette violence dérange en moi quelque chose de fondamental.

Je pense que ça a le même effet sur Greg. Un jour, je l'ai surpris dans cette chambre, tenant à la main les éléments brisés d'un kaléidoscope qu'il chérissait autrefois. Il paraissait anéanti. « Petit, il a toujours pris grand soin de ses affaires », m'avait confié Margaret lors de notre première rencontre. Je sais que ce côté destructeur, qu'elle n'a hérité ni de lui ni de moi, l'inquiète.

Quand je regarde ce qui a pétrifié ma belle-mère, je m'attends donc à voir un autre jouet en pièces. Mais c'est un carnet de croquis que j'ai acheté à Élodie il y a longtemps et que, pour autant que je sache, elle n'avait jamais ouvert.

Pour bien voir les dessins, je pousse de côté les crayons gras qui roulent sur son petit bureau et tombent bruyamment par terre l'un après l'autre. Au premier coup d'œil, on dirait n'importe quel dessin d'enfant : des bonshommes allumettes avec une tête toute ronde. Je les observe, et des détails commencent à ressortir : un personnage allongé au bas de la page, des gribouillis noirs à la place du ventre, une langue qui pend. Un autre enfonce un couteau démesurément énorme dans un corps. Je tourne la page, je vois un placard rudimentaire avec une bouteille sur un rayonnage ; dessinée dessus avec plus de soin que le reste, une tête de mort qu'elle a dû copier quelque part – peut-être de la Javel sur l'étagère la plus haute de la souillarde. Des pages et des pages d'incendies se succèdent : des gens, des animaux, des arbres, des maisons, tout est consumé par des flammes d'un rouge-orangé vif. À certains endroits, elle a appuyé si fort que le papier s'est troué. Puis je me rends compte que deux des personnages reviennent sans cesse : un homme en chemise bleue et une femme en jupe longue, les cheveux ondulant sur ses épaules.

Plus tard, je montre le carnet à Greg, qui reste sans rien dire un long moment.

« Je dessinais des fusils et des explosions tout le temps quand j'étais gamin, finit-il par dire d'une voix qui s'efforce d'être légère.

– Quand tu avais cinq ans ?

– Oh, mon Dieu, je ne sais pas. Sans doute.

– Ta mère semblait très…

– Très quoi ? me coupe-t-il. Qu'est-ce qu'elle vient faire là-dedans ?

– C'est elle qui les a trouvés, pas moi. Tu as vu ce qui est arrivé à son chapeau. Elle était inquiète. Je suis inquiète. Je crois que ça n'a rien à voir avec des dessins d'explosions et de monstres. Je pense que ces gens pourraient être nous. »

Il se frotte les yeux.

« Attendons simplement la fin de leur séjour et ensuite on en parlera, d'accord ? »

Mais on n'en fera rien. Le lendemain, je déchire les pages du carnet et les enfouis au fond de la poubelle. Moi non plus, je ne souhaite pas creuser davantage.

Quand la pellicule prise ce jour-là est développée, je passe rapidement les photos de groupe à la recherche de celles d'Élodie au bord de la piscine. Je les étudie des heures durant. La fille à l'œil couleur ambre me semble différente de celle à l'œil bleu, en dépit de la symétrie de ses traits et d'un arrière-plan identique. Je fais encadrer la fille à l'œil d'ambre. L'autre, je la range dans un tiroir.

J'ai une théorie secrète : cette enfant à l'œil d'ambre est ma fille, celle qui s'est égarée quelque part en chemin et me revient parfois en rêve. « Maman ! » crie-t-elle. Je me tourne et la vois alors souriante, les mains tendues vers moi.

1993

Le soir, à l'heure où nous devons partir pour le cirque, tu es encore pâle. Tu as à peine touché à ton dîner.

« Tu es sûre de vouloir y aller ? (Je suis debout derrière ta chaise et dégage tes cheveux de ton visage.) Pourquoi ne remettons-nous pas à un autre soir ? Le cirque est là pour une semaine.

– Mais Luc a dit… (Tu secoues tes cheveux afin qu'ils te recouvrent de nouveau la moitié du visage. Tu te mets à rougir.) Qu'il irait peut-être ce soir. (Tu te lèves, repousses ta chaise.) Je vais me changer. »

Quand tu as disparu à l'étage, Camille me fixe.

« Je t'avais dit qu'elle s'en enticherait.

– Oui, elle semble avoir le béguin. Tu sais, je l'ai vu aujourd'hui qui traînait près de la grange. Il a dit qu'il cherchait quelque chose pour la piscine.

– Et alors ? Il tuait peut-être le temps avant de devoir retourner chez sa mère. Franchement, elle te donnerait envie de rentrer à la maison ?

– Non, je crois que non, dis-je avec un petit sourire.

– Écoute, je ne crois pas que je vais venir avec vous ce soir. Je veux finir de trier les affaires de Maman dans le grenier. Et puis, je n'aime pas ces cirques de province. Ils ont quelque chose qui me met mal à l'aise.

– Je ne suis pas fana non plus, mais Emma veut y aller. »

*

La musique du cirque nous parvient dès que nous prenons le chemin du village dans la pénombre. Après le calme de La Rêverie, ces signes d'animation juste au bout de la route sont déroutants et me donnent le trac. Sensation de tripes qui se nouent juste avant d'entrer en scène.

Le village entier semble être venu pour la première. Tout comme dans mon enfance, le cirque s'est installé au nord de la place principale sur un vaste terrain utilisé aujourd'hui comme parking. La rue qui y mène est bordée de stands tenus par des Sénégalais en tunique africaine qui vendent des lunettes de soleil, des ceintures et des contrefaçons de sacs à main de marque.

Tu es attirée par l'un de ces stands comme une pie par ce qui brille ; on y vend des bracelets brésiliens tissés en fils de nylon, de toutes les couleurs imaginables. Dix francs les trois. Tu prends un temps fou pour choisir ton assortiment préféré, les tenant contre ton poignet et rejetant ceux qui, dis-tu, te font paraître pâle.

Tandis que tu délibères, je jette de furtifs coups d'œil aux visages qui nous entourent. Quelques-uns me paraissent familiers, l'expression de leur bouche ou un timbre de voix qui me crispent, mais personne ne semble me remarquer. Je me rends compte que ton bavardage en anglais, tes épaules rosies par le soleil nous ont rendues invisibles. Les villageois nous prennent pour des touristes et ne se soucient guère de nous regarder de plus près.

Je me détends un peu, remarquant enfin combien cette scène doit te sembler enchanteresse : les lampions accrochés aux platanes, l'air doux et chaud comme un souffle, l'attrait bruyant du cirque un peu plus loin. Des haut-parleurs diffusent une musique entraînante déjà entendue à Londres avant notre départ, où elle sortait des camionnettes et des chantiers. La voilà arrivée en France. Sa basse caractéristique et son refrain insistant me restent en tête. « *What is love ?* », le titre me semble approprié.

Pas de grand chapiteau comme il y en aurait en Angleterre ; personne ici ne s'attend à ce qu'il pleuve. Derrière la piste, dans l'ombre, des camions ouverts sur le côté abritent les animaux et je sens une peur ancienne me picoter la nuque. Enfant, Camille m'avait raconté l'histoire d'un tigre qui s'était échappé et avait mutilé une vieille femme avant d'être abattu ; après, je ne voulais plus aller au cirque.

J'imaginais que, comme dans les cirques britanniques, ces numéros avaient été abandonnés, mais non, les cages fragiles sont identiques à celles de mon enfance et à celles, bien plus tard, de la fois où Greg avait tenu à vous y emmener, toi et Élodie : une rangée de barreaux en bois rongés nous séparait à peine des félins. Une année – notre dernière sortie en famille –, Élodie s'était approchée trop près d'un vieux tigre seul dans une cage ; elle lui avait d'abord fait des grimaces avant de taper sur les barreaux du plat de sa main.

Elle savait que j'avais peur. Tel un animal sauvage, elle sentait toujours la peur chez les autres, et en particulier chez moi.

« Attention, Élodie ! Attention ! » me singeait-elle tout en passant les mains le long des barreaux, répétant mes mises en garde paniquées pour qu'elle recule.

Greg était parti acheter à boire et, comme je t'avais dans les bras, je me mouvais trop lentement pour l'attraper. À chaque nouvelle tentative, elle s'éloignait en virevoltant et en riant.

Le tigre, qui la regardait intensément depuis le fond de sa cage, se lança soudain sur les barreaux et passa une patte aussi grosse que sa tête pour lui donner un coup. Il rata son visage de quelques centimètres et je hurlai. Tu éclatas en sanglots, terrifiée. Élodie, elle, tourbillonna brusquement, le visage illuminé par l'excitation. Elle avait à peine sursauté.

« Ils ont des animaux dans ce cirque ? me demandes-tu alors que tu viens de remarquer les cages. C'est pas un peu cruel ?

– Oui, ça existe encore ici », dis-je sans m'étendre.

Nous retournons vers les stands et je vois Laurent de dos. Annette est avec lui, apparemment occupée à marchander un sac en cuir. Elle est comme elle a toujours été, plus mince encore peut-être. « Elle consacre tant d'énergie à critiquer les femmes dans ton genre, s'amusait Greg. Ça brûle les calories. »

Elle lève le nez et me remarque. Laurent suit son regard et se tourne. Son visage s'illumine lorsqu'il nous voit et j'aimerais, comme toujours, qu'il ne soit pas aussi transparent.

« Luc est là, te dit-il dans un anglais hésitant ; ses yeux pétillent. Annette, viens dire bonjour à Sylvie et Emma. »

Nous nous embrassons du bout des lèvres. Elle sent le désodorisant au pin et les housses en plastique dont elle recouvrait toujours ses canapés.

J'ai à peine fini de lui exprimer ma reconnaissance à Luc pour son entretien de la piscine qu'elle me demande si je compte rester encore longtemps. J'ai toujours eu une certaine admiration pour son insolence.

« Je ne crois pas, dis-je d'une voix que je veux neutre. Camille est là et nous avons mis la maison en vente. »

Annette t'observe, tête penchée de côté.

« Celle-ci n'est pas du tout comme sa sœur, ah, ça non ! (Elle se tourne vers Laurent.) Tu disais qu'il y avait une ressemblance mais je ne la vois pas. Elle fait tellement anglaise. »

Je baisse les yeux vers toi, heureuse que tu ne comprennes pas le français. En réalité, tu as complètement déconnecté et n'as donc pas remarqué qu'Annette te dévisageait.

« Tu dois au moins remercier le ciel, poursuit-elle, tripotant le crucifix qu'elle a toujours porté autour du cou. Que la foudre ne frappe jamais deux fois.

– Arrête, Annette, murmure Laurent. Ça suffit.

– Maman, il faut qu'on y aille. »

Tu n'as peut-être pas compris les mots mais tu as saisi des ondes désagréables. Je me rends compte que tu es en train de me secourir. Mon adorable fille, me dis-je, qui perçoit déjà tant de choses. Je déteste Annette, même si je sais qu'elle a raison. Je suis reconnaissante que tu sois différente.

« Je ne l'aime pas, me déclares-tu avec passion, une fois que tu m'as entraînée plus loin. Elle a tout l'air d'une garce.

– Emma ! »

Mais, je souris, soulagée au fond d'en être quitte à bon compte.

Tu arbores un large sourire en retour.

« On a le temps pour une glace ? »

*

Vers la fin du premier numéro, Monsieur Loyal invite des spectateurs à se porter volontaires. Autour de nous, les petits Français lèvent le bras et se tournent vers les projecteurs pour être choisis. Je sens que tu te tasses tout contre moi. Tu as toujours détesté être le centre de l'attention.

Monsieur Loyal demande qu'on augmente les lumières, ses yeux aiguisés se promènent sur l'auditoire jusqu'à ce qu'ils se posent sur toi. J'en étais presque sûre : ta peau blanche et ta timidité flamboient dans la masse.

« Mademoiselle ! crie-t-il avec force gestes. Venez ! »

Tu hoches la tête.

« Maman, j'veux pas », me dis-tu, éperdue, mais le gros monsieur à côté de toi te pousse déjà au bout de la rangée. Tout le monde applaudit et t'encourage quand tu te retrouves au bord de la piste, clignant des yeux. Le bras de Monsieur Loyal t'entoure et te propulse au centre.

« Comment vous vous appelez, mademoiselle ? » Il se penche vers toi mais tu l'ignores ; tu me cherches du regard dans la foule. Il te serre plus fort. « Toi, t'es une timide, non ? Tu ne veux pas m'aider à faire mon numéro ?

– Je suis anglaise », dis-tu d'une voix chevrotante dans le micro – c'est une phrase que je t'ai apprise au cas où tu te retrouverais face à une salve de mots français que tu ne comprendrais pas.

La foule rugit de rire.

« Voici la petite anglaise, annonce l'animateur avec un grand geste. Elle ne veut pas nous dire son nom. »

Heureusement, la tâche est facile. Deux autres enfants, un peu plus jeunes, sont conduits sur la piste où l'on vous donne un jeu de balles. Tu te débrouilles bien et je sens un orgueil absurde m'envahir, ton visage empourpré et figé dans une détermination inébranlable ; tu hais chaque instant mais tu es trop polie pour t'en aller.

Quand tu te rassois, je me penche et te murmure à l'oreille :

« Je crois que tu mérites d'autres bracelets brésiliens après avoir enduré tout ça. »

Tu m'adresses un rapide sourire tremblant. Je me redresse et te retourne ton sourire, fière de ton courage, et soudain je crois la voir. Mon cœur s'arrête et le monde avec.

1974

C'est au bord de la mer que nous passons nos moments les plus faciles. Élodie adore la plage comme elle adore danser sur ma musique. Cela crée un lien rare et fragile que j'entretiens avec le plus grand soin. D'où mon besoin d'y aller aujourd'hui.

Les parents de Greg sont repartis la veille. Margaret m'a saluée de la main, incapable de croiser mon regard. Ils étaient censés s'en aller à la fin de la semaine mais ont prétendu vouloir éviter le retour des vacances. Je n'y crois pas. Margaret avait la même expression que mon reflet dans la glace, un air inquiet et préoccupé qui lui tirait les traits.

En route vers le sud, je jette de discrets coups d'œil à Élodie dans le rétroviseur ; ses cheveux volent au vent car elle aime que la vitre soit complètement baissée, ses yeux vont et viennent sur la route qui défile. J'allume la radio, une chanson d'Elton John semble passer en boucle. Le refrain me fait un tel effet que ma gorge s'emplit de larmes que je ravale difficilement. Elle bat la mesure contre mon siège avec son pied. Je monte le volume à la dérobée car si elle me surprend à le faire, elle arrêtera.

L'un des personnages de ses dessins me vient à l'esprit : vêtu d'une longue jupe comme j'en porte souvent – notamment aujourd'hui –, allongé les yeux fermés dans une piscine, recouvert d'un gribouillis vert criard représentant l'eau. Je chasse l'image et appuie sur l'accélérateur.

Élodie aime la vitesse de l'autoroute, en particulier quand nous dépassons l'un de ces énormes camions transcontinentaux dont les roues tournent à hauteur des yeux. Lors de ces sorties, je nous vois comme des conjurées, des alliées même, personne ne nous observe, personne ne sait où nous sommes.

C'est la fin de la saison, les hordes de vacanciers se sont dispersées, il n'y a plus grand monde lorsque nous arrivons ; la station, l'air fatiguée, se prépare à hiberner. Nous avançons vers la plage depuis le parking à demi vide, Élodie à quelques pas devant moi, le mistral siffle à travers les volets métalliques des immeubles désertés. Quelque chose d'inquiétant plane, mais je suis devenue si sensible aux atmosphères et aux infimes changements d'humeur que je me force à ne pas y prêter attention.

Nous donnons à ceux qui pourraient nous observer l'image d'un duo mère-fille relativement normal. Élodie insiste pour rester si longtemps dans l'eau que nous en sortons toutes deux exténuées. Je déroule deux nattes en paille pour nous allonger et nous sécher.

Il semble qu'elle se soit presque aussitôt endormie et je dois moi aussi avoir piqué du nez, car l'instant d'après, je me retrouve seule. Il ne reste d'elle que ses brassards jetés à la va-vite et l'empreinte humide de son corps sur la natte.

Je me lève d'un bond et l'appelle. Je scrute l'étendue de sable mais ne la vois pas. Je cours d'un côté et de l'autre de la plage, hurlant son nom. Tout ralentit comme lors des instants dramatiques et, dans les moments d'accalmie entre la peur, la panique et l'horreur, il y a un grain de soulagement qui chatoie, une lueur tamisée et paisible. Je suis si atterrée que je crains de vomir là, dans le sable.

C'est une autre mère qui l'a retrouvée. Elle tient Élodie par sa petite main quand je cours vers elles, tombant à genoux dans le sable et vérifiant qu'elle n'a rien. Elle me regarde les yeux secs, impassibles, son visage à hauteur du mien. J'ai les mains qui tremblent mais elle ne semble pas le moins du monde affectée.

« Elle a dit qu'elle ne savait pas où sa Maman était partie », m'explique la femme qui ne parvient pas à cacher son ton de reproche. Juste derrière, trois petits garçons flegmatiques creusent tranquillement des trous dans le sable.

Je me relève.

« Elle était juste à côté de moi. J'ai fermé les yeux quelques secondes. »

La femme opine du chef, radoucie, et tapote la tête d'Élodie. Je m'attends à ce qu'elle prenne un air renfrogné et s'écarte car elle déteste qu'on la touche comme ça. Mais non, elle lève les yeux et adresse à sa sauveteuse un sourire courageux et tremblant.

« C'est une vraie petite beauté, votre fille, déclare la femme alors que je prends la main d'Élodie. Surveillez-la, hein ?

– Pourquoi es-tu partie ? Tu m'as causé une telle frayeur. N'importe quoi aurait pu t'arriver. »

Nous rebroussons chemin le long de la plage, ma voix cassée par les larmes que j'essaie de contenir. Elle tente de libérer sa main de la mienne mais je la serre trop fort.

« Pourquoi tu ne m'as pas réveillée ? »

Elle refuse de répondre. Refuse de prononcer une seule parole jusqu'à notre retour à la maison quand Greg ouvre la porte et nous demande comment s'est passée notre journée à la plage, libérant alors un flot de paroles.

1993

La présence de tout ce monde m'étouffe, je ferme les yeux mais quand je les rouvre, elle est toujours là. Debout à l'arrière, le regard tourné vers le centre de la piste où la troupe entière a commencé sa parade tandis que les spectateurs se lèvent et applaudissent, tapant lentement des mains au rythme de la musique.

Je tends le cou pour voir par-dessus les gens insouciants qui me bloquent le chemin. Pour tenter de repérer de nouveau ce petit menton pointu, l'ondulation habituelle de ses longs cheveux, cette immobilité fascinante qu'elle était capable d'adopter lorsque cela lui chantait.

« Allez, viens, on y va », dis-je en te prenant par la main.

Je te tire jusqu'au bout de notre rangée, marchant sur les pieds des gens dans ma précipitation. Ta réticence me freine et nous ralentit comme une roue crevée.

« Maman, mais qu'est-ce que tu fais ? »

Tu libères ta main d'un coup sec mais qu'importe, je continue à avancer tant bien que mal vers l'arrière des gradins, mue à la fois par un désir brûlant de la voir et par une peur panique. Plusieurs personnes se sont aussi levées, désireuses de sortir avant la foule. Une famille nombreuse me barre la route, abrutie, lente à s'écarter ; le père empeste la transpiration aillée.

« Mais enfin, madame, attention ! Doucement ! » grommelle-t-il quand je le bouscule, mais je poursuis mon chemin sans en tenir compte.

Dans la cohue soudaine des gens qui repartent en file vers la place, il semble qu'un étrange vide se soit formé là où j'ai cru la voir, un petit champ de force qu'elle aurait laissé dans son sillage. J'examine le sol couvert de paille comme dans les contes de fées, je vais peut-être y apercevoir un objet abandonné. L'une de ces bagues que Greg lui rapportait de ses voyages, qui sait, de formes et de styles différents mais toujours ornées d'une turquoise, à l'instar du collier que tu t'es approprié.

Rien, bien sûr. Élodie n'a jamais été là. Je ne la trouverais pas comme autrefois sur la plage, il y a près de vingt ans. Ce doit être une fille qui lui ressemble ou le souvenir du tigre, à moins que je ne finisse vraiment par perdre la tête.

Je promène mon regard autour de moi mais je ne te vois pas. J'essaie de me glisser dans la foule mais me retrouve poussée en arrière, incapable de fendre ce mur d'épaules et de hanches qui résistent. Impuissante, je flotte dans ce petit vide que le sosie d'Élodie a laissé derrière elle, une panique absurde m'envahit. Je jette un regard par-dessus mon épaule vers les cages. Les tigres et les ours doivent maintenant y être enfermés pour la nuit. Ma peur ancestrale ressurgit de nouveau : verrou défectueux, barreaux pourris, tigre en liberté.

« Emma ! » Je crie, un cri assez fort et désespéré pour que quelques personnes se retournent. « Emma ! »

Une main s'est posée sur mon bras, je fais volte-face. C'est Olivier, qui étudie mon visage avec inquiétude. Il me paraît plus grand.

« Sylvie, qu'est-ce qu'il y a ?

– Je l'ai vue, lui dis-je en haletant, elle était là et maintenant elle a disparu.

– Elle est là-bas, regardez », me montre-t-il du doigt.

Je n'arrive pas à reprendre ma respiration.

« Où ? »

Tout s'est ralenti, les bruits se sont assourdis. Et puis je te vois, pas elle, toi, en train de parler à Laurent à dix mètres de là.

Je ferme les yeux de soulagement, mon corps se relâche.

Olivier m'effleure l'épaule.

« Vous voyez ? Elle va bien. Attendons un peu ici. Il y a trop de monde pour passer. »

J'inspire à fond l'air trop chaud et expire doucement, la panique reflue. La main d'Olivier sur mon épaule est fraîche et sèche. Il est si proche que je vois chaque moucheture dorée de ses yeux bruns.

« Doucement, fait-il en un écho involontaire au type qui m'empêchait d'avancer dans la file, mais avec une intonation totalement différente ; dans sa bouche, les mots sont lents et enjôleurs. Tout va bien, vous avez juste besoin d'air frais, c'est tout. »

Il tend la main et ramène une mèche de cheveux moite derrière mon oreille. Une chaleur compacte se dégage de sa personne. Lorsque je pense à lui, il me semble qu'il n'est pas aussi grand ; je sens le poids de ses muscles durs et de ses os denses contre mon corps. Mon cœur bat toujours la chamade, une peur différente – ou peut-être désormais de l'excitation – envoie des étincelles vers chacune de mes terminaisons nerveuses. Pour des quasi-étrangers, nous nous tenons trop proches l'un de l'autre mais je ne m'écarte pas, lui non plus. Lorsque sa main court sur la partie la plus sensible de mon bras, je ressens un battement tout au fond de moi. Il me fixe avec une telle intensité que j'en rougis et détourne les yeux, incapable de continuer à croiser son regard. Je me tourne et t'appelle.

*

Olivier nous achète des glaces chez le nouveau glacier un peu à l'écart de la place, ouvert tard pour la clientèle du cirque. Nous repartons lentement vers les stands car tu veux y faire encore un tour, et le froid me soulage la gorge. J'ai une conscience aiguë de la présence d'Olivier à mes côtés.

« Ça va, maintenant ? me demande-t-il très bas afin que tu n'entendes pas.

– Merci d'avoir été mon sauveur, là-bas. Je vous suis redevable.

– Quand vous voudrez, peut-être en acceptant de dîner avec moi.

– Je pense que ça peut se faire. »

Il me sourit et, avec douceur, m'aide à dépasser un groupe de personnes ; sa main au creux de mon dos est chaude et je tressaille.

Je jette un regard en arrière pour voir ce que tu fais et m'arrête net car tu n'es plus toute seule.

Il a pris dix ans depuis la dernière fois où je l'ai vu mais les ravages du soleil lui en donnent vingt de plus. Je le reconnais pourtant aussitôt. Marc Lesage. Il tenait le tabac quand j'étais enfant. Ça avait toujours été une brute que les gens évitaient de contrarier, mais jusqu'à Élodie je n'avais jamais attiré son attention.

Tu me lances un regard par-dessus son épaule et je vois combien tu es mal à l'aise. Sa vieille main griffue est sur ton bras, de la glace coule le long de ton poignet car il ne te lâche pas. Je me précipite vers toi et l'entends te dire :

« … ta sœur…

– Bonsoir. » Je m'interpose entre vous deux de sorte qu'il est bien obligé de te lâcher. « Ça fait longtemps, Marc.

– J'étais juste en train de dire qu'elle ne ressemble pas beaucoup à sa sœur. » Il mange ses mots, son haleine empeste le vieux pastis. « Heureusement, hein, sans doute ? T'en aurais pas voulu une deuxième comme celle-là. »

Il rit, découvrant des dents jaunies, se faisant sans le savoir l'écho de la pique d'Annette un peu plus tôt. Il cherche de nouveau à te prendre le bras mais titube, déséquilibré par son geste, et je te pousse vers Olivier qui hésite, se demandant s'il doit intervenir. Avant qu'il ne puisse le faire, je me colle à Marc aussi près que je peux le supporter.

« Tu es saoul, comme toujours. Je t'ai dit il y a dix ans de t'occuper de tes affaires. Ne t'avise pas de t'approcher de nouveau de ma fille ou de moi.

– Pourquoi t'es revenue de toute façon ? crie-t-il alors que je m'éloigne. On était content d'être débarrassés de toi. Tu nous as encore apporté une brebis galeuse ? »

Puis il se met à parler anglais, très fort pour que tu l'entendes. « Elle… pomme pourrie, hurle-t-il avec un accent à couper au couteau mais néanmoins compréhensible alors que je t'emmène le plus vite possible. Juste une pomme pourrie ».

Des gens se tournent vers nous, le bourdonnement de la foule a soudain cessé. Un groupe de garçons debout sous les platanes avec leurs mobylettes rigolent et sifflent ; au même moment, je crois, nous remarquons toutes les deux que Luc est dans le lot, mais il reste silencieux et ne sourit pas. J'ai à peine le temps d'enregistrer ton expression désolée que déjà tu t'es retournée et tu cours vers la place.

Sans un mot pour Olivier, je te suis. Les gens flânent, s'arrêtent, apparemment indifférents à ceux qui les suivent. Tu es bien plus habile à te faufiler que moi et l'écart se creuse entre nous.

Juste avant d'atteindre la place, où l'engorgement finit par se dissiper, je te perds de nouveau de vue. Tu m'as échappé aussi aisément que le mirage d'Élodie près des bancs, une autre fille fantôme envolée. Je m'arrête, incapable de penser raisonnablement à ce que tu pourrais faire ensuite.

Je me dirige vers le bout de la place où la route, derrière les barrières installées pour le cirque, me ramènera jusqu'à La Rêverie. J'en ai traversé la moitié quand, du coin de l'œil, je revois une chevelure onduler de manière familière. J'aimerais tant que ce soit la tienne, mais non. J'enfouis mon visage dans mes paumes et résiste au désir impérieux de crier. Quelque part dans ma tête, je prends conscience que j'ai terriblement besoin de boire un verre.

Lorsque j'abaisse les mains, elle n'est plus là, qui que ce soit. En fait, presque tout le monde a déserté cette partie de la place.

« Calme-toi », me dis-je tout haut.

Je me remets en marche, décidée à avancer coûte que coûte. Sortie du village, plongée dans une obscurité soudaine, je cours le long de la grande route, ignorant autant que possible les appels de phares des voitures qui me dépassent ; la même chanson entraînante monte de l'une d'elles, un klaxon hurlant d'une autre, pleine d'ados aux rires hauts perchés qui se modulent en un son bas et menaçant au moment où elles me doublent à toute allure, si près que mes cheveux me fouettent la joue.

Le temps que j'arrive à La Rêverie, je suis à bout de souffle, les cheveux collés sur la nuque.

« Mon Dieu, Sylvie ! » s'exclame Camille depuis la porte du salon. Elle tient à la main l'une des tasses à café du service de notre grand-mère. « Quel mélodrame ! Tu es très anglaise ces temps-ci. Emma est en haut. Elle n'a pas voulu me dire un mot, s'est contentée de filer dans sa chambre. Bon sang, qu'est-ce qui s'est passé ? »

Je grimpe quatre à quatre l'escalier mais tu n'es pas dans ta chambre et, l'espace d'une seconde, la panique me saisit de nouveau et je suis prête à repartir. Me tournant pour redescendre, un faible rai de lumière sous la porte à l'autre bout du couloir attire mon attention. Bien sûr ! Tu es dans la chambre d'Élodie.

La main tendue vers la poignée – il y a une demi-douzaine de minuscules « e » gravés sur la plaque de laiton visibles pour qui sait regarder –, l'effroi que je ressens toujours sur ce seuil s'empare de moi. Tu es assise en tailleur sur le sol poussiéreux, entourée d'un tas de vêtements arrachés à la tringle dans l'armoire. La clef pend sur la porte.

Tu lèves le visage, les yeux rougis.

« Je l'ai trouvée près du paquet de cigarettes de Camille. »

Je te sens plus apeurée qu'en colère, un air que je n'ai jamais remarqué chez ta sœur. Rien ne l'effrayait, et surtout pas moi.

Je me précipite et tombe à genoux pour t'attirer vers moi, écrasant les vêtements sous mon poids.

« Oh, Emma, je me suis tellement inquiétée. Tu n'aurais pas dû t'en aller comme ça. Cette route est dangereuse la nuit. »

Tu ne t'écartes pas mais ne me rends pas non plus mon étreinte. Quand je me penche en arrière pour mieux t'observer, je vois une larme unique couler le long de ta joue et tomber sur la chemise bleu passé qui repose sur tes genoux.

« Chérie, ce qu'a dit cet horrible individu…

– Qu'elle était une brebis galeuse. »

Tu baisses les yeux vers le chemisier et tu te mets à froisser le tissu entre tes doigts, tu pinces chaque pli si fort que les ongles de tes pouces se décolorent.

« Je sais ce que ça signifie, mais pourquoi il l'a dit ? »

Je regarde les affaires dispersées autour de toi et vois la robe d'été blanche. La petite tache de vin rouge sur l'ourlet est encore visible, passée au rose désormais. Je ramasse une vieille tong et, d'un doigt, je suis la marque laissée par son pied il y a longtemps. J'y trouve quelque chose de plus intime encore que les vêtements.

« Em, dis-je après une profonde respiration, tu sais que je t'ai expliqué qu'on l'avait retirée de l'école quand elle avait dix ans ? »

Tu acquiesces.

« Eh bien, ce n'est pas parce qu'on avait décidé de l'éduquer à la maison. Elle avait été expulsée. »

Tes yeux s'agrandissent.

« Qu'est-ce qu'elle avait fait ?

– Elle avait été méchante avec une fille de sa classe.

– C'est tout ? »

On dirait Greg, qui ne voulait jamais reconnaître qu'Élodie avait pu faire quelque chose de mal, et je te réponds brusquement.

« C'était sérieux, Emma. La petite fille a été gravement blessée. Et tu dois comprendre qu'ici c'est un petit village. Tout le monde a su ce qu'avait fait Élodie et des gens s'en souviennent encore. C'est ça que voulait dire ce type. Il n'aurait jamais dû et j'ai tenu à t'expliquer pour que tu comprennes. Malheureusement, dans un endroit comme celui-ci, les gens n'oublient pas.

– Je peux en prendre ? » me demandes-tu avec un geste vers les habits qui jonchent le sol.

Je secoue la tête.

« Non, je ne crois pas que ce serait…

– Pourquoi ? (Tu m'as coupé la parole.) C'était ma sœur. Tu n'as jamais voulu que j'aie quoi que ce soit qui lui appartenait. » Ta main se pose sur le collier en turquoises. « Même ça, ça te dérange. »

Ta respiration devient sifflante.

« D'accord, choisis-en quelques-uns, et range le reste, s'il te plaît. Je vais te chercher ton inhalateur. »

Qu'elle ait été expulsée, je le vois, ne ternit pas son image. Qu'elle ait fait du mal à quelqu'un n'est qu'un détail abstrait qui ne la rend que plus fascinante.

« Maman ? »

Je suis presque à la porte, songeant à ton asthme dont les symptômes reviennent subrepticement après des années d'absence. Je pense aussi à la bouteille de vin au frais dans la cuisine.

« Oui, qu'est-ce qu'il y a, Em ? »

Tu prends une inspiration et le sifflement me fait grimacer.

« J'ai trouvé autre chose, avant. Dans le bureau. »

J'attends ; j'ai tout trié dans cette pièce, ou du moins je pensais l'avoir fait.

« C'est écrit en français mais j'ai compris certains mots. C'est son dossier médical, je crois. »

1975

C'est l'après-midi, Élodie est dans la maison et, tel un saphir creusant le sillon d'un disque trop écouté, Greg et moi reprenons ce qui, depuis environ un an, est notre sempiternel sujet de discorde. Comme chaque fois qu'il m'annonce une nouvelle tournée généralement en dernière minute. Je découvre qu'il part le lendemain et ne reviendra pas avant le week-end suivant.

« C'est facile pour toi de prendre tes affaires et de décamper quand ça te chante, lui dis-je en finissant les restes du repas d'Élodie qui se solidifient déjà au soleil. Facile de monter en voiture, de prendre la route de Paris ou Londres, la radio allumée et la vitre baissée, seul avec tes pensées. Lorsque tu peux aller rendre visite à tes amis intéressants et discuter d'*art*. À ton avis, qu'est-ce que je fais, moi, quand tu pars en voyage ou que tu t'enfermes dans ton bureau, seule avec Élodie qui refuse de dormir, de manger une bouchée de ce que je lui donne ou ne daigne même pas m'accorder un regard ? Tu n'as pas la moindre idée de ce que je vis, vraiment. »

Ces récriminations me soulagent, me distraient de la peur tapie en moi. Pas un mot qui ne soit vrai, mais l'ensemble se résume vraiment à une supplique : « Je t'en prie, ne me laisse pas affronter cela toute seule. » Il resterait probablement si je l'en implorais, mais mon orgueil m'en empêche.

Il tend la main pour me frotter la nuque, vieux geste affectueux auquel je réponds d'habitude volontiers mais pas aujourd'hui. Je me raidis et sa main retombe.

« Et si tu planifiais une excursion ? Emmène Élodie au bord de la mer. Vous vous amusez toujours quand vous y allez. »

Je suis sur le point de lui répondre au moment où Laurent apparaît dans le jardin. Il traverse la pelouse à grands pas et s'approche des marches de la terrasse. Le petit Luc gigote dans ses bras pour qu'il le pose par terre.

« Salut ! Je tombe mal ? »

Je secoue la tête et lui fais signe de monter. Sa présence m'a toujours réconfortée, elle fait resurgir une version de moi que je préfère.

« Bonjour, Laurent, dit Greg sèchement en se levant. Je vous laisse. J'ai de la paperasse qui m'attend. »

Laurent lui adresse un grand sourire pour s'excuser.

« Bien sûr, mais en fait c'est toi que je venais voir. Je voulais ton opinion d'expert sur quelque chose. »

Il lui fait souvent ces petites avances flatteuses comme s'il savait que Greg lui en voulait de notre histoire commune. Elles me paraissent d'une flagornerie gênante mais parviennent en général à amadouer Greg.

« OK. Bien sûr, je veux bien aider si je peux, répond-il, conciliant.

– C'est une broche qu'Annette voudrait que je fasse évaluer. Elle appartenait à sa grand-tante. »

Il passe Luc sur son autre bras pour fouiller dans sa poche. Le bébé se tortille, tente d'atteindre la table et les restes de notre déjeuner.

« Donne-le moi », lui dis-je en tendant les bras.

J'adore Luc. C'est un enfant calme, plein de sourires et sans l'ombre d'une complication. J'aime sentir son poids dense sur mes genoux. Il me fait me sentir plus solide. Mieux ancrée.

Élodie apparaît à la porte de la cuisine. Ses yeux se posent sur Luc qui tient bien fort mon collier dans son poing dodu, les grosses perles d'ambre de la même couleur que l'œil gauche d'Élodie. Elle va se blottir contre Greg, dont elle agrippe le cou d'une main pour le faire se pencher à sa hauteur.

« Qu'est-ce qu'il y a, ma chérie ? »

Elle chuchote à son oreille, un œil sur moi. C'est le droit, le bleu, l'iris presque aussi sombre que la pupille au soleil étincelant. Greg se redresse.

« Sylvie, elle ne trouve pas sa pochette avec des coccinelles. Tu veux bien aller la chercher pendant que je parle à Laurent ? »

Je rends Luc à son père.

« J'en ai pour une minute. (Je regarde Élodie.) Est-ce que tu te souviens où tu l'as vue pour la dernière fois ? »

Elle hausse les épaules, ses yeux fuyant les miens.

Je ravale un soupir et commence à ramasser les assiettes pour les déposer dans la cuisine au passage. Je finis par trouver la pochette fourrée dans sa taie d'oreiller, mais le temps de redescendre de sa chambre elle a disparu. Il me faut encore une seconde pour me rendre compte qu'il n'y a aucun signe du bébé.

« Où est Luc ? » dis-je d'un ton coupant. Laurent et Greg sont assis à table avec des bières, la broche posée devant eux dans un écrin en velours.

« Élodie l'a emmené faire un petit tour, me répond Greg en indiquant la pelouse en contrebas. » Je suis la seule à déceler la note de défi dans sa voix.

« Il ne tient plus en place depuis qu'il a commencé à marcher, me dit Laurent. Il ne reste plus assis deux minutes. Elle me rend service. »

Je dévale les marches mais ne les vois pas sur la pelouse. Je suis convaincue de les trouver dans ce coin ombragé, caché de la terrasse, qu'affectionne Élodie. Personne ! Stupéfaite, je reste un long moment figée, ne sachant quoi faire. Puis j'entends un son, si aigu et bref que ça pourrait être un cri d'oiseau. Il vient de la piscine.

Alors que je commence à courir vers les pins parasols qui abritent l'eau du reste du jardin, un éclair rouge étincelant traverse les feuilles. La couleur de la robe qu'Élodie porte aujourd'hui.

J'arrive à la piscine quand Luc percute l'eau du grand bain, à l'autre bout. Le bassin n'est pas petit, pourtant il me semble qu'une seconde me suffit pour le rejoindre, comme si j'avais fait un saut dans le temps. Je le sors si vite que ses yeux sont encore arrondis par le choc de l'impact. Il ne commence à hurler que lorsque je me mets à l'examiner pour voir s'il est blessé. Sa terreur à retardement nous fait trembler tous les deux.

Il n'y a visiblement pas d'eau dans ses poumons, il ne s'étouffe pas, et je sens les battements de mon cœur se calmer un peu. Je le serre fort contre ma poitrine et le laisse pleurer tout son saoul. Je surprends soudain le regard d'Élodie. Nous nous fixons et je n'ai pas l'impression d'avoir une enfant en face de moi.

Elle voit Greg et Laurent la première. Quand ils s'arrêtent devant nous, le visage de Laurent livide sous son hâle, elle indique Luc, dont les cris, de moins en moins forts, ne sont plus que des gémissements épuisés.

« Il est tombé, explique-t-elle à son père en prenant une voix de bébé. Ce gros bêta de Luc est tombé dans la piscine. »

Non, je suppose que je ne l'ai pas vue le pousser. Comme Greg le dira plus tard, je n'ai pas de preuve. Mais j'ai vu à quel point elle était proche de l'endroit où il est tombé. Et j'ai aussi vu son expression.

« Bon sang, elle devait avoir peur, dit Greg quand j'essaie de la décrire. Elle aussi a été choquée, n'oublie pas. »

Il évite cependant de croiser mon regard et son ton manque de conviction. Je n'insiste pas, je sais que ce n'était pas de la peur mais bien de l'excitation qui déformait presque son visage. Je l'ai aussi lue dans ses yeux qui brillaient comme jamais.

Cette nuit-là, ni Greg ni moi ne dormons bien ; nous restons éveillés, les yeux ouverts dans le noir, bien après deux heures du matin. Je pose une main sur son flanc lisse, – l'invitant ainsi à se tourner vers moi pour que nous discutions de tout ça –, mais il ralentit juste sa respiration, la rend plus profonde, feignant d'être endormi depuis longtemps. C'est la version adulte de « pour échapper au monstre, on s'enfonce sous les couvertures. Si on ne le voit pas, il ne se passe rien ».

Je retire ma main.

1993

Impossible de me rappeler quand je me suis posé la question pour la première fois. Il y a bien dû y en avoir une, je suppose, mais elle est en moi depuis si longtemps, telle un oiseau géant qui tournoie au-dessus de ma tête avec des ailes d'ombre bloquant le soleil, que je ne parviens pas à en retrouver l'instant précis.

« Est-ce mon imagination ? »

« Est-elle née ainsi ou l'est-elle devenue ? » Toutes ces questions n'étaient que des variations sur la première, sempiternelle, que toute mère d'une enfant comme Élodie se pose : « Est-ce ma faute ? »

Tu as trouvé le dossier médical dans le vieux bureau : un meuble monstrueux, énorme, en bois sombre verni, avec des tiroirs sculptés de chaque côté. Celui du bas, le plus profond, était verrouillé quand j'ai essayé de l'ouvrir, et la clef était introuvable. J'avais l'intention de la chercher mais j'ai oublié. Tu admets avoir forcé la serrure avec une épingle à cheveux redressée, faisant preuve de ressources qui ne sont pas sans me déconcerter.

L'épais dossier, que tu vas maintenant chercher dans ta chambre, atterrit sur le plancher de la chambre d'Élodie avec un bruit sourd.

Un coin de papier jaune dépasse de la pile, j'aperçois quelques mots griffonnés à l'encre noire et je reconnais l'écriture de Morel. Le Dr Hubert Morel. Je le revois tout entier : le sillon creusé par sa pipe dans ses dents du bas, ses mains fraîches, sèches, ses yeux bruns, gentils, qui ne jugeaient jamais.

Je tire lentement le dossier vers moi, veillant à ne pas trahir mon inquiétude.

« Sortons dans le jardin, dis-je en me levant avant que tu ne puisses objecter. Je veux être au grand air. »

Camille apparaît sur le pas de la porte sans que tu la remarques, m'interroge des yeux mais je secoue la tête.

Dehors, l'air est comme un bain chaud. Tu t'assois à côté de moi, nous sommes toutes les deux face au néant qu'est désormais le jardin plongé dans l'obscurité. Camille s'approche et me met un verre de vin frais dans la main avant de retourner sans un mot dans la maison. Les cigales sont silencieuses ce soir, mais quelque part, tout près, probablement dans le lit à sec du ruisseau qui sépare le jardin des champs, un crapaud solitaire coasse.

Je pose la main à plat sur le dossier.

« Nous sommes allés voir un spécialiste à son sujet. Juste après ta naissance. J'étais… Nous étions si inquiets.

– Ça devait être grave alors. (Tu tends la main pour feuilleter le coin effiloché du dossier.) 1975, 1977, 1979. Elle a été malade pendant tout ce temps ? »

Je ne te réponds pas aussitôt.

« Euh, oui. Mais ce n'était pas le genre de maladies auxquelles tu penses. Le médecin que nous avons consulté était… une autre sorte de spécialiste.

– Qu'est-ce que tu veux dire ? »

Tu te tournes pour me regarder. Je vois grossir, éclairée par la lumière de la maison derrière ta tête, une nuée tourbillonnante de petits insectes frénétiques, filant dans toutes les directions, innombrables, et je me lève pour allumer la spirale antimoustique. Tu as passé la journée à gratter tes piqûres.

« Maman, je t'en prie, murmures-tu quand j'arrête de m'agiter. C'est pas juste. Je ne suis plus une petite fille. »

À mes yeux, si, mais je me retiens de te le dire et reprends la parole sans conviction.

« Il y a eu beaucoup de phases.

– Des phases ? (Tu secoues la tête.) Quel genre de…

– Élodie n'était pas facile. (Je t'ai interrompue et j'ai comme l'impression qu'une bulle d'hystérie menace d'exploser hors de moi tant cette litote est ridicule.) Elle présentait de sérieux troubles du comportement. »

Tu ne dis rien, absorbes mes mots.

« Pourquoi, parce qu'elle était malade ? »

Je déglutis, me rappelle à quel point il avait été plus facile de te laisser supposer qu'Élodie souffrait d'une maladie physique.

« Pas exactement. »

Je veux t'avertir que savoir n'est pas toujours une bonne chose, qu'une fois que l'on sait on ne peut plus ne pas savoir. Une seule révélation peut tout renverser, démolir des murs qu'on croyait solides, révéler des pièces qu'on aurait préféré ne jamais voir. Mais je suis fatiguée et légèrement ivre. Et puis Élodie reviendra si je vais la chercher sous le laurier-rose, sa longue chevelure ondoyante luisant dans le noir comme un ruisseau éclairé par la lune. « Dis-lui, me chuchotera-t-elle. Dis-lui ou c'est moi qui le ferai ».

« Élodie n'était pas malade de la façon dont tu l'as toujours crue. » Ma voix est claire et perce l'obscurité. Je ne pense pas m'adresser uniquement à toi. « Elle ne souffrait pas de leucémie ou d'un truc comme ça. Sa maladie était dans sa tête. Quand je dis qu'elle n'était pas facile, je veux dire qu'il ne s'agissait pas juste de… désobéissance. C'était bien plus grave, bien plus compliqué. Une condition innée, elle était fabriquée comme ça… (J'hésite.) Il n'y avait pas vraiment de remède, pas de médicaments. Pendant très longtemps, ton père n'a pas voulu affronter les faits. Moi non plus, je suppose. Quand je l'ai enfin emmenée voir le Dr Morel (j'indique le dossier) et qu'il m'a expliqué qu'elle souffrait d'un… trouble, que ce n'était la faute de personne mais qu'il n'y avait pas non plus grand-chose à faire, ton père et moi avons dû l'accepter. »

Je m'arrête parce qu'il m'arrive souvent de penser que Greg n'a jamais totalement accepté la vérité. En réalité, la disparition de sa fille il y a une dizaine d'années lui a permis d'y échapper encore davantage.

« Je suis désolée, ma chérie, de ne pas te l'avoir dit avant, mais tu étais trop jeune pour comprendre. Je ne voulais pas te rappeler à quel point notre vie ici, tous les quatre, avait été pénible. Une période si difficile. »

J'ai parlé vite et j'en suis essoufflée. J'ai besoin d'une cigarette. Je regrette de ne pas avoir demandé à Camille de se joindre à nous.

« Mais je n'ai gardé presque aucun souvenir de cette époque, Maman, tu le sais. (Ta voix est chargée d'émotion.) Je ne me souviens pas du tout d'Élodie. Juste par les photos. »

Je te fais signe d'approcher et, à ma surprise, tu acceptes. Je te serre dans mes bras et tu te blottis contre moi sur la chaise. Ton corps est chaud, solide, débordant de vie.

« Pourquoi ne m'as-tu jamais rien dit de tout ça ? Et Papa ? Lui m'a toujours parlé davantage d'elle que toi.

– Nous étions tous les deux d'accord qu'il valait mieux attendre. Nous pensions que ce serait plus facile pour toi. »

Dit tout haut, cela semble horrible. La culpabilité me donne le vertige.

« Tout me paraît bizarre maintenant, finis-tu par dire. C'est comme si tout ce que j'avais toujours pensé de notre famille était faux. Un tissu de mensonges.

– Je suis désolée, ma chérie, dis-je tout bas dans tes cheveux.

– Qu'est-ce qu'elle avait ? »

Ta voix n'est guère plus qu'un murmure.

« C'est difficile à expliquer. Son cerveau ne fonctionnait pas comme celui des autres gens. Elle ne pouvait pas…

– Pas quoi ?

– Je crois qu'elle ne pouvait pas ressentir ce que les autres éprouvaient. Je suppose que ça n'a pas l'air bien grave mais cela causait de vrais problèmes, pour tout le monde. Ce n'était pas sa faute mais… c'était difficile, Emma. Parfois insupportable. »

Je pourrais ajouter « effrayant, aussi », mais je me retiens.

Tu ne bouges pas. Je regarde ton profil alors que la lune se lève et déverse sa lumière froide sur le jardin. Je n'arrive pas tout à fait à distinguer ton expression tandis que tu rumines ce que tu viens d'entendre, mais je m'accroche au fait que tu n'es pas retournée t'asseoir sur ta chaise, que ta tête est toujours posée sur mon épaule.

« Mais j'ai toujours…

– Tu as toujours cru qu'elle était parfaite. Intelligente, belle, l'aînée. Elle était toutes ces choses mais elle était aussi très dé… difficile. (J'ai failli dire "dérangée" mais je ne veux pas te faire peur. J'ai tant de mal à concilier la vérité et le désir de te protéger.) Petite, elle avait de ces… colères folles. En grandissant, elle avait appris à mieux se contrôler et était devenue très… très froide. »

Je prends ta main pour la caresser mais tu la retires, avec douceur néanmoins.

« Continue », m'intimes-tu en me regardant droit dans les yeux, et, juste l'espace d'un instant, j'entrevois Élodie dans ton visage. Je pense que c'est ton expression qui s'est durcie : tu es résolue à ne pas me laisser m'arrêter comme tu l'as fait par le passé. Tu te tournes vers le jardin, impassible, et tu attends comme un interrogateur expérimenté que je meuble le silence.

« Élodie savait très bien manipuler les gens, dis-je enfin. C'était une caractéristique de sa maladie. Elle savait que ton père lui passait tout si elle se montrait charmante et sage avec lui. C'est ce qu'elle faisait, la plupart du temps. Mais j'étais avec elle à longueur de journée, tous les jours. Je la connaissais mieux que quiconque. Je voyais aussi d'autres aspects d'elle quand elle n'était pas en train de… jouer la comédie. »

Tu te tais, digères mes mots et je t'observe, à bout de nerfs, terrifiée de t'en avoir trop dit. Je peux toujours déchiffrer ton expression, mais là il fait trop sombre. Je me demande si des souvenirs défilent dans ta tête et prie silencieusement pour que ce ne soit pas le cas.

« Donc c'est pour ça qu'elle a été renvoyée de l'école ?

– Oui. À partir de ce moment-là, elle est restée à la maison avec moi. Avec nous, toi et moi. »

Tu penches la tête.

« Je ne m'en souviens pas. Je ne me souviens presque pas d'elle.

– C'est normal, tu n'avais que trois ans. Un âge dont je n'ai moi-même gardé que très peu de souvenirs. »

Maintenant, tu connais la vérité, même si tu ne sais pas encore tout, loin de là. Nous rentrons retrouver Camille. J'ai l'impression qu'on m'a ôté un énorme poids. Après tout ce que tu viens de découvrir, tu n'as pas songé à me demander de quoi est morte ta sœur, alors qu'elle était en bonne santé physique. Ce soulagement démesuré me submerge encore une fois de honte.

1975

Je prends rendez-vous avec Hubert Morel le lendemain de l'incident avec Luc à la piscine. Je ne me soucie plus de ce que dira Greg en le découvrant, ou le vieux Dr Bisset, le médecin de famille qui m'envoie promener depuis désormais presque deux ans. Je sais qu'il me prend pour une hystérique. Quand j'ai essayé de lui montrer les dessins, il les a repoussés d'une main sans même leur jeter un coup d'œil. « Chère madame, m'a-t-il dit, les mains jointes sur l'estomac comme s'il pensait déjà à ce qu'il mangerait au déjeuner, bon, elle vous donne du fil à retordre. Ça lui passera avec l'âge. »

Morel est psychologue pour enfants et son cabinet, dans une rue calme d'Avignon, est le plus proche que j'ai pu trouver. Je ne suis pas à Londres ou à Paris : les psychologues ne courent pas les rues par ici, encore moins les pédopsychiatres.

Je suis très inquiète, pas tant parce que je ne connais personne qui ait jamais consulté ce que Greg appelle avec mépris un « psy », mais parce que je crains que, comme Bisset, il pense qu'il n'y a rien d'inquiétant. Que je m'imagine tout ça.

Morel vient nous chercher dans la salle d'attente quand arrive notre tour. Il est grand et d'une maigreur impossible.

« Madame Winters, si nous commencions par nous parler tous les deux ? Jeanne s'occupera de votre fille. »

Il indique la réceptionniste aux yeux de chouette.

Il y a des livres, des jouets, de quoi dessiner, une petite table en bois et une chaise dans un coin de la pièce. Je regarde Élodie choisir un album et s'asseoir tranquillement. Dans le couloir qui mène à son cabinet, je ne peux m'empêcher de jeter des coups d'œil en arrière parce qu'avec moi Élodie refuse toujours de lire. Elle me suit des yeux, sa petite mâchoire serrée, et je me rends compte qu'elle tient le livre à l'envers.

Morel me fait entrer dans son spacieux bureau haut de plafond et pousse une boîte de mouchoirs vers moi bien que je ne pleure pas. Pas encore.

« Puis-je vous demander depuis combien de temps vous vous faites du souci pour Élodie ? »

Un rire sans joie m'échappe et se transforme en un sanglot qui me fait prendre un mouchoir.

« Environ six ans ? »

Il attend, ses mains aux longs doigts posées l'une sur l'autre.

« Mon mari ne sait pas que je suis ici. De toute façon, elle est complètement différente avec lui. »

Je tire sur une cuticule déchirée. Je crains tellement de ne pas réussir à lui faire comprendre, à lui non plus.

« En quoi est-elle différente ?

– J'ai l'impression qu'elle lui joue la comédie mais qu'avec moi elle est sincère. (Je soupire, la voix tremblante tant mes mots me semblent vagues et inadéquats.) Je la vois au quotidien, nous sommes tout le temps ensemble.

Je vois son visage se remplir de haine ou – et c'est parfois pire – devenir totalement inexpressif. »

Je suis prise de tremblements et les larmes débordent. J'enfonce mes ongles dans mes paumes pour me forcer à me calmer.

« Pouvez-vous me donner un exemple d'une fois où vous l'avez vue comme ça ? »

Je lui raconte la scène du lézard et de ses œufs, comment elle les avait détruits.

« Et elle ne cherchait pas à me faire peur, non. Elle se croyait seule. (Je déglutis bruyamment.) Juste pour s'amuser. Pour le plaisir. »

Il hoche la tête, m'écoute avec attention. Puis il me regarde.

« Madame Winters, diriez-vous que vous avez peur de votre fille ? »

Je sursaute. Personne ne m'a jamais posé cette question. Je tends la main pour prendre un autre mouchoir en papier mais la boîte est vide. Il m'en tend un en tissu, impeccablement repassé, un H bleu brodé dans un coin.

« C'est ma mère qui me les fait », me dit-il avec un sourire triste, et je me dis que j'aimerais rester pour toujours dans ce cabinet, sans rien d'autre à faire qu'écouter le doux timbre de la voix d'Hubert Morel.

« Est-ce que je suis le premier psychologue pour enfants que vous consultez ? » me demande-t-il quand je semble commencer à me reprendre. Il se rassoit.

« Oui.

– Y a-t-il un événement en particulier qui vous a poussée à venir maintenant ? Vous avez dit que l'histoire du lézard date d'un certain temps. »

J'inspire profondément.

« Des incidents se produisent de plus en plus souvent. J'ai l'impression que ça s'aggrave. Le pigeon mort, par exemple. Élodie a dit qu'elle l'avait trouvé comme ça dans le jardin. Greg – mon mari – dit qu'un autre animal a dû le tuer, peut-être un oiseau plus gros ou un renard, mais je…

– Vous pensez qu'Élodie l'a tué ? »

Tuer ? J'en bégaye.

« Je… je ne sais pas. Il n'y avait pas de traces de sang, pas de blessure. Ses ailes étaient brisées, comme si elles avaient été arrachées. J'ai trouvé une plume dans sa chambre. (Je lève les yeux vers lui.) Je crois qu'il a été étranglé. Ou qu'il est mort de peur. »

Il note quelque chose puis repose son stylo, ses doigts se touchant, paumes écartées.

« Quoi d'autre ? Racontez-moi. »

C'est là que je lui raconte l'incident avec Luc.

Il demande ensuite à parler seul avec Élodie. Je m'assois dans la salle d'attente, feuillette de vieux magazines dont je ne saisis pas un mot.

« Quel est le verdict ? » je lui demande quand il me rappelle dans son cabinet. J'essaie de prendre un ton désinvolte sans y parvenir. Je tremble de nouveau.

« Avez-vous entendu parler du test de Rorschach ? Plus connu comme celui des taches d'encre. »

Cela me dit vaguement quelque chose : un lointain souvenir d'une conversation entre Greg et l'un de ses amis londoniens qui suivait une formation de psy à la clinique Tavistock. Du vin rouge et un canapé orange d'Habitat, Greg et moi encore heureux.

« Il a été développé dans les années vingt comme test de la schizophrénie, mais on l'utilise plus généralement comme indicateur d'autres… troubles. Les gens pensent qu'il existe une bonne réponse pour chaque tache d'encre, que si vous voyez une chauve-souris ou un papillon vous êtes normal. Mais c'est bien plus complexe. Je prends en compte le temps mis par le sujet à répondre ou la partie de l'image sur laquelle il se concentre. J'évalue la ressemblance entre ce qu'il décrit et ce qui s'y distingue vraiment, ainsi que de nombreux autres facteurs.

– Et qu'avez-vous trouvé ? Qu'a vu Élodie ? »

Il plie les doigts, paumes tournées vers le haut.

« Ce sont des pensées préliminaires plus que toute autre chose. J'ai besoin de plus de temps avec elle, peut-être dans un mois environ. Je voudrais lui faire passer d'autres tests. »

Je me penche en avant.

« Mais vous avez bien dû arriver à une quelconque impression. Elle a passé plus d'une heure avec vous. »

J'ai réduit son joli mouchoir à une boule dense et humide.

Il souffle lentement par le nez.

« J'ai constaté quelques réponses… inhabituelles. Il y a des cartes en particulier – j'ai mentionné la chauve-souris – où la plupart des gens voient la même chose. Quand ce n'est pas le cas, c'est significatif.

– Qu'est-ce qu'elle a vu ? »

J'ai murmuré ma question, terrifiée et convaincue qu'elle a décrit des monstres et des enfers là où quiconque verrait des fleurs.

« C'est plutôt ce qu'elle n'a pas vu. C'est évidemment une enfant intelligente, mais elle a eu du mal à distinguer des visages ou des animaux dans les taches. Savez-vous à quoi sert l'amygdale dans le cerveau ? »

Je secoue la tête.

« L'amygdale a la forme d'une amande. Elle se trouve profondément enfouie entre les lobes temporaux. Tout simplement, c'est de là que viennent nos réponses émotionnelles. C'est là que les émotions sont ressenties et traitées. Parfois, chez certaines personnes, cette partie du cerveau ne s'illumine pas quand elle le devrait. Elle ne réagit pas et reste plongée dans l'obscurité.

– Et vous pensez qu'Élodie est l'une de ces personnes ? »

Il étale de nouveau ses mains.

« Je pense que c'est possible. Dans les cas où l'amygdale ne fonctionne pas de la même façon que chez la plupart des gens, on constate une tendance à prendre plus de risques que la normale. Vous avez dit auparavant qu'Élodie ne montre jamais de signes de peur. Rien à voir avec quelqu'un qui a le vertige mais saute quand même du plongeoir. Il se peut qu'Élodie ne ressente tout simplement pas la peur.

– Mais comment expliquez-vous les autres choses dont nous avons parlé ? Est-ce qu'elles font partie du même problème ?

– Madame, il est important de se rappeler que le cerveau d'Élodie est en pleine croissance. Elle n'est pas encore totalement développée. C'est pour cela que je ne voudrais pas – tout comme n'importe quel psychologue – avancer un diagnostic de psychopathie. Elle…

– Psychopathie ? (La pièce s'est vidée de son air.) Vous pensez qu'Élodie pourrait être une psychopathe ?

– Je n'ai pas dit ça. Comme je vous l'expliquais, nous n'aimons pas étiqueter un enfant comme atteint d'une condition qui a des connotations si négatives alors qu'il ou elle est encore très jeune.

– Mais si elle avait dix-huit ans ? Docteur, est-ce que c'est ma faute ? Celle de l'éducation que nous lui avons donnée ? »

C'est la question qui me taraude et voilà quelqu'un qui pourrait être sur le point de me dire : « Oui. C'est votre faute. » J'ai l'impression que je vais vomir.

Mais Morel se contente de m'adresser un sourire triste.

« Il y a deux types d'enfants qui font preuve de cruauté ou d'indifférence comme dans les exemples que vous m'avez décrits. Les premiers ont subi des abus et des violences toute leur vie. Leur froideur extrême se développe comme une sorte de mécanisme de défense pour leur permettre de survivre à la situation terrible dans laquelle ils se trouvent.

– Mais nous… »

Morel lève une main.

« J'ai dit qu'il existait un second type. Il est évident pour moi qu'Élodie n'appartient pas au premier groupe. Les parents de ces malheureux ne cherchent pas l'aide de quelqu'un comme moi. Je ne parle pas de querelles conjugales ou d'une petite fessée. Ce sont des enfants qui ont été sexuellement et physiquement abusés, négligés, qu'on a laissés se défendre tout seuls dès leur plus jeune âge. L'autre groupe est très différent. Beaucoup plus rare, aussi. Ce sont des enfants dont le système neuronal semble fonctionner différemment. Chez eux, c'est génétique et non acquis. »

Je pose une main sur mon ventre.

« C'est héréditaire ?

– On ne sait pas vraiment. Ça se pourrait. J'aimerais revoir Élodie, de préférence le mois prochain. Comme je l'ai déjà dit, je voudrais lui faire passer d'autres tests. »

Il se lève.

« Mais que puis-je faire ? Y a-t-il quoi que ce soit que je puisse faire pour lui venir en aide ? Et si elle tente de nouveau de blesser quelqu'un ? J'ai si peur qu'elle…

– Les enfants comme elle ne sont pas tous activement violents. Certains sont juste manipulateurs, résolus à n'en faire qu'à leur tête. Ils agissent souvent uniquement pour voir quelles seront les conséquences. Ils ne sont pas stimulés par les mêmes choses que nous. Les adultes dotés de ce type de personnalité ont un rythme cardiaque très bas, même dans des situations dangereuses ou qui devraient provoquer une forte charge émotionnelle. Selon une théorie, s'ils bravent sciemment les interdits ou font du mal aux autres, c'est parce qu'ils cherchent à accroître leurs sensations, à s'exciter. Un tel comportement est naturellement difficile à gérer mais, encadré avec attention, n'est pas forcément dangereux.

– Mais il peut l'être. »

Il incline la tête.

« Si elle se montre agressive, essayez de veiller à ce qu'elle n'en tire aucun avantage. Tentez de contrôler vos réactions et de ne pas faire d'histoires qui pourraient lui plaire ou l'intéresser. Les punitions ne marchent pas avec ce type d'enfants, n'ont aucun effet de dissuasion. Ils se moquent de la colère des autres. Ils n'ont pas honte de faire de la peine à quelqu'un. On a constaté que c'est justement l'opposé qui marche avec eux : vous récompensez la bonne conduite au lieu de punir la mauvaise. »

Je pense à Greg : aux cadeaux qu'il lui achète, aux récompenses que je vois toujours comme de la grossière corruption. Et pourtant sa relation avec elle est bien moins difficile.

« Et si elle fait quelque chose de dangereux ? Sommes-nous censés l'ignorer ?

– De fait, oui. Une enfant comme Élodie ne réagira pas comme les autres. C'est difficile à entendre, mais elle est fondamentalement indifférente. Au mieux, elle sera fascinée par l'effet qu'elle a sur vous : vos larmes, peut-être, ou vos explosions. Je lui ai aussi montré des photos. Sur l'une d'elles, on voyait une femme qui semblait éprouver du chagrin et de la peur, au bord des larmes. Quand j'ai demandé à Élodie ce que cette femme ressentait à son avis, elle n'a pas réussi à me donner la réponse que me donnerait spontanément un enfant plus jeune qu'elle. Savez-vous ce qu'elle a fini par me dire ? »

Je secoue la tête. Une partie de moi ne veut pas l'entendre, l'autre ressent un besoin morbide de tout savoir.

« Elle m'a dit : "Elle ressemble à Maman." »

Je ferme brièvement les yeux.

« Mais vous me dites que si elle est comme ça, ce n'est pas ma faute, et qu'elle ne peut pas s'en empêcher ? »

Ma voix est étouffée par les larmes. Il acquiesce.

Je n'ai pas moins peur – peut-être l'inverse –, mais l'impression qu'on m'a ôté l'énorme rocher qui m'écrasait la poitrine.

« Donc, vous lui ferez d'autres tests, dis-je, une faible lueur d'espoir dans la voix. Et ensuite vous saurez quoi faire pour l'aider ? Y a-t-il des médicaments ? Une thérapie par la parole, peut-être ? »

Pour la première fois, Morel évite mon regard. Je regarde sa pomme d'Adam monter et descendre dans son cou maigre quand il déglutit.

« Je crains bien que ce ne soit pas si simple. Elle est comme elle est. Il n'y a pas de traitement. Mais je peux peut-être vous aider à mieux la comprendre, à mieux contrôler son comportement. »

Il voit mon visage se décomposer et s'empresse d'ajouter :

« Il y a de l'espoir, madame Winters. Je vous ai dit précédemment que, chez les enfants, le cerveau n'est pas totalement formé. Il est encore malléable. Cela signifie qu'ils peuvent sortir de cette phase. On pense que c'est le cas de quatre enfants sur cinq. »

J'absorbe ce qu'il vient de me dire. Quatre-vingts pour cent. J'ignore le tremblement qui m'ébranle quand je pense aux vingt pour cent restants. Je refoule l'image de son œil bleu fou.

« Mais il doit bien y avoir quelque chose que nous pouvons faire entre-temps ? Quelque chose qui améliorera ses chances d'être l'une des quatre sur cinq ?

– J'ai récemment lu une étude sur le sujet. Les résultats semblent indiquer que l'affection parentale pourrait avoir un effet positif, mais nous n'en sommes encore qu'aux balbutiements. Si vous pouvez lui témoigner beaucoup de chaleur et d'amour, cela pourrait jouer dans le bon sens et ne risque certainement pas de lui faire du mal.

– Mais elle n'aime pas les marques d'affection, en tout cas pas les miennes. Elle ne les a jamais aimées, et celles de Greg ne lui plaisent plus trop ces temps-ci. Même petite, elle ne semblait pas avoir besoin d'amour.

– Alors essayez encore. Qu'avez-vous à perdre ? »

Il a raison, et j'ignore la petite voix dans ma tête qui me souffle que ça ne marchera pas.

*

Sur le chemin du retour, Élodie silencieuse à l'arrière, je vois à peine la route défiler sous les roues. J'ai peur de ce qui m'attend : tout raconter à Greg et essayer d'élever une enfant qui pourrait avoir des caractéristiques psychopathes. Ces mots résonnent encore dans ma tête.

Et pourtant, au plus profond de moi, je ressens un timide mais horrible sentiment de soulagement. Ce n'est pas mon imagination, contrairement à ce que sous-entend Greg depuis des années. Il se pourrait qu'il y ait quelque chose d'anormal chez elle, un défaut biologique dissimulé sous toute cette beauté.

Je ne suis pas folle. Ce n'est pas moi.

Ce n'est pas ma faute.

Je jette un coup d'œil dans le rétroviseur. Immobile et apparemment calme, Élodie regarde la ville laisser de nouveau la place aux champs, et je me sens submergée par un déferlement d'émotions si puissant que des larmes silencieuses me brûlent la gorge. Elles commencent à couler sur ma jupe et, là, j'identifie ce sentiment inconnu.

Un chagrin, profond et sincère. Non pas pour moi mais pour elle.

Bien que je n'aie pas fait un bruit, elle doit sentir que quelque chose de sismique m'agite. La tristesse a peut-être une odeur. Elle croise mon regard dans le rétroviseur et je sais qu'elle voit les larmes, les taches de rimmel et mes joues marbrées tant je m'efforce d'étouffer mes sanglots. Elle absorbe tout ça puis détourne de nouveau les yeux vers la route.

1993

Le matin après que tu m'as apporté le dossier d'Élodie, l'air qui entre en volutes par ma fenêtre a une drôle d'odeur, une note aigre et végétale trop légère pour être identifiée.

Je trouve Camille au salon, un bol de café noir à côté d'elle, entourée de diverses caisses à demi remplies, coupée en deux par les rayons du soleil qui filtrent par les portes ouvertes.

« Tu es bien matinale, remarque-t-elle sans lever les yeux.

– Il fait si chaud. J'ai l'impression d'avoir passé la nuit à chercher un peu de fraîcheur.

– Écoute, Sylvie, je pense que je vais rentrer chez moi cet après-midi. Partir après déjeuner. J'ai fait ce que j'avais à faire et je peux revenir au besoin. Je ne supporte pas cette chaleur. De toute façon, je t'avais prévenue que je ne resterais que deux trois jours. (Elle voit ma tête et m'adresse un sourire ironique.) Mon Dieu, je pensais que tu serais soulagée.

– Non. (Je cherche péniblement les mots justes.) J'aime t'avoir ici. Emma aussi.

– J'ai passé de bons moments. »

Soudain, je ne peux pas supporter l'idée que Camille nous laisse toutes les deux seules dans cette maison. Sa nature implacable et entière a quelque chose d'immensément rassurant. J'y vois un rempart contre l'incertitude.

Elle soupire.

« Écoute, ne m'en veux pas, mais j'ai beaucoup réfléchi et je ne me sens pas cent pour cent à l'aise ici avec Emma qui ne connaît pas toute l'histoire. Je comprends pourquoi tu as fait ce choix et j'aurais probablement pris la même décision, mais j'ai du mal à la regarder en face.

– Camille. (Quelque chose dans ma voix la pousse à poser sa tasse.) J'ai peur.

– Allez, Sylvie, il n'y a plus grand-chose à faire ici. Tu pourras bientôt rentrer en Angleterre. Si tu veux, on n'a qu'à payer quelqu'un pour vider la maison. Je ferai moitié-moitié avec toi. »

Ma respiration est devenue saccadée et elle me contemple, pensive, la tête de côté.

« Je crois qu'une partie de toi ne veut pas tourner la page. Moi aussi, j'ai eu du mal. C'est notre maison de famille. Mais tu y as vécu bien plus de choses que moi. Maintenant que tu y es revenue, elle te tient de nouveau.

– C'est ici que tout a mal tourné. »

Camille soupire.

« Et c'est peut-être le seul endroit où tout peut être rectifié. Raconte-lui, Sylvie. D'accord ? »

J'acquiesce, incapable de dire un mot parce que je suis soudain en larmes.

« Bon, donc tu m'autorises à partir ? »

Elle me sourit et me tend un mouchoir en papier.

« Oui, bien sûr, je suis désolée.

– Ne t'en fais pas. Tu as toujours été une pleurnicheuse. Tu as hérité ça de Maman. Ce n'est pas ta faute.

– J'ai peur qu'Emma ne me pardonne jamais. »

Camille hausse les épaules.

« Peut-être bien. Surtout si elle apprend la vérité de quelqu'un d'autre. »

Je me sens plus légère après notre conversation et, dans le jardin baigné de soleil où les pigeons se chamaillent de nouveau amicalement, le poids du passé semble un peu moins lourd. Je suis soudain convaincue que j'arriverai à tout t'expliquer. Ce soir, après dîner, je trouverai enfin les mots justes.

*

Une fois Camille partie, j'attaque le nettoyage du jardin. Je sors la vieille tondeuse à gazon et entame de pénibles va-et-vient sur la pelouse. La chaleur se fait intense et je dégouline de sueur, les cheveux collés à la peau. J'ai l'impression d'y passer une éternité : l'herbe est trop haute et les lames de la tondeuse émoussées et rouillées.

J'ai fait environ la moitié du gazon quand je m'accroupis pour enfoncer un doigt dans l'une des fissures de la terre desséchée. Je pense à Camille se plaignant de la chaleur et regrette qu'elle ne soit pas restée une nuit de plus.

J'ai à peine fini que j'abandonne la maudite tondeuse là où elle est pour me jeter dans la piscine sans enlever mon short et mon t-shirt. L'eau est merveilleusement fraîche et j'y reste très longtemps, sans vraiment nager, juste à flotter et à regarder l'eau ruisseler comme des émeraudes le long de mes bras levés au ciel.

Tu as passé presque toute la journée enfermée dans ta chambre et n'es descendue que pour dire au revoir à

Camille. Je me dis que le soleil est venu à bout de ton désir de bronzage, car cet après-midi, il fait encore plus chaud. Mais je pense qu'il doit y avoir autre chose et quand je frappe à ta porte pour tenter de te convaincre de descendre dîner vers dix-huit heures, tu refuses, te tournes vers le mur et me dis que tu as de nouveau mal au ventre.

Je lave quelques tomates d'un rouge intense, si juteuses que lorsque j'enfonce le couteau dans leur chair, les pépins giclent. Je dispose les tranches sur une assiette puis éparpille dessus des feuilles de basilic et des olives noires ridées si salées qu'elles me font monter l'eau à la bouche. J'avale tout ça avec une demi-bouteille de vin, une mauvaise idée sur un estomac presque vide, mais la chaleur m'a coupé l'appétit. Quand je passe à côté du téléphone, je suis tentée d'appeler la compagnie de ferry pour me renseigner sur les traversées de retour, mais je repense à ce que dirait Camille. « Tu veux juste éviter de lui raconter toute l'histoire. » Je monte plutôt m'allonger et, sous l'effet du vin, je me laisse sombrer dans un sommeil vaseux.

À mon réveil, le jour a baissé derrière les volets. De la musique monte du rez-de-chaussée, un disque de jazz qui n'a pas pu être choisi par toi. Je pourrais continuer à dormir indéfiniment mais cela me rappelle ces journées cotonneuses où Élodie était petite et, à cette pensée, je me lève d'un bond. J'ouvre les volets et vois que l'après-midi brûlant s'est mué en une douce soirée réconfortante, la pelouse empourprée de lumière. Au-delà des pins parasols, les derniers rayons du soleil ricochent sur la piscine. Je distingue tout juste leur scintillement. Un rire de petite fille vrille l'air, argentin, et je vois quelque chose bouger.

Il fait bon dans le jardin, la température parfaite. Je sens à peine l'odeur d'herbe coupée tant le parfum du laurier-rose domine. J'entends de nouveau ce rire aigu et flûté qui me glace malgré la douceur de l'air. C'est comme si, en descendant dans le jardin, un trou s'était ouvert dans le temps. Ça ne peut être que toi mais je ne reconnais pas ton rire.

Pieds nus, je n'ai aucun mal à m'approcher à pas de loup, sans me faire entendre. J'aperçois à travers le feuillage dru et bleuté des pins une jambe nue, tendue. Le vernis rose nacré donne des reflets dorés à la peau lisse de son pied. Elle. Je m'approche encore, le sang grondant dans mes oreilles.

Elle est vêtue d'un blanc qui luit étrangement dans le crépuscule. Je ne remarque personne d'autre parce que je ne peux pas la quitter des yeux.

« Élodie ! »

Son nom m'échappe tout bas, étranglé, alors que je titube.

Elle se tourne soudain et tout se déforme en un instant comme sous de l'eau vive. Parce que ce n'est pas elle. C'est toi, bien sûr. Comme si tu avais instinctivement su comment me troubler, toi qui portes la robe d'été de ta sœur. Sa robe Lolita.

Tu es perchée au bout d'une chaise longue, les jambes tournées vers le garçon étendu au bord de la piscine, son corps élancé épousant la pierre encore chaude. Luc.

Tu m'interroges des yeux et je suis soulagée que tu n'aies pas entendu ce que j'ai dit. Des cannettes de bière vide ont roulé sous ta chaise longue et s'entrechoquent quand tu les renverses d'un coup de talon.

« Qu'est-ce que tu fabriques, à boire ? dis-je d'un ton coupant. Luc ? Comment se fait-il que tu sois encore ici à cette heure ? »

Il se redresse sur un coude.

« Salut, Sylvie. »

Il rit et tu lui réponds par un gloussement. Qu'est-ce qui vous fait rire ? J'ai envie de pleurer. Je sens l'énergie nerveuse qui émane de toi comme une odeur, exactement comme au cirque, il y a, me semble-t-il, des années.

« Em, si tu rentrais à la maison ?

Tu ne bouges pas.

« Tu es trop jeune pour… tout ça. Je t'en prie, rentre et change-toi.

– C'est quoi ton problème ? » me demandes-tu d'une voix légèrement pâteuse.

Je sais que tu ne fais que frimer devant Luc mais je suis enragée par ta transformation soudaine en sosie de ta sœur, affublée de cette robe presque transparente et provocatrice, toujours trop courte et moulante sur Élodie. Je fonce sur toi et te tire pour te mettre debout.

« Aïe, Maman, tu me fais mal ! » t'écries-tu alors que je viens juste de te prendre la main. Tu te dégages brutalement et te rassois, le visage buté et rageur.

Je me tourne alors vers Luc et lui dis en français.

« Je pense que tu devrais rentrer chez toi. Emporte les cannettes qui restent. »

Je brûle d'envie de le gifler mais je suis aussi frappée par sa grande beauté dans ce jour déclinant, la perfection de chacun de ses membres hâlés, la douceur de sa bouche vulnérable et les pointes blondies de ses cheveux. Ce n'est plus un adolescent, vraiment plus. Je ne retrouve rien de Laurent en lui.

Alors qu'il s'éloigne, quelque chose tombe de sa poche. Il se retourne pour le ramasser mais je le devance. C'est une photo Polaroid, et bien que je ne l'aie jamais vue, je reconnais chaque millimètre de son sujet. J'absorbe le secret qu'elle révèle. Le visage de Luc est noyé dans la pénombre quand je lui fais face.

« D'où ça vient ? »

Il tend la main pour la reprendre mais je retire la mienne.

« Je l'ai trouvée, maugrée-t-il avec un haussement d'épaules.

– Elle ne t'appartient pas. (Je la fourre dans ma poche.) Tu ferais mieux de partir maintenant. »

Il commence à s'éloigner puis se retourne.

« À bientôt, Emma. Souviens-toi, j'ai une surprise pour ton anniversaire. Un petit cadeau.

– Va-t'en, Luc ». Les mots m'échappent, hargneux, et il recule, mains levées, avec quand même un sourire narquois. Je n'arrive à respirer que lorsqu'il a finalement disparu dans le noir.

« Je ne savais plus où me mettre ! » me lances-tu, livide, lorsque je me retourne vers toi. Tu m'as jeté ces mots saccadés avec rage. Tu vas au bord de la piscine et envoies d'un coup de pied une gerbe d'eau sur les pierres.

« Montre-moi ce qu'il a trouvé. »

Tu tends la main mais je protège ma poche pour t'empêcher de l'atteindre.

« Rien. Juste une vieille photo.

– Maman, donne-la-moi. Si c'est juste une vieille photo, pourquoi je ne peux pas la voir ?

– Parce que c'est comme ça », dis-je d'un ton coupant, à court de mots.

Tu te laisses lourdement tomber en tas, légèrement titubante. Je pense que ça doit être ta toute première cuite. Je m'assois à côté de toi et me penche pour plonger la main dans l'eau qui s'assombrit. Elle est si proche de la température de nos corps que je la sens à peine. J'essaie de toucher ton pied nu, la partie de ton corps la plus proche de moi, mais tu le replies sous toi et refermes les bras autour de ta poitrine comme pour te protéger.

Je te regarde, incapable maintenant de comprendre comment j'ai pu te prendre pour ta sœur. Tu ne lui ressembles absolument pas, la robe blanche innocente sur ton corps encore enfantin, ton pauvre visage crispé à force d'essayer de retenir tes larmes. Ton explosion de défi n'aura guère duré.

Je pense à mon optimisme plus tôt dans la journée, à la promesse faite à Camille de tout t'avouer. La photo bruisse dans ma poche quand je me tourne vers toi, bras ouverts. « Maintenant, me dis-je, c'est le bon moment pour lui raconter le reste. » La photo devrait aider – un accessoire visuel déposé dans mon giron par les dieux –, mais maintenant que le moment est arrivé, je n'arrive pas à me convaincre de me lancer. Je ne sais pas où cela risquerait de nous mener.

Tu commences par me résister, puis je te sens t'abandonner, comme un soupir, ta tête s'abaisse sur mon épaule et je pose un baiser sur tes cheveux si doux sous mes lèvres. Tu te retournes pour t'allonger sur mes genoux et je sens ton haleine chaude, légèrement aigre. Je pense juste, reconnaissante, que ton ivresse m'a sauvée pour aujourd'hui, quand soudain tu essaies d'enfoncer les doigts dans ma poche. Je m'écarte aussitôt. Tu te relèves avec difficulté.

« T'es vraiment chiante ce soir ! » me cries-tu. Je suis trop choquée pour te répondre : tu ne m'as jamais parlé comme ça. Je tends la main vers toi mais tu as déjà tourné les talons. Je te regarde partir à grands pas et, pour une fois, je n'essaie pas de te retenir.

Je sors la photo. J'ai du mal à distinguer grand-chose. La nuit a presque chassé le jour. Le fait que ce soit un Polaroid n'aide pas, l'image légèrement floue, trop contrastée, et de toute façon même une photo traditionnelle serait étrange : sa peau est cireuse, ses yeux, que des bougies d'anniversaire éclairent par en dessous, sont voilés et sombres. Quiconque l'a prise a saisi Élodie juste avant qu'elle ne les souffle : elle est penchée en avant, une main retient ses longs cheveux pour les empêcher de tomber sur dix-huit petites flammes.

Même dans ce peu de lumière, je perçois le défi dans ses yeux. Non pas celui dont elle faisait régulièrement preuve avec moi, hermétique et d'une dureté de silex, mais taquin, résolument aguicheur. Le photographe était un homme, j'en suis sûre et certaine.

Si Élodie est devenue un fantôme avec les années, les événements semblent maintenant conspirer pour la rendre de nouveau réelle : le dossier médical, le Polaroid, même le spectre que j'ai vu au cirque. J'ai l'impression que les contours de ma première fille se précisent, se remplissent de couleurs vives. Cela semble absurde, tiré d'un conte gothique, mais ces révélations paraissent consolider une à une son pouvoir. Comme si, quelque part, elle rassemblait ses forces.

1975

L'angoisse m'oppresse. J'ai l'impression de ne pas arriver à remplir d'air mes poumons. Aujourd'hui, une fête d'anniversaire va se tenir chez nous. Pas celui d'Élodie, mais celui d'une fillette de l'école du village. Son père est fonctionnaire. Greg et lui ont engagé la conversation un jour en achetant des cigarettes au tabac. Hier, Greg a entendu que le filtre de leur piscine ne fonctionnait plus et que la petite Marie-Laure était inconsolable parce qu'elle voulait tellement y célébrer sa fête. Il a donc proposé la nôtre.

« Mais Élodie n'était même pas invitée, lui dis-je, sidérée, quand il me l'annonce. Sera-t-elle autorisée à y assister maintenant que ça se passe dans son jardin à elle ? »

Mes nerfs à bout me rendent agressive, mais c'est loin d'être la première fois qu'Élodie est la seule enfant exclue.

« Elles ne se connaissent probablement pas, répond Greg avec insouciance.

– Ils ne sont que onze dans la classe. »

Je le vois lever les yeux au ciel.

« Tu n'auras rien à faire. Apparemment, Monique a déjà tout préparé. J'ai juste pensé que nous pouvions les dépanner. Yves et elle apporteront à manger et veilleront à tout, nous ne faisons rien de plus que leur fournir le jardin et la piscine. Tu sais bien que nous sommes la seule maison du village à en avoir une aussi grande.

– Bon, tu leur as déjà proposé, donc je n'ai pas mon mot à dire, c'est bien ça ? »

Je vois un muscle se contracter dans sa mâchoire et j'aimerais tant retrouver notre ancienne complicité qui lui permettait de me comprendre.

Je ne fréquente guère les femmes du coin. Ce n'était pas mon intention. Je suis revenue ici, après Paris, sûre de renouer le fil des amitiés d'antan. Mais c'était difficile avec Élodie, si différente des autres enfants. Elle ne me valait que de la désapprobation et j'ai renoncé. Il m'arrive d'échanger quelques mots avec l'une ou l'autre au marché, mais cela ne semble jamais aller plus loin, même si nous avons parfois grandi ensemble. Greg et moi ne sommes guère invités non plus, à moins que Laurent n'intervienne en douce. Depuis qu'Élodie a commencé l'école, les choses ont empiré. La froideur s'est muée en jugement : je sais qu'elles chuchotent dans la rue quand elles nous voient. Elles critiquent Élodie mais plus encore Greg et moi, parce qu'elles nous reprochent l'échec de nos méthodes éducatives, responsables, selon elles, de son comportement.

À la grille de l'école, j'ai surpris une fois une conversation entre deux mères qui ne s'étaient pas rendu compte que j'étais revenue chercher le manteau d'Élodie.

« La fille de Sylvie Durand a un vrai fond de méchanceté, disait l'une.

– Oh, mais c'est bien pire que ça, non ? Elle a beau être jolie, je crois que derrière ces yeux il n'y a rien. En tout cas, rien de bon. »

Et là, elle avait frissonné, un vrai frisson. Une fureur étrangement libératoire m'avait submergée. L'envie de vouloir défendre ma fille était rare et je n'avais jamais éprouvé cet instinct maternel, si normal. Mais même si j'en aurais honte plus tard, je me suis tu. Elles avaient exprimé tout haut mes craintes et j'avais bien trop peur qu'elles le lisent sur mon visage si j'osais les confronter.

Un mois s'est écoulé depuis que Luc est tombé dans la piscine, un mois depuis que j'ai emmené Élodie voir Morel. Le prochain rendez-vous est mercredi prochain. Annette ne m'a pas adressé la parole depuis l'incident. Elle est venue le soir même, alors que je couchais Élodie. Elle voulait me parler mais Greg ? lui a dit que j'étais au lit et ne pouvais pas être dérangée. Elle s'est donc emportée contre lui et, malgré les fenêtres fermées, j'ai quand même entendu chaque mot de sa diatribe, probablement tout comme Élodie.

Je l'ai regardée en douce, assise dans son lit dans son pyjama propre, les joues décrassées et rayonnantes du bain, rien dans son expression qui trahisse le moindre stress ou la moindre émotion.

« Annette est très fâchée de ce qui est arrivé à Luc à la piscine », tentais-je de lui dire.

Elle m'a fixée de ses yeux incroyables, ses longs cils encore allongés par la veilleuse au-dessus de sa tête.

« Il est stupide. Un bébé pleurnicheur stupide.

– C'est pour ça que tu l'as poussé ? (J'ai enfoncé mes mains sous les couvertures pour cacher leur tremblement.) Tu peux me dire la vérité maintenant. Je ne le raconterai à personne, pas même à Papa. »

Un rapide sourire a révélé l'espace d'un instant ses dents nacrées, puis plus rien.

« Il est tombé », a-t-elle repris d'une voix blanche et monocorde avant de se retourner, le nez à quelques centimètres du mur. Quand j'ai tendu la main pour éteindre la veilleuse – dont elle n'avait jamais eu besoin, Élodie étant insensible aux craintes nocturnes –, je lui ai jeté un coup d'œil; ses yeux étaient encore grands ouverts et ne cillaient pas. Le sourire était revenu.

Après le départ d'Annette, je suis descendue pour trouver Greg assis à la table de la cuisine en train de siroter un grand verre de cognac, le visage d'un rouge sombre menaçant.

« Foutue bonne femme ! »

J'ai commencé à lui masser les épaules pour les détendre. Il m'a pris une main sans se retourner et nous sommes restés comme ça un long moment. J'avais l'impression qu'il aurait voulu être outré alors qu'il était plutôt anéanti. Bizarrement, le fait qu'une étrangère accuse ouvertement Élodie de ne pas être comme les autres petites filles nous avait rapprochés. En tout cas, pour cette nuit-là. Subir un peu ce que je subissais régulièrement nous avait mis dans le même camp.

La fête de Marie-Laure a déjà commencé mais je me cache encore dans notre chambre. Les voix gonflent et s'élèvent du jardin comme un bourdonnement de frelons. Greg est déjà monté deux fois voir ce qui me prend si longtemps. Je veux de toutes mes forces qu'il comprenne que je ne suis pas malpolie ou que je boude parce que c'est lui qui a eu l'idée, mais qu'en fait j'ai peur, peur du jugement collectif des mères s'il se passe quelque chose.

L'idée que personne ne surveille Élodie finit par me faire descendre et sortir sous le soleil éblouissant. Les deux premières heures se passent sans incident. Yves a apporté du crémant de Bourgogne pour les parents et j'en bois un verre ou deux embués par la mousse pâle qui déborde de la bouteille encore givrée, à peine sortie de la glacière. Mes muscles se dénouent lentement et je remarque pour la première fois la beauté de cette journée : l'éclat de la piscine ensoleillée, le reflet sombre des feuilles de laurier-rose, les sons inhabituels de cette foule de gens qui s'amusent. Je n'avais plus vécu ça depuis mon enfance, quand je faisais la jeune fille de la maison, circulant avec les plateaux de hors-d'œuvre aux fêtes de mes parents.

Au début, le cri qui s'élève ne se distingue pas du vacarme des enfants qui sautent dans l'eau et courent autour de la piscine. Il me faut une seconde, peut-être deux, pour que le hurlement hérisse le fin duvet sur ma nuque. Le silence s'étend vite autour, comme un brouillard qui recouvre tout. Et puis, comme si un sort avait été rompu, tout le monde s'agite soudain en tous sens. Un petit garçon – Jean-Claude – est tiré hors de l'eau, saisi sous les aisselles par son père qui le soulève.

Je cours vers eux et vois la longue égratignure tout le long de sa cuisse, qui se transforme en zébrure pourpre au contact de l'air. La peau n'est ouverte qu'à un seul endroit où perlent d'infimes gouttelettes écarlates. Il se formera une croûte et un bleu, peut-être une cicatrice.

Je regarde du côté de la piscine à la recherche d'une explication. Je cherche un carreau de carrelage cassé mais ne vois rien. Le garçon sanglote maintenant.

« Qu'est-ce qui s'est passé, chéri ? » s'écrie Claire, sa mère, sa robe trempée de s'être agenouillée dans la flaque créée par l'eau qui dégouline du corps de son petit garçon.

Je cherche Élodie des yeux et la remarque à l'autre bout de la piscine. Elle ne me regarde pas. Elle observe Jean-Claude attentivement, la tête penchée de côté. Ses mains s'agitent sous l'eau, pâles et déformées, et je vois qu'elle tient quelque chose dans l'une d'elles, aussi fin qu'un crayon mais plus court. Je contourne lentement la piscine dans sa direction. Je suis convaincue que c'est elle qui a fait ça. J'essaie d'écarter cette pensée, comme toujours, pour son bien et celui de Greg, et aussi pour le mien, qui suis sa mère. Je voudrais regarder ailleurs, au cas où quelqu'un me surprendrait à l'observer et lirait dans mes pensées, mais il faut que je sache. Je suis à un mètre ou deux d'elle quand elle prend appui sur le bord de la piscine, bande les muscles agiles de ses épaules et sort de l'eau.

Je jette un coup d'œil à l'autre bout du bassin mais les adultes sont agglutinés autour de Jean-Claude, les yeux rivés sur lui. J'attrape Élodie, je la tire à l'ombre du laurier et tends la main vers celle qu'elle cache dans son dos. Avant que je ne puisse me saisir de ce qu'elle tient, elle jette l'objet à mes pieds, se dégage et s'enfuit. J'entends le bruit mat du métal sur la pierre et la laisse filer.

C'est une fléchette. Les garçons en raffolent et se les échangent pour leur penne colorée. L'un d'eux a dû apporter les siennes parce que je n'autoriserais jamais Élodie à en avoir. Celle-ci, bleu ciel et argentée, est tombée juste à côté de mes orteils nus avant de rebondir dans les feuilles mortes au pied de l'arbre. Sans réfléchir, je l'enfonce plus profondément dans la terre et retourne à la piscine. Élodie a complètement disparu.

Jean-Claude finit par arrêter de pleurer, même si sa poitrine est toujours secouée de hoquets. Claire, une femme qui a les pieds sur terre, ayant grandi avec trois frères, a essuyé le sang avec un mouchoir en papier.

« Tout va bien maintenant, lui dit-elle avec un dernier baiser sur le front. Plus de larmes. »

La lèvre du petit garçon tremble mais on lui donne un biscuit au chocolat, et bientôt c'est comme s'il ne s'était rien passé. Je bois un autre verre de crémant mais je surveille bien mieux la piscine maintenant et je remarque que Greg en fait autant.

Et puis, tout à la fin de l'après-midi, ça recommence. Quelques familles sont déjà parties et la piscine est presque entièrement à l'ombre. Des miettes de gâteau sont éparpillées sur les dalles tout autour. Il n'y a plus que quatre enfants dans l'eau, dont Élodie. Et Jean-Claude. Je suis entrée dans la maison chercher du coton et du désinfectant pour une fillette qui a glissé et s'est égratigné le genou. Greg accompagne quelqu'un d'autre à la porte.

Jean-Claude ne pousse pas de cri cette fois. C'est une autre enfant qui déclenche l'alerte en hurlant :

« Papa ! Papa ! Viens ici ! »

Je dévale les marches et traverse la pelouse en courant, le désinfectant à la main, et j'arrive en dernier, juste à temps pour assister à une étrange répétition de la scène qui a déjà eu lieu plus tôt, mais c'est un autre père qui tire Jean-Claude de la piscine.

Cette fois le petit garçon est silencieux, les yeux fermés, les lèvres indigo. Le visage de Claire est un masque d'horreur quand elle se précipite pour lui prendre la main. Le père le couche gentiment sur les pierres et s'apprête à commencer le bouche-à-bouche au moment où Jean-Claude tousse en crachant de l'eau qui coule du coin de ses lèvres. Je tombe à genoux, effondrée de soulagement. Le flacon de verre que je tenais encore m'échappe des mains et se fissure sur la pierre. Je cherche automatiquement Élodie des yeux et la trouve de nouveau à l'autre bout de la piscine, dans le coin le plus ombragé. Ses lèvres remuent étrangement, comme si elle se parlait toute seule ou – et mon cœur tressaille à cette idée – comme si elle essayait de s'empêcher de rire.

Je la regarde avec une telle concentration que je ne vois pas la fillette qui a appelé son père la montrer du doigt.

« C'est elle, dit-elle d'une voix aiguë et bien distincte. C'est Élodie. Elle l'a poussé sous l'eau et refusait de le laisser remonter à la surface même s'il se débattait. Elle trouvait ça drôle. Elle riait. »

Le choc et l'indignation de quelqu'un d'aussi jeune transpercent chaque parent présent.

Les autres mères – et ce sont les mères qui se sont instinctivement regroupées – ne regardent pas Élodie. Non, c'est moi qu'elles regardent, toujours agenouillée comme une pénitente. Claire, bien sûr, et Pascale, dont le nom suivait le mien sur le registre de l'école, Adèle, qui avait échangé sa trousse contre la mienne quand nous avions sept ans, Jeanne Dubois, qui fut un temps la meilleure amie de Camille. Elles me regardent avec mépris, ces femmes, et je sais qu'à leurs yeux je ne suis plus Sylvie Durand. Je ne suis plus une mère comme elles. Elles n'éprouvent plus rien d'autre pour moi et ma famille que du dégoût et de l'horreur, de la peur même.

1993

Olivier m'appelle le lendemain matin et propose que nous nous retrouvions de nouveau au café. Je me réjouis à l'idée de le revoir mais aussi de sortir de la maison, ce que nous n'avons plus fait depuis la soirée au cirque. Tu commences par refuser tout net de quitter le bord de la piscine. Tu m'en veux manifestement encore de ce qui s'est passé la veille avec le Polaroid. Je te soupçonne aussi d'espérer ainsi recevoir une visite de Luc.

Quand je t'ai persuadée de monter en voiture, tu ronchonnes d'un ton qui m'agace : « Je crois que le filtre est en train de se boucher. » Tu inspectes les pointes de tes cheveux qui commencent à s'éclaircir et poursuit : « Il faudra vraiment que Luc vienne s'en occuper ». (Tu me jettes un coup d'œil en douce mais je ne réagis pas.) Maman, tu m'écoutes au moins ? On pourrait passer le chercher sur le chemin du retour ?

– Peut-être. »

La route du village se déroule devant nous au loin, les voitures miroitent dans la brume de chaleur avant de nous croiser. J'ai beau appuyer sur l'accélérateur, l'air qui souffle par la fenêtre est sec comme du bois d'allumage, brûle comme un sèche-cheveux. Mon estomac se noue à la vue d'une silhouette qui s'avance sur l'accotement mais, de plus près, il est clair que c'est juste un vieil homme qui progresse lentement, sa casquette sur la tête et un panier au bras. Je ralentis pour m'arrêter à sa hauteur et lui crier par la fenêtre ouverte :

« Bonjour, monsieur, vous allez au village ? »

Il m'examine sans sourire puis acquiesce.

« Pousse-toi », te dis-je en te pressant de sortir pour le laisser s'asseoir devant. Tu obéis de mauvaise grâce. Je ne sais pas trop pourquoi j'ai décidé de le faire monter, mais je pense que c'est probablement une nouvelle attaque de superstition. Je présente mes hommages aux dieux.

Tu es vexée d'avoir été reléguée sur la banquette arrière pour couronner le tout. Je te vois bien faire la tête dans le rétroviseur. J'essaie de démarrer une conversation avec le vieil homme mais ni lui ni toi ne daignez répondre à mon bla-bla bilingue. J'abandonne, et nous atteignons les premières maisons du village, enveloppés dans un silence pesant.

La rue qui mène à la place principale est barrée et je me rappelle que nous sommes samedi : le jour du marché. Je prie pour ne pas retomber sur Marc Lesage.

Il me faut un temps fou pour me garer et ma tension monte en voyant tourner l'heure sur la montre du tableau de bord, de peur de rater Olivier. Je finis par prendre la place d'un camping-car orangé immatriculé en Allemagne.

Olivier est un point fixe dans la confusion de la place, toujours tiré à quatre épingles mais l'air décontracté. Il se lève pour me faire la bise et les rayons du soleil qui filtrent à travers les platanes font danser des taches lumineuses sur son visage. Sa peau embaume le citron vert et j'éprouve la même sensation qu'au cirque, quelque chose de chaud se dénoue en moi.

« Désolée pour le retard, j'avais oublié que c'était jour de marché. »

Il sourit et prend une chaise pour toi.

« Aucune importance. Je me suis bien amusé à regarder tout ce monde aller et venir. »

Quand le serveur apparaît, je commande un Perrier pour moi et une limonade pour toi. Tu ne dis toujours pas un mot mais l'air détendu d'Olivier est contagieux et tu ne sembles plus aussi rebelle. Je commence à me relaxer et regarde pour la première fois le marché autour de moi.

Nous sommes assis juste à côté d'un vaste étalage de saucissons et de fromages dont toutes les odeurs, fortes et salées, nous parviennent. Un peu plus loin, un autre stand vend de gros cubes de savon de Marseille couleur pastel : rose, lavande, romarin et huile d'olive, comme ceux qu'utilisait jadis ma mère. Je vois ton œil de pie attiré par ce damier bigarré.

« Je vais faire un tour.

– Si tu veux, mais ne t'éloigne pas trop. Reste de ce côté de la place. »

Tu grognes et, pour la première fois, je ne suis plus sûre que tu vas m'obéir, moi qui n'en n'avais encore jamais douté. Je te regarde t'approcher du stand.

« C'est bon signe, vous ne croyez pas ? »

J'interroge Olivier du regard.

« Les savons. Toutes ces jolies couleurs sont pour les touristes. Ça fait deux ans que le marché évolue. Il ressemble de plus en plus à ceux qu'on trouve dans les villages touristiques, plus au sud. Ça aidera pour la vente de La Rêverie. »

Je te suis toujours des yeux quand je me rends compte qu'Olivier a posé sa main chaude sur la mienne, me ramenant soudain à nous.

« Écoutez, Sylvie, à propos de l'autre soir…

– Oh, mon Dieu ! Je suis si confuse de m'être enfuie comme ça sans un mot. »

Il lève les mains.

« Je vous en prie, ne vous excusez pas. Je suis juste désolé qu'Emma ait été choquée. Lesage n'a jamais brillé par sa gentillesse et il ne fait qu'empirer avec l'âge. Mais parlons d'autre chose, j'ai du nouveau. »

Mon cœur se serre.

« Du nouveau ?

– Rien de préoccupant, juste quelqu'un qui veut visiter votre maison. »

Je me tais puis me force à lui adresser un sourire reconnaissant.

« Oh, une visite. Je pensais… Oui, c'est bien, merci de les avoir trouvés. De qui s'agit-il ? Des gens d'ici ?

– Non. Un couple d'Amiens avec deux petites filles. Ils veulent une maison de vacances dans le Midi. Un endroit plus ensoleillé. »

Amiens. La ville la plus proche de l'endroit où Élodie avait dû aller. Je me souviens de l'avoir contournée lors de ma dernière visite : le ciel si bas et lourd sur la route ; le crachin qui ne suffisait pas à empêcher le chuintement des essuie-glaces ; et puis, une fois laissée l'agitation d'Amiens derrière moi, ce paysage n'offrant que des panneaux indiquant des champs de bataille et une file de pylônes à perte de vue.

« Martine ne peut pas assurer la visite donc j'ai dit que cela ne vous dérangerait pas de la faire en personne. J'ai bien fait ? »

Je hoche la tête, regarde les bulles qui font la course vers la surface de mon verre. Je jette un coup d'œil dans la direction du stand de savons. Tu y es toujours, les renifles l'un après l'autre et souris timidement à la marchande.

« Sylvie. »

Je me tourne vers Olivier qui enlève ses lunettes de soleil. Ses yeux ont l'air plus fatigués que le reste de son visage. Il est toujours aussi beau mais moins intimidant, plus séduisant même.

« Je passais vraiment une bonne soirée avec Emma et vous avant… l'incident. »

Il m'a parlé si bas que j'ai dû automatiquement me pencher vers lui. Il soutient mon regard un instant de trop et je suis consciente de chaque centimètre de mon corps. Je lui souris et baisse les yeux sur la table.

« Oui, moi aussi. Dommage qu'on ait dû l'écourter de façon si… brutale.

– Donc, ce dîner que j'ai évoqué, le Routier avec les lumières ? »

Il me regarde toujours et j'ai du mal à ne pas arranger ma coiffure, ajuster les fines bretelles de ma robe.

« Oui, on pourrait peut-être.

– Bien », me dit-il en souriant.

Il tend la main et je pense qu'il va me caresser le visage, mais un minuscule insecte s'est pris dans mes cheveux. Cela faisait longtemps qu'un homme ne m'avait pas rendu aussi consciente de mon corps. J'avais oublié le vertige que cela pouvait procurer.

« Vous pensez vraiment que la maison se vendra ? lui dis-je soudain.

– La Rêverie est un endroit magique. Ces gens seraient stupides de ne pas l'acheter.

– Merci. Elle est unique. Mais tout le monde ne voit pas les choses de la même façon, vous ne croyez pas ? Certains seront sensibles à sa magie, d'autres verront le toit à refaire d'ici quelques années.

– Espérons donc qu'ils aient une âme romantique, comme moi. Mais êtes-vous absolument sûre de ne pas vouloir la garder ? Moi, je ne pourrais pas me séparer d'un tel endroit. Ce serait… euh, bien de savoir que vous revenez ici tous les étés. (C'est la première fois depuis que nous nous sommes rencontrés qu'il n'a pas l'air si sûr de lui.) Je n'ai pas grand-chose en commun avec les gens avec qui je travaille.

– Que faites-vous donc ici ? C'est un peu un trou.

– Pas comme Londres. »

Je commence à m'excuser d'avoir été condescendante avant de me rendre compte qu'il me taquine.

« Je ne voulais pas être malpolie. Je trouve juste cela étonnant. Vous avez suivi votre scolarité à Avignon, m'avez-vous dit. Il est rare que les gens reviennent au village, en tout cas pas avant de préparer leur retraite. »

Il ne me répond pas tout de suite.

« La raison habituelle pour laquelle les gens font des bêtises. (Ses yeux se perdent de l'autre côté de la place.) Une femme. Mon ex. Elle est encore à Avignon, j'ai atterri ici. »

Je me sens absurdement jalouse et cela doit se voir un peu sur mon visage.

« C'était il y a longtemps. Je n'arrive pas à comprendre aujourd'hui ce que nous avons bien pu nous trouver. Nous ne faisions que nous rendre malheureux. Quand j'y repense, j'ai l'impression de regarder un autre couple, un film. Un film déprimant. »

Je ris.

« Oui, je connais. »

Il me regarde intensément.

« Vraiment ? C'était pareil pour vous ? Je me dis toujours que ça doit être tellement plus difficile quand on partage des… euh, un enfant. Moi, j'ai pu tourner la page et oublier le passé. »

Je détourne les yeux, consciente du changement d'ambiance. Il tourne sa tasse de café dans sa soucoupe. Je veux soudain revenir à l'instant présent. Son malaise me donne du courage. Je pose une main sur son bras et il me regarde.

« Écoutez, maintenant que Camille est rentrée à Paris et que je suis seule avec Emma, ce serait peut-être plus facile si vous veniez à la maison. Peut-être lundi, après la visite. Je pourrais… je pourrais vous raconter comment ça s'est passé. »

Il sourit et je sais qu'il en a envie, l'atmosphère a de nouveau changé.

« Venez lundi, lui redis-je, cela me ferait vraiment plaisir. »

Il tend une main et lisse la bretelle entortillée de ma robe. Le geste, rapide mais intime, me trouble profondément.

« Alors d'accord, je viendrai. »

*

Je ne pense presque pas à Élodie de tout le dimanche. La promesse séduisante de la visite d'Olivier semble avoir accompli l'impossible : me la faire oublier un peu. Je sors pour échapper aux guitares qui hurlent dans le salon où tu écoutes la même cassette de Nirvana en boucle. Dehors, le silence est plus profond que d'habitude, seuls les insectes et le battement sonore et un peu discordant des cloches de l'église montant du village à travers champs le troublent, sur un rythme bien différent de ta musique.

L'état dans lequel m'a mise Olivier – chaud et liquide, débordant de promesses – m'a aussi fait penser à ton père. Tu le comprendras quand tu seras plus âgée, Emma, ce n'est pas parce que les choses ont mal fini qu'elles n'allaient pas bien au début. C'est peut-être ce qui est arrivé à Olivier, mais pas à Greg et moi.

Oh, Londres à cette époque ! La chance d'arriver en 1967, à l'époque où Twiggy faisait la couverture de *Vogue* et où les Beatles venaient d'ouvrir leur boutique Apple, les briques de la sobre Baker Street recouvertes de volutes psychédéliques multicolores.

Moi, je contemplais tout ça de loin : une petite Française guindée, la voix désapprobatrice de ma Maman résonnant dans ma tête chaque fois que je sortais les jambes nues. Je n'étais qu'une spectatrice jusqu'à ce que je rencontre Greg. Pendant ces mois d'hiver avant qu'il ne me persuade d'abandonner mes études et de revenir en France, j'ai vécu la vie à fond comme jamais.

Je me souviens de chaque détail de notre premier vrai rendez-vous amoureux. C'était comme dans un film : nous deux en train de déambuler d'une scène soigneusement éclairée à la suivante. Mes sens étaient si aiguisés que je savais que je me souviendrais de tout, pas seulement de nos sujets de discussion passionnés ou du pub où nous finirions par prendre un verre, mais aussi de la texture des peluches sous mes ongles au fond des poches de mon manteau, de la sensation précise de mon écharpe moite quand elle m'effleurait les lèvres.

La ville autour de nous, déclinée dans toute une palette de gris, était exactement le Londres figé par l'hiver que je m'étais imaginé en France, l'air glacial comme des foules de fantômes, le ciel de plus en plus bas, couleur pigeon, alourdi par la pluie qui tomberait bientôt. Il s'était penché vers moi tandis que nous parlions et je sentais l'odeur de laine de son duffle-coat et le mélange de savon et de sel sur sa peau. Ses yeux étincelaient au-dessus de ses joues rougies par le vent quand je me tournais pour le regarder.

Greg Winters. Même son nom était parfait. Je voulais tout savoir de lui et tout ce qui le concernait me fascinait. Je voulais prendre le train pour aller voir où il avait grandi et les endroits qu'il avait connus enfant.

« Je vais aimer cette personne », pensai-je, alors que nous ne nous étions même pas encore embrassés.

Même après notre premier baiser, même après avoir couché ensemble, j'aimais me faire peur dans les heures qui précédaient l'aube, trop tendue par l'amour pour dormir, et m'imaginer des scénarios où nous nous serions ratés de peu : dans la cafétéria, ce jour-là, il aurait abordé une autre fille qui serait à ma place à côté de lui dans le noir, leurs haleines se mêlant pour embrumer l'air froid, le bras chaud de Greg en travers de son ventre à elle, au lieu du mien.

Tu me tires de ces souvenirs en apparaissant soudain juste avant le coucher du soleil.

« À quoi penses-tu ? » me demandes-tu, mais je ne te le dis pas. Peut-être un jour.

Je me secoue et commence à nettoyer l'antique barbecue en brique tout au bout de la terrasse. J'y verse un demi-sac de charbon. Quand les morceaux commencent à tourner à l'orange et au gris, je fais une salade et sors du frigo un paquet de minces merguez tachées de paprika.

C'est seulement après avoir fini, les assiettes bien nettoyées avec du pain, que je hume une autre odeur dans l'air, masquée jusque-là par la fumée du barbecue. Celle-ci, âpre, presque caustique, prend désagréablement à la gorge, sans rien de réconfortant.

Nous la remarquons toutes les deux en même temps. Tu fronces les sourcils et recules sur ta chaise pour vérifier que le barbecue n'a pas mis le feu à quelque chose. Je n'ai pas besoin de regarder : je connais cette odeur depuis toujours et, comme les tigres du cirque, elle réveille en moi une peur si vive et primaire que, pour la première fois de la journée, mon cœur cesse un instant de battre en rythme.

« Est-ce que c'est… ?

– Viens », te dis-je en te tendant la main.

Tu la prends, la mauvaise humeur de la veille enfin oubliée.

Nos pieds nus résonnent sur les marches en bois poussiéreuses quand nous montons l'escalier en courant. J'ouvre d'un coup les volets de ma chambre que j'avais laissés fermés pour empêcher la chaleur d'entrer. Il y a encore un peu de lumière au couchant mais ce que je cherche des yeux se trouve à l'est, vers les collines, qui ondulent, verdoyantes, bien que les champs et les jardins de la vallée aient été grillés par le soleil. Ce que nous avons senti sur la terrasse était l'odeur des pins en flammes. Quelque part dans cette direction, un feu de forêt brûle.

Tu te penches au dehors et ma main agrippe automatiquement ton bras pour te retenir.

« À quelle distance est-il ?

– Très loin. (Je t'écarte doucement de quelques centimètres de la fenêtre.) Ne t'en fais pas. Les feux n'arrivent jamais jusqu'ici.

– Alors, pourquoi ta voix est toute tremblante ? »

Je fais de mon mieux pour sourire.

« Ils me terrifiaient quand j'étais petite, c'est tout. Il y avait des incendies presque tous les étés, tu as dû voir les panneaux le long de la route : “Attention au feu” avec un arbre et une allumette ? Au pire, quelques routes de forêt seront fermées.

– Et les animaux ? »

Je caresse tes cheveux. Ta tendresse me surprend et me touche toujours. Elle me rassure aussi, preuve que j’ai dû faire quelque chose de bien en tant que mère.

« Ils se déplaceront dans une autre partie de la forêt avant que ça ne les atteigne. Elle est immense, des arbres à perte de vue. Ils ne risquent rien. »

Je ne sais pas si c’est vrai.

« Et si l’incendie arrivait jusqu’ici, qu’est-ce que nous ferions ? »

Tu fouilles d’une main sous le lit et sors ton inhalateur.

« Impossible, chérie », te dis-je pendant que tu inspires deux trois fois. Ta respiration redevenue normale, je te prends par la main et te conduis dans le couloir. La nuit est tombée pendant que nous regardions par la fenêtre et je dois tâtonner pour trouver l’interrupteur.

« Mais si ça arrivait quand même ? insistes-tu en me suivant dans l’escalier. Nous pourrions aller dans la piscine en attendant l’arrivée des pompiers, non ? »

Je te souris par-dessus mon épaule.

« C’est une excellente idée, mais ce ne sera pas nécessaire. Ne t’inquiète pas pour la fumée, demain matin, elle aura disparu. »

*

Mais la fumée n’a pas disparu. Je dirais même qu’elle s’est épaissie avec la nuit. À l’heure du déjeuner, c’est un nuage sombre suspendu au-dessus du jardin, comme une gaze souillée, la lumière habituelle si limpide et picturale tamisée et vaguement teintée de nicotine. Ce matin-là, alors que je me prépare pour la visite, je remarque dans la glace que mes yeux semblent vides. J'ai de nouveau passé une mauvaise nuit.

La famille Bernard arrive à midi pile. Les deux petites filles, habillées de la même façon, sont plus quelconques encore que leurs parents et ne disent quasiment pas un mot. Le père en revanche, pose un déluge de questions pratiques que je redoutais : quand le chauffage a-t-il été installé ? Combien coûte l'entretien de la piscine ? Est-ce que le bruit de la grand-route arrive jusqu'au jardin au mois d'août ?

La Rêverie est usée, désuète, mais le genre d'acheteur qu'il me faut s'en moquera. Il saura passer outre ses défauts et saisir ce qu'Olivier a reconnu être sa magie intrinsèque. Certaines maisons sont douées de vie, leur cœur bat mais nous ne pouvons l'entendre et, aussi mitigés que soient mes sentiments pour ma maison natale, La Rêverie est l'une de celles-là.

« Et que pouvez-vous me dire de ces incendies de forêt qui arrivent par ici ? me demande M. Bernard dans le jardin en me dévisageant à travers ses lunettes sans monture. La fumée est pire que dans les autres maisons que nous avons visitées. Je suppose que celle-ci est encaissée et que l'air ne circule pas beaucoup.

– En fait, c'est inhabituel. Le vent aura tout emporté d'ici demain.

– Hmmm. (Il a l'air sceptique.) Peut-être. »

Ils me suivent vers la maison, personne ne dit plus un mot. Il est à court de questions, et moi d'énergie. Nous longeons la piscine où tu fais tes longueurs quotidiennes et j'assiste au premier sursaut d'intérêt sur le visage ingrat des filles Bernard, ton corps longiligne fendant l'eau verte, efficace.

« C'est votre fille ? » me demande Mme Bernard. C'est la première fois qu'elle ouvre la bouche depuis son timide « bonjour » initial.

« Oui, c'est Emma. Elle adore être ici.

– Vous ne devriez peut-être pas vendre dans ce cas. (Elle m'adresse un sourire nerveux, gênée d'avoir prononcé tout haut des paroles qui pourraient sembler impolies.) Je veux dire, vous devriez peut-être la garder pour elle. Pour quand elle aura ses propres enfants.

– Il ne faudrait surtout pas qu'elle vous entende. Elle n'arrêterait pas de me bassiner. »

Je suis soudain joviale parce que, dans quelques minutes, ils remonteront dans leur voiture et nous nous retrouverons seules. Je pourrai te rejoindre dans l'eau soyeuse.

Et c'est ce que je fais dès leur départ, heureuse que ce pénible épisode soit derrière nous et qu'Olivier vienne plus tard. Je me demande si je tire une partie de mon soulagement de mon intime conviction que les Bernard ne feront pas d'offre. La Rêverie nous appartient encore pour le moment. Je veux m'en aller le plus tôt possible. Vraiment. Mais je me rends aussi compte que je veux rester, un désir qui s'est glissé en moi subrepticement. La coexistence de ces absolus me rappelle ce que j'ai toujours ressenti pour Élodie : amour et peur si étroitement mêlés qu'ils en étaient indissociables.

1977

C'est le plein été, une journée d'août étouffante où la chaleur se répand dans la maison comme du goudron, fait tourner le lait et étourdit les mouches qui s'entassent en piles léthargiques sous les fenêtres. En nage, je cherche Élodie qui a de nouveau disparu. Mon t-shirt me colle à la peau.

« Élodie, s'il te plaît ? »

Cela fait un bon moment que je l'appelle mais elle ne répond pas. Pourtant, je suis certaine qu'elle m'entend, cachée quelque part dans la maison. Je sais toujours si elle est dans les parages, comme si nous étions encore attachées, mon utérus à son nombril, par un cordon impossible à couper.

Je la trouve dans notre chambre, à Greg et moi, en train de graver un grand E dans mon coffret à bijoux ancien avec une lime à ongles métallique. Je fonce sur elle et la lui arrache des mains.

« Oh, non, non ! »

Je jette violemment la lime par terre, elle rebondit et va heurter la plinthe avec un bruit sourd.

Mon coffret à bijoux est en palissandre, incrusté de délicates feuilles de nacre. Papa me l'avait acheté l'année de mes dix-sept ans, le seul cadeau qu'il ait choisi personnellement parce que c'était ma mère qui s'en chargeait d'habitude. Ce n'était même pas mon anniversaire. « Je l'ai juste vu et j'ai pensé à ma Sylvie », m'avait-il dit en haussant les épaules, un peu mal à l'aise, quand je l'avais déballé.

Je brûle de chagrin et de colère. C'est comme si elle avait pris cette lime et l'avait enfoncée dans ma chair. Je l'agrippe pour la faire se lever. Elle a maintenant huit ans et nous sommes retournées voir Morel deux fois de plus, soit quatre consultations. Mais elles ne servent pas à grand-chose. Il a beau présenter son opinion avec le plus de tact possible, elle ne change pas : « Il vous faudra attendre et voir. Ça lui passera, ou non, avec l'âge. »

Son attitude ne montre encore aucun signe d'amélioration, et bien qu'elle soit souvent destructrice, je ressens cet incident-là comme une attaque personnelle. Elle m'a tant de fois regardée nettoyer ce coffret avec soin et en réorganiser le contenu. Je serre la mâchoire pour retenir mes larmes et soulève le couvercle. Elle a lacéré la doublure en velours qui, déjà usée, a facilement été réduite en charpie. Mon collier de perles d'ambre manque aussi à l'appel. Un cadeau de Greg que j'ai toujours adoré, chaque perle aussi grosse qu'une bille. Il me l'a offert à mon retour à la maison après la naissance d'Élodie.

« Qu'est-ce que tu en as fait ? (Je suis à genoux, mon visage tout près du sien, je me force à ne pas crier et ma voix tremble.) Où sont mes perles ? (Je lui montre le coffret.) Tu me détestes vraiment tant que ça ? »

Elle refuse de me regarder mais n'exprime pas pour autant le moindre signe de contrition. Loin d'être baissés, ses yeux dépareillés, l'un chaud, l'autre froid, suivent une mouche qui bourdonne en cercles lents autour du plafonnier.

« Regarde-moi ! (Mes mots sont un sifflement.) Regarde-moi quand je te parle. Où sont-elles ? »

Sa lèvre se retrousse, narquoise.

« Parties.

– Parties où ? »

Je regarde désespérément dans la chambre mais cela fait un moment qu'elle est en haut. Elle a très bien pu commencer par s'en emparer avant de revenir détruire le coffret.

J'aurais tant voulu qu'elle choisisse autre chose que ces perles ! Je les chéris non seulement en souvenir de temps plus heureux, mais aussi pour leur couleur : les plus sombres sont presque identiques à son œil gauche. Cela n'a pas de sens, mais j'ai l'impression qu'elle a détruit tout espoir pour cette autre Élodie, comme si elle me disait qu'elle ne changerait jamais. Que l'œil bleu était, après tout, la seule Élodie.

Quelque chose se brise net en moi. Je la soulève par les aisselles, la tenant à bout de bras pour éviter tout contact avec son corps chaud et inflexible. Elle est lourde, surtout quand elle se fait totalement inerte, mais j'arrive à descendre l'escalier. Je dois presque traîner son poids mort sur les derniers mètres, les muscles de mon dos hurlant de douleur.

Il fait délicieusement frais dans la souillarde et j'aimerais tant m'y enfermer moi plutôt qu'elle. Ma mère nous y envoyait pour nous punir lorsque nous étions petites, Camille et moi, même si ce n'était guère un châtiment pendant les étés étouffants. C'est drôle comme nous répétons les gestes de nos parents, même leurs expressions préférées, avec nos propres enfants. Il ne s'agit peut-être que d'un réflexe, rien de plus, mais prétendre parfois que je suis ma Maman et qu'Élodie est moi me procure une sensation de réconfort. J'ai toujours compris cette relation.

« Je ne veux plus te voir. Tus va rester ici dix minutes et réfléchir à ce que tu as fait », lui dis-je à travers la porte, embarrassée par le cliché et le tremblement dans ma voix.

C'est une punition futile, je le sais bien. Il me suffisait, enfant, de penser que j'étais tombée en disgrâce aux yeux de ma mère, ne serait-ce qu'un instant, qu'elle ne m'aimait plus ou que je lui déplaisais. Élodie s'en moque. Elle est peut-être incapable d'éprouver ce que j'éprouvais moi. Je me rends bien compte que je vais à l'encontre de l'avis du Dr Morel, mais comment pourrais-je m'y plier quand Élodie va si loin ? C'est nier le besoin de justice que ressent tout être humain. Je suppose que cette punition n'a d'autre but que me soulager.

Prise d'un vertige, je m'accroupis une minute, le front appuyé contre la porte, et je me demande si elle est juste de l'autre côté, mon reflet, le visage à portée d'un baiser si nous n'étions pas séparées par deux centimètres de bois.

Une fois remontée dans ma chambre, j'examine soigneusement le coffret à bijoux. Elle a raclé tout le vernis pour arriver au bois nu, fait voler en éclats la surface, ce qui a dû lui demander une certaine force. Je me couche avec la boîte, la tête sous les couvertures bien qu'il fasse bien trop chaud pour ça. Je me roule en boule, le coffret serré contre moi, et je laisse couler les larmes, mes sanglots retentissent dans mon petit nid. « J'ai si peur », me dis-je, et pour le prouver, mon cœur s'emballe et vacille. Comme si Greg était là et me regardait, l'air de dire : « Tu exagères. »

Dix minutes plus tard, sur le seuil de ma chambre, je l'appelle mais ne descends pas, incapable de lui faire face.

« Élodie, tu peux sortir maintenant. »

Elle ne répond pas mais j'entends le grincement de la porte de la souillarde qui s'ouvre. Quelques minutes plus tard, la télévision est allumée dans le salon. Je retourne au lit et m'enfouis de nouveau sous les couvertures.

J'ai dû m'endormir parce que Greg est soudain là, me secouant violemment pour me réveiller. Mes yeux sont gonflés et incrustés de croûtes quand je les ouvre.

« Lève-toi, m'ordonne-t-il d'une voix froide, dressé au-dessus de moi. Debout, bon Dieu ! Explique-moi pourquoi tu as enfermé notre fille dans la souillarde si longtemps qu'elle a fait pipi dans sa culotte. »

Désorientée, je me retourne pour regarder l'heure sur le réveil de ma table de chevet. Quarante minutes seulement sont passées depuis que je l'ai appelée.

« Elle n'y est restée que dix minutes, Greg, et tu sais bien que la porte ne ferme pas à clef. Elle est allée regarder la télévision, je l'ai entendue sortir et l'allumer.

– Elle dit qu'elle a essayé de tourner la poignée mais qu'elle n'y est pas arrivée.

– Je l'ai entendue ! Je l'ai entendue sortir et aller allumer la télé.

– Tu n'es pas descendue la libérer toi-même ?

– Je l'ai entendue sortir, Greg.

– Tu penses vraiment qu'elle aurait fait pipi dans sa culotte si elle avait pu faire autrement ?

– Oui, j'en suis convaincue. »

Mon cœur galope quand je laisse tomber ces mots.

Il ne dit rien, baisse les yeux sur le coffret à bijoux détruit sur le lit, et je crois, l'espace d'un instant, qu'il va peut-être me donner raison mais il se referme. Il est tellement plus facile de se fâcher avec moi. Il secoue la tête, un rictus de dégoût sur le visage, et sort de la chambre en claquant la porte.

Plus tard, quand je descends voir ce qu'ils font, ils sont ensemble devant la télé, à regarder un vieux film de

Jacques Tati. Il ne m'aperçoit pas mais elle si, et un autre sourire narquois soulève le coin de sa bouche, creuse sa jolie petite fossette, une anomalie musculaire qui passe pour de la beauté.

Nous savons tous les deux ce qu'a dit Morel. Greg a vu ce qui s'est passé tout de suite après qu'elle a presque noyé ce petit garçon. Mais il refuse de le reconnaître, en tout cas pas ouvertement. Morel « stigmatise une petite fille ». Jean-Claude « a eu une petite frayeur ». « Elle est entêtée, ça, je l'accepte m'a-t-il dit l'autre jour. Mais je suis persuadé que le problème principal est qu'elle est trop intelligente. Elle en devient frustrée et ça ressort de travers. » Je n'ai pas répondu et, alors qu'avant, il aurait démarré une dispute, il n'a rien dit non plus. Oh, oui, il sait.

Après avoir fouillé la maison et le jardin à la recherche du collier, je remonte dans ma chambre et fourre des vêtements et des affaires de toilette dans un sac, avec la centaine de francs que je garde au fond de mon tiroir à chaussettes. Oser envisager d'abandonner son enfant est peut-être d'un égoïsme impardonnable mais pas pour moi, pas à ce moment-là ; je suis mue par un instinct de survie.

Je vais au village à pied parce que je ne veux pas que le bruit de la voiture alerte Greg. En plus de mes vêtements et de mon argent, j'emporte quelques photos de moi prises par Laurent l'été avant mon départ pour Londres. Assise sur la place du village à attendre un bus qui m'emmènera loin d'ici, je les serre comme un talisman : elles sont la preuve d'un temps révolu où j'affrontais le monde avec sang-froid. Je ne réfléchis pas à ma destination. Je ne réfléchis pas du tout. J'aimerais juste retourner à ce que j'étais avant.

Au bout d'un long moment, je ne sais combien d'heures, la vieille Mme Perrot ouvre sa fenêtre juste en face du banc. La brise chaude fait onduler ses boucles.

« Sylvie Durand, c'est toi ? Il n'y a plus de bus aujourd'hui, petite. Tu vas attendre jusqu'à lundi. »

Je retourne lentement à La Rêverie, mes pieds traînent sur la terre sèche du bas-côté de la route, je suis trop épuisée pour les soulever. Elle m'a appelée Durand et non Winters, comme si j'étais remontée dans le temps, à cette époque où je n'étais encore ni épouse ni mère, quand tout était devant moi et rien ne m'effrayait.

J'ouvre la porte et attends un instant dans l'entrée, mais personne ne vient. Je suis comme l'enfant fugueur qui a brièvement quitté la maison après une quelconque injustice insupportable. Ni Greg ni Élodie ne se sont même rendu compte de mon absence.

1993

Olivier arrive un peu en retard cette fois, deux bouteilles à la main : un vin d'un rose saumon des plus pâles et de la limonade Pschitt pour toi. Tu grognes, hilare, quand tu vois l'étiquette et il te répond par un grand sourire.

Je suis soulagée. Plus tôt, alors que je me brossais les cheveux, tu es apparue dans le miroir et m'as lancé un regard au vitriol.

« Bon sang, Maman, tu t'en donnes du mal ! À quoi ça sert si nous devons bientôt rentrer chez nous ? »

Je prends la bouteille de vin que me tend Olivier et je vois bien ton air dédaigneux quand nos mains s'effleurent. Pour une fois, j'espère que tu vas monter dans ta chambre et emporter ton mépris d'adolescente avec toi. J'ai besoin de cette soirée.

« Alors, comment s'est passée la visite ?

– Je ne pense pas que nous devions nous attendre à une offre de sitôt, mais j'ouvre néanmoins le vin. Du bon, visiblement ! Merci. »

Il hausse les épaules.

« Tant pis pour eux s'ils n'achètent pas. Qu'est-ce qu'ils ont dit ?

– Pas grand-chose. Il m'a posé des questions sur la fumée, bien sûr. Les incendies sont graves cette fois, non ?

– Oui, très. »

Nous parlons français mais tu arrêtes de te verser de la limonade.

« Graves comment ? Vous discutez bien des incendies, non ? »

Je lance un regard appuyé à Olivier.

« Il n'y a pas de problème, Emma, dit-il dans son anglais hésitant. Ils enverront des avions demain. Tu sais, avec de l'eau ? Ils la prennent dans la mer. Si le vent… »

Je l'interromps.

« Ma chérie, je te promets que nous ne courons aucun danger. Tu penses vraiment que je nous laisserais rester ici une minute de plus si nous risquions quelque chose ?

– Je n'ai pas peur », réponds-tu avec un petit haussement d'épaules comme celui d'Olivier.

Tu as beau jouer la nonchalance, tes yeux sont trop brillants. Tu as un peu peur mais tu es aussi excitée. Tu baisses la tête pour que je ne puisse pas voir ton visage.

« Je vais monter », dis-tu en emportant la bouteille de limonade.

Je résiste à l'envie de te demander si tu as ton inhalateur. Cela n'aura d'autre effet que te mettre de mauvaise humeur, donc je me tais.

Olivier et moi faisons un tour dans le jardin et finissons au bord de la piscine. Il y a un peu plus de fumée à cet endroit, comme si les pins la retenaient, même si la proximité de l'eau la fait sembler moins intrusive.

Olivier s'allonge sur l'une des chaises et pousse un long soupir.

« Ah, comme c'est agréable. »

Je souris et lui tends un verre.

« Je pense que j'aurais pu être plus aimable avec eux, en fin de compte.

– Avec qui ?

– Les gens qui sont venus visiter la maison.

– Vous n'avez peut-être pas envie de vendre, après tout. Vous devriez peut-être rester ici pour toujours. »

Je ris et m'assois sur la chaise longue à côté de la sienne. J'enlève mes sandales d'un coup de pied, consciente qu'il me regarde le faire.

« C'était comment ? » me demande-t-il quand je suis allongée comme lui. Il se tourne vers moi pour me faire face. « Grandir ici, je veux dire. Avec tout le monde qui se connaissait.

– Exactement comme on pourrait s'y attendre. Horriblement incestueux parce qu'il était impossible de garder le moindre secret, mais étonnamment rassurant pour la même raison. À Londres, il semble impossible de laisser sa marque. On a l'impression de s'y mouvoir si légèrement que, si on partait pour toujours, la ville s'en moquerait. Ici, en bien ou en mal, on signifie quelque chose. On est quelqu'un. »

Je n'avais pas l'intention de parler autant et je baisse les yeux sur mes mains, gênée.

« C'est sans doute pour ça que je suis resté ici si longtemps. Pour être quelqu'un. (Il remplit mon verre.) Maintenant, racontez-moi ces secrets d'adolescente que vous essayiez de garder. »

Je souris et prends une gorgée de vin. Ses yeux sont posés sur ma bouche. Je sens maintenant l'alcool envahir mes veines.

« Allez, Sylvie. Est-ce que vous n'avez pas brisé le cœur de Laurent Martin quand vous êtes partie en Angleterre ?

– Comment le savez-vous ? »

Je me demande s'il s'est renseigné sur moi et mon cœur bat plus fort à cette idée.

« Sa maison est voisine de la vôtre, non ? Est-ce que vous le faisiez entrer ici en douce à la nuit tombée ? »

Je hausse un sourcil désapprobateur mais je ris.

« Ça ne vous regarde pas. Mais il faut dire que ce jardin regorge de coins obscurs. »

Il sourit.

« Je crois bien que c'est la première fois que je regrette d'avoir été envoyé à l'école ailleurs. J'aurais pu être ici, à faire de mon mieux pour séduire la belle Sylvie Durand. »

Il y a une longue pause pendant laquelle nous nous regardons sans parler.

« J'ai une idée, finit-il par dire. Je n'ai qu'un seul rendez-vous demain matin, tôt. Et si je venais vous chercher toutes les deux quand j'aurai fini pour faire une excursion ? Nous pourrions aller tous les trois dans les gorges de l'Ardèche.

– C'est bien tentant. Mais demain, c'est l'anniversaire d'Emma.

– Oh. Bien sûr, dans ce cas, vous voudrez faire quelque chose avec elle.

– Non, je... Écoutez, laissez-moi lui en parler. Je crois qu'un changement de décor nous ferait du bien à toutes les deux. »

Nous restons paisiblement assis, sans éprouver le besoin de dire quoi que ce soit, et je pense à quel point il me semble naturel d'être tout près de lui. Naturel mais aussi d'une intensité qui me rappelle les premiers temps avec Greg.

« On pense qu'ils auraient pu être délibérément déclenchés, vous savez », dit soudain Olivier, interrompant brutalement mes pensées. L'espace d'un instant, une faille s'ouvre qui fausse le temps, comme cela arrive parfois, et je m'attends quasiment à voir Greg dans la chaise longue à côté de moi. J'entends presque le bruit des éclaboussures d'Élodie faisant des galipettes dans la piscine. « Regarde, Papa ! Regarde-moi ! »

« Pardon, quoi ? » J'essaie d'adoucir mon ton abrupt par un sourire.

« Les incendies de forêt. On pense qu'ils seraient criminels.

– Criminels ? »

Ma voix s'est de nouveau faite coupante.

D'un seul coup, l'idée de rester dans cette maison me semble absurde. Pire encore : imprudente. Cette vieille envie de fuir me submerge, poisseuse et glaçante à la fois.

« Que se passe-t-il ? Vous êtes blanche comme un linge. Écoutez, ne vous inquiétez pas. Ils seront bientôt sous contrôle. Cela fait maintenant des années que nous n'en avons pas eu de graves. Même pas lors de la sécheresse de 1988. Ce sera juste le fait de quelques gamins idiots. Comme ici.

– Je sais. Ce n'est pas ça. »

Mais je mens. C'est exactement ça.

« Sylvie, ça va ?

– J'ai eu une drôle de journée. Et je n'aime pas les incendies. Ils m'ont toujours mise mal à l'aise.

– Raison de plus de nous éloigner d'ici demain dans ce cas. »

Il dégage ma nuque d'une main et commence à la masser lentement. La chaleur de ses doigts se répand dans mon corps. Je sens mes muscles se dénouer. Une autre sorte de fébrilité me gagne, un bourdonnement léger et lumineux succède à la sombre pulsation de l'angoisse. Il se rapproche encore et je sens son souffle sur mon épaule.

« Tu sais, je me fais du souci pour toi, murmure-t-il, sa bouche effleurant maintenant mon oreille. J'ai beaucoup pensé à toi. »

Il renverse mon visage vers le sien et ses doigts parcourent lentement le sillon de ma clavicule avant de monter à mes lèvres.

« Olivier… » Mais il est déjà en train de m'embrasser et pas une once de mon corps n'a envie de s'arracher à ce baiser. Je me tourne vers lui jusqu'à ce que nous soyons collés l'un contre l'autre. Ses mains enserrent ma taille et me tirent sur ses genoux. Il sent l'été : la peau chaude et une effluve de noix de coco. Il me retourne pour s'allonger sur moi et je me dis que nous devrions nous arrêter mais sans réussir à trouver une seule bonne raison. J'aime sentir son poids sur moi, son souffle haletant dans mon oreille. J'avais presque oublié comment c'était. Je m'abandonne.

« Maman ! » cries-tu de la maison, un certain temps après.

Olivier et moi nous sommes embrassés encore et encore.

« Comme des ados », a-t-il murmuré en souriant dans mes cheveux.

Maintenant, je me lève avec difficulté. Olivier s'écarte à regret, caressant d'une main ma cuisse tandis que je cherche mes sandales sous la chaise longue.

Les dernières lueurs du jour se sont dissoutes, la lune effacée par la fumée qui recouvre le ciel comme un chiffon noir.

« Maman, monte une minute !

– Attends, Em ! Ressers-toi un autre verre de vin, dis-je à Olivier. Je n'en aurai pas pour longtemps. Elle a dû égarer son inhalateur. »

J'arrive dans ta chambre et te trouve postée à la fenêtre grande ouverte. Heureusement, tu ne vois pas les chaises longues d'ici, dissimulées par les pins. Tu te tournes quand tu m'entends et je vois de nouveau cette expression un peu folle dans tes yeux, mélange de peur et d'exaltation.

« Regarde. (Tu m'indiques quelque chose et ta main a ce tremblement chimique qui devient trop familier.) Regarde là-bas. »

Au-delà de la tache sombre du jardin et de la nappe satin de la piscine, dans le lointain mais assez proches pour me nouer l'estomac, les collines sont en flammes, leurs langues orangées sautent et dansent dans le noir. Je pense à ce qu'a dit Olivier à propos des gamins qui s'amusent à mettre le feu et je frissonne.

Lorsqu'Élodie avait neuf ans, nous l'avons emmenée camper. Ce souvenir me revient parfois, souvent aux moments les plus inattendus, et il a toujours le pouvoir de me glacer le sang. Il m'est revenu quand je suis entrée dans la souillarde le premier jour et que j'ai vu les traces de l'incendie sur le mur.

En anglais, on parle d'étincelle pour ce qui ravive un souvenir, un chemin neural sombre et touffu, presque effacé à jamais, qui s'illumine de nouveau. Le fait que ce soient les incendies de forêt qui ravivent ce souvenir-là est donc plus qu'approprié.

1978

C'est une idée de Greg et elle ne m'enthousiasme vraiment pas. Je n'ai jamais aimé le camping mais finis par capituler, histoire surtout de ne pas lui fournir d'armes contre moi en gâchant son projet.

Nous n'allons pas loin – inutile, une demi-heure en voiture suffit pour atteindre la forêt. Bientôt, nous prenons la route en lacets qui monte dans l'écrin vert des collines et laissons derrière nous la chaleur étouffante de la grande plaine. Incroyablement hauts et droits, les pins bordent la route, leurs cimes à une trentaine de mètres ; pour la première fois, l'ombre nous enveloppe. Je commence à me détendre – l'air qui entre par les fenêtres n'est pas seulement frais mais d'une pureté merveilleuse. En fin de compte, cette sortie n'est peut-être pas une si mauvaise idée.

Je monte le son de la musique qui grésille. C'est une compilation éraillée faite par Greg de mes chansons préférées, comprimées en quatre-vingt-dix minutes. Ce travail lui a pris des heures, l'enregistrement bien sûr, mais aussi sur la boîte de cassette chaque titre écrit en petits caractères d'imprimerie soignés. Un gage de réconciliation qu'il ne pouvait concevoir autrement. Tout l'été, j'ai insisté pour qu'on l'écoute, ma façon à moi de lui tendre le rameau d'olivier.

« California Dreamin' » et son refrain plaintif passent ; les haut-parleurs à moitié kaput de la vieille Citroën donnent mieux à entendre les choristes que le soliste, réduit à un écho éthéré sous les voûtes de la cathédrale végétale silencieuse que nous traversons.

Le camping est petit, guère plus qu'une clairière avec des sanitaires rudimentaires et de l'espace pour une cinquantaine d'emplacements, presque tous libres. Ce n'est pas encore la haute saison. L'après-midi se passe sans incident. Greg et Élodie font du vélo au cœur de la forêt tandis que je reste à lire à la table de pique-nique devant la tente. La paix règne aussi au dîner. L'air pur des collines est si soporifique que, dès vingt et une heures trente, nous sommes blottis dans nos sacs de couchage.

C'est la note aiguë d'un cri d'enfant qui m'alerte en premier, un cri anormal, plutôt un fil d'inquiétude aigu qui transperce l'obscurité. Des lumières mouvantes lui répondent alors que des campeurs commencent à allumer leurs lampes torches. Greg rampe vers le rabat de la tente et le soulève ; l'odeur de fumée semble déferler à l'intérieur comme une vague étouffante. Il cherche notre lampe à tâtons.

« Merde ! Où est-elle passée ?

– Là, elle est là ! »

Je la lui jette après l'avoir allumée puis j'attrape un haut en coton et m'en couvre le nez et la bouche. Je cherche mon jean, humide et difficile à enfiler en position allongée, mes talons glissent sur le sac en nylon.

« Sylvie, s'exclame Greg, la voix soudain rauque de peur. Où est Élodie ? »

Il éclaire le duvet qu'elle a ouvert et dézippé jusqu'en bas. Il n'y a plus ses vêtements ni ses chaussures. Elle a disparu.

« Oh, mon Dieu, fait-il, passant nerveusement la main dans ses cheveux avant de se précipiter hors de la tente. Je vais la retrouver. Ramasse les affaires et mets tout dans la voiture. »

Montant de la lisière du petit camping, là où les arbres se font de nouveau drus, j'entends le feu. C'est plus que les crépitements et les craquements du bois qui brûle, c'est un monstre qui commence à rugir. J'ai le sentiment d'en sentir déjà la chaleur sur mon visage, mais ce n'est peut-être que la panique et mon imagination. La fumée, plus noire que la nuit, s'élève maintenant en volutes.

Je prononce une petite prière en me dirigeant vers la voiture, garée tout près. « Faites qu'elles ne soient pas perdues dans le fouillis de la tente. » Ouf, les clefs sont bien sur le contact, éclat métallique terne dans les lueurs qui donnent désormais au ciel une teinte orangée d'apocalypse. « Qui donc aurait l'idée de faucher une voiture ici ? » Les mots de Greg me reviennent en mémoire. J'ai l'impression que c'était il y a une éternité.

Je retourne à la tente prendre autant de choses que possible et j'essaie de ne pas penser à l'endroit où ils peuvent bien être, elle et Greg. Je meurs d'envie de partir à leur recherche, mais je sais que changer de plan n'est pas raisonnable. Je ne peux tout de même pas me contenter de rester assise dans la voiture à attendre. Un étrange mélange de peur et de rage bouillonne en moi – colère contre Greg qui a cru qu'on pouvait jouer à la famille heureuse le temps d'un week-end, contre Élodie qui n'en fait qu'à sa tête et les met, son père et elle, en grave danger. La colère est plus simple à gérer que la peur.

Quelques minutes plus tard, je vois accourir Greg, Élodie sur son dos. Une vague de soulagement, fraîche et limpide, m'inonde. Je vérifie qu'ils vont bien, ils sont sales mais indemnes. Greg la renverse sur le siège arrière, s'engouffre derrière le volant et démarre.

« Ça va ? »

Il passe brutalement la marche arrière, l'air maladif dans cette étrange lumière, le visage marqué par une peur réelle, le regard fou et perdu. J'approuve sans dire un mot car si j'ouvre la bouche maintenant, je ne suis pas certaine de maîtriser ce qui en sortira : sanglots apeurés ou terrible accusation.

J'ai regardé Élodie lorsque Greg l'a ramenée en courant, accrochée à lui comme à un singe, et aussi lorsqu'il s'est penché pour ouvrir la porte arrière. J'ai bien vu son petit visage en forme si parfaite de cœur. Elle avait les cheveux sales et emmêlés, de la suie lui barrait une joue, mais ses lèvres étaient retroussées en un petit sourire. Je connais tous ses sourires, et celui-là exprimait le triomphe. Je savais au plus profond de mon être qu'il s'agissait d'un incendie criminel, que c'était elle qui avait démarré le feu.

1993

Le lendemain matin, Olivier passe nous prendre un peu après dix heures. Tu as déjà déballé ton cadeau d'anniversaire apporté de Londres : un médaillon en argent en forme de cœur. J'ai glissé à l'intérieur une petite photo de toi et une autre de moi, prise lorsque j'avais à peu près ton âge. Tu as aussitôt passé le collier à ton cou, mais sans enlever celui d'Élodie.

« Les chaînes ne vont pas s'emmêler ? »

Tu as fait non de la tête. Lorsque je t'ai demandé hier soir si ça te disait d'aller aux gorges avec Olivier, tu as eu, je crois, l'air soulagée. Peut-être n'étais-je pas la seule à anticiper avec plaisir la distance mise entre nous et la maison, et même entre nous deux. La présence d'Olivier, forcément, détendrait l'atmosphère. Je ressentais aussi le besoin d'élargir le fossé entre le passé et le présent qui, à La Rêverie, avaient tendance à se chevaucher, leurs frontières trop perméables pour notre confort.

La capote de l'élégante voiture d'Olivier est baissée et mon cœur s'allège à la pensée de la journée qui nous attend.

« Vous avez vu les informations ? demande-t-il après avoir souhaité un bon anniversaire à Emma et tourné dans la route principale. Les incendies seront éteints demain ou le jour d'après au plus tard. (Il passe à l'anglais.) Emma, tu as compris ? Il n'y aura plus de feu. »

Tu le regardes, étonnée, tirée de tes pensées, et hausses une épaule.

« Je n'étais pas si inquiète. »

Tu n'as pas l'intention d'être impolie. Mais tu sembles à mille lieues d'ici, tes doigts triturent les bracelets fluo à tes poignets.

Olivier me jette un regard auquel je réponds par un infime signe de tête. Tu es assise derrière moi et je vois ton visage dans le rétroviseur extérieur, tout petit et très jeune aujourd'hui ; on ne dirait pas du tout que tu viens d'avoir quatorze ans. Tu aimes pourtant fêter les anniversaires mais tu ne sembles pas toi-même, un pli prononcé creuse la peau lisse entre tes sourcils ; ton pouce à la bouche, tu mordilles les cuticules. Cela fait des années que je ne t'ai pas vue faire ça. Mon estomac se noue quand je me rappelle le Polaroid. Je l'ai caché dans la poche intérieure de ma valise ; est-ce que tu aurais tout de même pu le dénicher ? Sûrement pas ; sinon, si tu l'avais examiné d'assez près, tu aurais forcément dit quelque chose : « Comment peux-tu être en possession de cette photo, Mams ? Ça n'a pas de sens. »

« Incendies ou non, ce sera super de découvrir un nouveau lieu, dis-je d'un ton enjoué, afin qu'Olivier ne nous juge pas ingrates. Em, les gorges sont à l'opposé de chez nous et sont très belles, les plus spectaculaires de France. »

Tu acquiesces d'un air absent.

« Comment va ta respiration ?

– Ça va, Maman, réponds-tu avec lassitude. »

Tu t'es réveillée avec un sifflement. « J'ai fait un cauchemar », as-tu marmonné, et tu n'as pas voulu en dire plus. Quand je tends le bras en arrière, entre le siège et la porte, pour te caresser la main, tu ne me rends qu'une brève pression.

À notre arrivée, le parking poussiéreux des gorges est presque plein.

« Ah, les hordes ont déjà débarqué, fait remarquer Olivier. Je pensais qu'il y aurait moins de monde en semaine. »

Il me vient à l'esprit que je ne suis pas revenue ici depuis mon adolescence. Curieusement, Greg et moi n'avons jamais trouvé le temps de vous y emmener, Élodie et toi.

Cette longue absence rend le lieu vierge, et c'est justement ce dont j'ai besoin aujourd'hui. J'imagine qu'il en va de même pour toi. Le soleil éclaire l'ample rivière qui méandre entre de hautes parois rocheuses, si hautes qu'elles arrêtent le soleil et donnent à l'eau une couleur turquoise foncé. Les gens ont déjà étalé des pique-niques sur les pierres les plus plates et une escouade de gamins en canoë avec leur gilet de sauvetage pagayent vers l'arche qui fait la renommée des gorges : une plaque incurvée de calcaire qui semble oblitérer le ciel. Les odeurs de roche humide et de *gaufres au chocolat* vendues sur un stand voisin, délicieuses et entêtantes, se mêlent étrangement.

Je fouille pourtant du regard les groupes à la recherche d'une longue chevelure ondulante et d'un certain port. Par habitude plus que par intuition, et je me force à arrêter.

Olivier a lui aussi apporté un pique-nique et l'a trimballé depuis le parking dans une glacière rouge. Lorsqu'il l'a sortie du coffre, soudain penaud de montrer qu'il s'était visiblement donné du mal, je lui ai serré le bras, touchée par sa prévenance.

Il a oublié d'emporter des assiettes et des couverts, de sorte que le repas est plutôt compliqué. Le voir essayer d'étaler du beurre froid avec un couteau en plastique souple, récupéré au stand des gaufres, et couvrir son pantalon beige bien repassé de miettes de baguette te donne un fou rire. Il a pensé à prendre l'ouvre-bouteille ; tu as encore droit à de la limonade Pschitt et nous à des bouteilles de Pelforth bien fraîches.

« Merci, lui dis-je quand tu t'éloignes à la recherche des toilettes.

– De quoi ? Ce festin magnifique ? »

D'un geste de la main, il indique les bouts de baguette et les emballages vides.

Je ris et me rapproche.

« Pas seulement. Parce que tu m'apportes quelque chose de positif et que tu as donné à cette journée un air de vacances. »

Le vent agite sur mon visage une mèche de cheveux qu'il repousse avec délicatesse derrière mon oreille.

« C'est tellement dommage que cette visite doive toucher à sa fin. Si d'une façon ou d'une autre je peux te persuader de revenir sur ta décision de vendre… »

Il suit du doigt mon décolleté arrondi ; j'en éprouve aussitôt un frisson malgré la chaleur. Il y a une pause lorsque ni lui ni moi ne parlons, et je crois qu'il va m'embrasser.

« Non, finis-je par répondre avec douceur, sans lui en laisser le temps. Mais je n'ai pas encore réservé le ferry du retour. On ne partira pas avant quelques jours encore. »

Je croise son regard, et le désir que j'y lis me remue. Mes mots restent en suspens alors qu'il détourne les yeux, deux fentes fixées sur l'eau brillante.

« Je vois. J'ai dû mal interpréter l'autre soir. »

Avant de perdre mes moyens, je me penche vers lui et l'embrasse. Il a un instant d'hésitation et je me dis qu'il va s'écarter, mais il me rend mon baiser, sa bouche chaude et impérieuse. Sa main agrippe ma taille et remonte sous mon haut pour toucher ma peau nue.

Nous nous reculons au même moment, souriants, et te cherchons d'un œil furtif. Je t'aperçois non loin, absorbée par un panneau avec le prix des locations de bateau.

« On a transformé cette pauvre Emma en chaperon.

– Elle est sympa. Ça ne l'embête pas vraiment.

– Tu l'as achetée avec de la limonade.

– Je pense que tu le vaux bien, conclut-il avec un sourire, et maintenant, je vais la corrompre encore plus en nous louant un pédalo. »

Je le regarde s'éloigner, le cœur battant encore la chamade d'avoir été à son contact et le corps en fusion. Mon esprit vogue déjà vers le soir, toi au lit, lui et moi seuls.

À la fin de l'après-midi, notre voiture est l'une des dernières ; les gorges plongées dans l'ombre, silencieuses, sont plus magnifiques encore.

Il est près de dix-neuf heures lorsqu'Olivier quitte la route et s'engage sur le chemin de La Rêverie. Nous sommes tous trois fatigués et paisibles. Je ne suis guère prête à voir s'achever le rythme apaisant du trajet, les jambes lourdes, détendues, la main d'Olivier sur mon genou. La lumière est couleur jaune paille, floue et saturée ; on dirait une carte postale des années soixante-dix. Filtrant en rais obliques à travers les chênes nains de l'allée, le soleil qui décline a la température parfaite. Tu t'es endormie sur le siège arrière, ta tête dodeline au rythme de la voiture, tes lèvres entrouvertes. Je t'observe de nouveau dans le rétroviseur et te surprends à l'instant même où tu te réveilles, où ton visage s'anime de nouveau. Tu te frottes la joue d'une main, tes yeux s'ouvrent lentement, encore ensommeillés, mais soudain quelque chose devant nous, dans l'allée, les rend aussitôt plus vifs.

Je me retourne et discerne une silhouette devant le portail. Elle se tourne à notre approche.

Comme le monde se met à trembler sur son axe, des pensées fulgurantes traversent ma tête.

Il y a quelqu'un là-bas.

Est-ce que cela pourrait être… ?

C'est elle.

Elle est là.

Élodie.

Élodie.

DEUXIÈME PARTIE

1993

On dit qu'à force de se répéter une chose assez longtemps on commence à y croire, contrefaçon presque parfaite de la vérité. Même si la part rationnelle de mon être a toujours su qu'Élodie n'était pas morte, il faut reconnaître qu'elle avait fini par ne plus me sembler vivante, fluctuant entre des couches d'existence, ni ici ni là. Elle était ce hérissement sur ma nuque, ce mouvement dans la glace dans une pièce sombre, ce malaise et cette culpabilité rampante qui, sans raison apparente, envahissent un jour ordinaire. Elle me hantait. Et lorsque j'en avais assez d'être tourmentée par son souvenir, je faisais d'elle la fille à l'œil couleur ambre qui n'avait pas une once de méchanceté en elle.

Plus facile qu'on pourrait le croire de perpétuer un mensonge aussi énorme, en particulier dans le village. Mes parents étaient tous deux décédés, et ceux de Greg habitaient bien sûr en Angleterre. Ton père vivait à Paris, nous deux à Londres. Et Élodie ? On l'avait fait disparaître à l'autre bout du pays, là où la terre est plate et les cieux couleur de plomb.

Non, finalement, pas une morte. Une fille qui, sur ce Polaroid surexposé que Luc avait laissé tomber, venait de devenir adulte. Une fille qui, quelques jours seulement après cette photo, quitterait l'Institut médico-éducatif où elle avait passé trois ans et demi et disparaîtrait sans laisser de traces.

La savoir quelque part dans la nature était devenu une douleur chronique ; rendue plus aiguë par l'arrivée de la lettre et la nouvelle de l'incendie, et plus pénétrante encore à la descente du ferry à Calais et au début de notre route vers le sud.

C'est Greg qu'ils ont prévenu il y a six ans au moment de sa disparition – après avoir quitté La Rêverie et m'être installée à Londres avec toi, son numéro parisien était celui à appeler en cas d'urgence. Paris était tellement plus proche de l'Institut.

Je me souviens de l'entendre me dire au bout du fil quelques mois plus tard, la voix rauque d'émotion : « Ils vont arrêter les recherches ; elle s'est volatilisée, et comme elle est désormais majeure, elle n'est de toute façon plus sous la responsabilité de l'Institut. J'ai contacté les services d'aide aux adultes, visiblement pas intéressés, ça se sentait. Depuis trois ans, elle a un casier irréprochable. »

Pendant des mois, je me suis attendue à ce qu'elle débarque chez lui, elle avait son adresse ; mais non, jamais. Ça avait ébranlé Greg, je pense, car il croyait qu'elle lui aurait pardonné cet éloignement nécessaire, plus de mon fait, même si nous avions tous les deux signé les papiers. Mais elle n'était pas venue, et les semaines devinrent des années. Malgré ce qu'a pu prétendre Greg et en dépit des complications entraînées par d'autres sentiments, j'en ai été aussi affectée que lui.

J'avais un jour fait un vœu : avoir une fille exceptionnelle. Je n'avais pas songé à lui souhaiter des traits plus ordinaires, la douceur, par exemple, ou d'être comme tout le monde. Et elle s'était bien révélée hors norme, ainsi que je l'avais espéré. Extraordinaire même, impossible de le nier.

Tu vois comme je parle d'elle au passé. Ça fait longtemps que c'est devenu une habitude. Elle *est* spéciale, tout comme elle est belle et intelligente. Pourtant, il y a toujours une part de moi qui ne parvient pas à accepter la réalité de son existence, alors même qu'elle se tient là sous mes yeux, dans l'allée, La Rêverie se dressant derrière elle, ses yeux réfractant la lumière, ses poumons s'emplissant d'air. Comme tout un chacun.

Non, ça jamais, elle sera toujours différente.

Ma fille, si belle, mon sublime adversaire.

1979

La deuxième fois, c'était différent. Je l'ai senti, même avant qu'ils ne coupent le cordon ombilical. Voilà, tu es née, ma précieuse fille : la peau nacrée, les yeux limpides, un marron brillant dont la bogue vient de s'ouvrir et que l'air frais traverse en sifflant ; tout te réjouit, du soleil étincelant sur un mur, aux fibres douces de la couverture sur laquelle tu t'agitais, t'exerçant à la vie. Si la naissance d'Élodie a été un coup de foudre – un éclair presque violent –, lors de ta venue au monde, Emma, quelque chose en moi s'est apaisé, calmé. On aurait dit que je sortais du tumulte d'un orage et entrais dans une pénombre sereine, un endroit aussi sûr que le ventre de ma propre mère.

Mais ce sentiment de sécurité ne dure pas, et bien vite, c'est la secousse et l'on m'extirpe de cette nuit douce et moelleuse. Tel un plongeur que l'on remonte trop rapidement, je refais surface en suffoquant.

Un jour, quand je monte à l'étage pour te réveiller et voir si tu as besoin d'être changée, je trouve ta sœur dans l'encadrement de la porte de ta chambre. Je lui demande pourquoi elle est là mais elle s'éclipse sans répondre. Cet hématome que je remarque plus tard à l'intérieur de ta petite cuisse a la forme d'ailes de papillon déployées, bleu foncé au centre. Je le fixe tandis que tu restes allongée sur le matelas à langer, les jambes qui tricotent. Une partie de mon cerveau se demande ce qui a pu causer cela tandis qu'une autre, plus ancienne, se fiant davantage à l'instinct, sait que c'est un pinçon fait par des doigts plus petits que les miens.

Dans un repli profond de ma conscience, c'est le moment que je redoute depuis ce jour, il y a deux mois, où je t'ai ramenée de la maternité – non, depuis le jour où j'ai su que j'étais de nouveau enceinte.

Élodie a dix ans maintenant et va à l'école durant la semaine. Pendant ces heures-là, au moins, j'ai un répit. Après leur départ le matin – elle insiste toujours pour que ce soit Greg, s'il est là, qui l'emmène –, je sens mon corps se relâcher un peu, et il me semble que La Rêverie fait de même, l'atmosphère surtendue se dégonfle comme un poumon.

« Greg, viens voir ça.

– Quoi ? Ça ?

– Oui, ça. (Pour moi la marque est aussi nette qu'un tatouage de marin sur ta peau toute neuve.) Ne me dis pas que tu ne vois rien. »

Je défais ta grenouillère, les mains malhabiles, à la recherche d'autres marques. Rien sur ton torse, mais sur ton bras gauche, juste au-dessus du coude, des traces de doigts. Quatre petites taches qu'on ne peut effacer.

« Et ça ? Je suppose que ce n'est rien non plus.

– Juste des bleus, elle a dû se cogner contre quelque chose. »

Je me tourne vers lui, j'essaie de garder une voix calme.

« Elle se déplace à peine toute seule. Heurter un objet peut entraîner ça ? Comment a-t-elle pu se faire un bleu à l'intérieur de la cuisse alors qu'elle ne sait même pas encore ramper ? »

Il me lance l'un de ses regards les plus indulgents.

« Désolé, Sylvie, mais je ne vois pas ce que tu veux que je dise. Un bleu, ce n'est pas la mort.

– Tu fais exprès d'être obtus ? Ce sont des empreintes de doigts. »

Un mélange d'émotions complexes traverse son visage, puis il se durcit.

« Rien ne te prouve que c'est elle. En fait, je la trouve vraiment sage depuis la naissance. Ce nouvel appareil photo est un succès – elle se promène partout avec et prend des photos de tout, d'Emma en particulier. Mais tu ne supportes pas l'idée de lui laisser le bénéfice du doute », conclut-il en hochant la tête.

Des larmes coulent de mon menton et tombent sur la jambe d'Emma, juste en dessous du bleu.

« Et voilà, Sylvie, tu pleures encore, vraiment ! »

Son visage change de nouveau d'expression, il devient implacable, lassé peut-être, et pour la première fois je vois Élodie dans ses traits.

1993

Tout a brutalement ralenti, comme dans les secondes qui précèdent le choc d'une collision. J'ai l'impression de mettre un temps infini à parcourir les quelques mètres qui nous séparent. Le cheminement de mes pensées est étrangement ordonné et calme. Elle s'est retournée au bruit du moteur, mais pour l'instant, elle ne semble pas vouloir s'approcher. Je me force à continuer, un pas après l'autre.

De plus près, son visage m'apparaît affiné, ses pommettes mieux dessinées font ressortir ses yeux vairons, d'autant plus saisissants. Sa peau est plus hâlée que dans mon souvenir, comme si elle passait presque tout son temps au grand air. Elle m'évoque moins une belle plante vénéneuse que lors de notre dernière rencontre, mais ses traits, durcis par les années, sont d'une perfection encore plus inquiétante que dans mes rêves. Mon cœur bondit, un immense élan d'amour maternel emplit ma poitrine mais réveille aussi cette peur ancienne que je sens brusquement monter.

Voilà qu'elle sourit, et ce sourire me désarçonne totalement tant il diffère de ceux de l'ancienne Élodie. Il est hésitant, presque timide, et l'espace d'un instant, je me demande si j'ai devant moi un imposteur.

Une main se pose sur mon bras et me fait sursauter. Tu es arrivée derrière moi, tes doigts s'enfoncent dans ma chair, mais tu ne me regardes pas, ne quêtes même pas d'explication. Tu dévisages ta sœur, les yeux écarquillés, tu la bois d'un regard insatiable.

« Maman. Je ne… Est-ce que c'est… ? »

Tu respires difficilement. Je renverse mon sac et regarde tomber par terre des pièces, des mouchoirs en papier et des rouges à lèvres. Tu attrapes ton inhalateur avant moi. Personne ne dit rien. Tu aspires goulûment le médicament avant de me le rendre. Élodie t'observe, son visage insondable. Je ne suis pas sûre d'arriver à les prononcer, mais les mots s'échappent de ma bouche.

« C'est ta sœur… Je sais, il faut que je t'explique. Mais… c'est ta sœur. C'est Élodie. »

À son nom, elle cesse de te contempler pour me fixer. Au moment où nos yeux se croisent, il me semble y voir un infime tressaillement, comme si mon regard l'avait blessée. Elle déglutit péniblement et, j'ai beau être comme hébétée, ce spectacle m'étonne malgré moi, parce que je n'ai jamais vu Élodie manifester la moindre émotion, même pas le jour où Greg l'a emmenée.

Je reste clouée sur place, si profondément choquée que je mets un bout de temps à comprendre que, lorsque tu as inhalé la Ventoline, tes pupilles étaient anormalement dilatées, le noir noyant le bleu. Tu as subi un choc bien plus grand que moi, bien sûr. Voilà que se dresse devant toi, en chair et en os, celle que tu prenais pour un fantôme. Ta sœur, quasiment mythique, miraculeusement ressuscitée. Je me retourne et m'attends presque à ce qu'elle se soit évaporée dans la lumière dorée quand j'entrevois soudain

Luc derrière elle, avant qu'il ne disparaisse sur le chemin qui mène à la grange. Puis mes yeux reviennent à elle et il me sort tout aussi vite de la tête – comme j'ai oublié Olivier, jusqu'à ce qu'il me tapote gentiment le bras.

« Sylvie, je vais y aller. Il te faut du temps seule avec… avec ta famille. (Sa voix se fait inaudible.) Je t'appellerai bientôt, d'accord ? »

J'acquiesce, absente, les mots dépourvus de sens. Alors que sa voiture s'éloigne, je suis frappée de ne pas l'avoir encore touchée. Je n'ai même pas encore réussi à lui dire un mot. Mes pensées se bousculent.

C'est là qu'elle fait un pas en avant et que je l'imite comme un pantin. Quand elle me prend dans ses bras, je me rends compte que nous avons exactement la même taille. Je sens sa force. Elle déborde de vie.

« Maman, tu trembles. Ton cœur bat si vite », me murmure-t-elle à l'oreille.

Si proche d'elle, je me sens submergée par sa présence, j'hésite entre pleurer ou m'évanouir. Mon enfant ! Ces mots glissent aisément dans mon esprit. Elle sent le grand air, la mer et le patchouli, une odeur à la fois différente et familière. Je serre fort une mèche de ses cheveux qui ne sont plus aussi soyeux que dans son enfance mais ont la force et la souplesse de son corps. Je remarque qu'alors que je tremble elle est parfaitement calme.

« Rentrons. »

Après t'avoir fait entrer, je me retourne et la surprends à hésiter un instant sur le seuil. Mais elle me suit à l'intérieur. Pour tout retour en arrière, le passé nous donne à la fois un sentiment de familiarité intense et d'étrangeté vertigineuse.

Nous passons au salon. Je nous ai préparé du café sucré mais tu ne le bois pas. Je ne sais pas si Élodie touche au sien.

Maintenant, je te jette un coup d'œil. Tu es agrippée à ta tasse comme si, au bord du vertige, c'était la seule chose qui te retenait. Tu as toujours cet air sonné. En face de nous, assise parfaitement droite dans le fauteuil de ma mère, Élodie regarde tout autour d'elle.

« Rien n'a changé, s'exclame-t-elle, apparemment étonnée. Pendant tout ce temps, la maison est restée là, pareille.

– J'ai commencé à faire des cartons, dit quelqu'un. (Moi.) J'essaie de tout vider. »

L'absurdité de notre conversation, ce bavardage qui après dix ans ne signifie rien, m'étourdit.

« Pourquoi ? »

Ses yeux sont doux, vulnérables.

« Elle est à vendre. La Rêverie est à vendre.

– Oh ! Tu n'en veux plus ? »

Je change de position, vérifie de nouveau que tu vas bien.

« Emma, ma chérie, tu es encore pâle. Si tu montais t'allonger un moment, le temps que tu te sentes mieux ? Je viendrai te parler, promis. Tout t'expliquer. J'ai besoin de temps avec ta sœur.

– Pas question ! t'écries-tu, scandalisée. Je veux être ici. Je veux savoir… (Tes yeux se remplissent de larmes et un terrible sentiment de culpabilité me transperce.) Tu m'avais dit qu'elle était morte ! »

Ta voix s'étrangle. Je regarde Élodie qui, cette fois, tressaille plus nettement. Je me sens si coupable qu'elle entende ces paroles que je chancelle sur ma chaise. Je porte la main à mon visage et me rends compte qu'il est humide.

Élodie se lève et va s'agenouiller à tes côtés. Elle prend doucement tes mains et les écarte de tes yeux baignés de larmes, au moment où j'essuie les miens.

« Je suis tellement désolée, Emma », dit-elle d'une voix douce, mélodieuse, dans un anglais qui manque un peu de naturel. Son accent est plus prononcé, comme si cela faisait un moment qu'elle ne parlait plus que français. « C'est ma faute. »

Tu exhales, tremblante.

« Ta faute ? Comment ça peut être ta faute ?

– Parce que je leur ai dit de ne plus venir me voir. "Je suis morte, maintenant, pour vous." Et puis après, j'ai disparu, pour que comme ça, ils y croient vraiment. *Tu comprends ?* C'était exprès, et tout le monde y a cru. »

Je ne bronche pas quand tu me regardes. Tu te retournes vers elle.

« Mais pourquoi ?

– J'étais en colère. J'étais méchante à l'époque. Je ne pensais qu'à moi-même. »

Elle pose une main sur son cœur.

Je fixe sa main parce que je ne sais pas ce que je verrais si je regarde son visage. Elle s'attribue la faute et cela me donne le vertige.

« Emma, monte, juste un moment. (Je m'en veux un peu d'exiger cela, mais je ne tiens pas le choc. Il faut que je clarifie des choses. Lorsque tu ouvres la bouche pour objecter, j'insiste.) S'il te plaît, monte. Je viendrai te chercher quand Élodie et moi aurons parlé. »

Dieu merci, tu obéis. Tu grimpes l'escalier bruyamment, puis tu claques la porte de ta chambre. Réaction normale. De toute façon, je préfère ta colère au choc absolu.

Lorsque je me tourne vers Élodie, une centaine d'autres moments passés avec elle dans cette pièce défilent dans ma mémoire, comme projetés par une lanterne magique. Ici, éclairée par la lumière du soir, elle semble plus jeune, les traits moins nets, plus proche de l'âge qu'elle avait au moment de son départ.

On a besoin de boire quelque chose de plus fort. Dans la cuisine, les mains encore tremblantes, j'ouvre le frigo et en sors une bouteille de vin. Elle tend la main vers le placard où nous gardons les verres, et c'est ce geste anodin, cette familiarité automatique avec la cuisine, qui me convainc finalement qu'elle est de retour. Cette prise de conscience me fait tituber comme si j'étais déjà ivre.

« Ça va ? »

Sa main posée sur mon épaule nue est fraîche. Je frémis et rougis, de honte ou de gêne, je ne sais pas trop.

« Je suis désolée, lui dis-je après avoir vidé mon premier verre d'un coup. C'est juste… C'est un tel choc, c'est tout. Il y a tant de choses à dire, à te demander, que je ne sais pas par où commencer.

– Pour moi aussi c'est un choc. (Un autre sourire hésitant.) Je ne pensais pas trouver qui que ce soit mais j'ai vu la plaque d'immatriculation anglaise, les volets ouverts. J'allais partir quand vous êtes arrivés. »

L'idée que nous aurions pu nous manquer me fait de nouveau chanceler. Aurais-je tout de même senti qu'elle était passée ? Je crois que oui. L'air n'aurait pas eu le même poids, ni la même couleur.

« Sortons dis-je, d'une voix que j'aimerais plus assurée. Viens me raconter. »

Sur la terrasse, elle s'assoit dans le fauteuil qui me fait face, ramenant ses jambes sous elle exactement comme moi. J'avais oublié ce détail. Elle tient aussi son verre comme moi. Acquis ou inné ? Je n'ai jamais vraiment eu la réponse à cette question.

« Élodie… » Je commence mais elle me coupe la parole.

« C'est tellement étrange. À part Emma, tout est exactement comme dans mes souvenirs, même toi. »

Elle caresse la fossette sur sa joue et je me surprends à l'imiter, un doigt porté à mon visage.

« Comment ça va, Élodie ? »

Je ne sais comment lui faire comprendre que je veux tout savoir, tout de suite. Où elle était, comment elle s'est débrouillée tout ce temps sans sa famille, sans personne peut-être. À cette pensée, je m'effondre intérieurement. Mais les mots qui me viennent sont juste ceux que j'utiliserais pour une vague connaissance rencontrée dans la rue : « Comment ça va ? »

« Tu vas bien ? Tu as bonne mine. Tu es toujours très belle, peut-être plus encore qu'avant. (J'avance la main mais la recule devant son absence de réaction.) Élodie, où as-tu été tout ce temps ? Où es-tu partie quand tu as quitté l'Institut ? »

D'un geste vif, elle porte une main à ses cheveux et se met inlassablement à entortiller une mèche. Elle a deux ou trois ongles cassés jusqu'au sang et une vilaine écorchure court de son petit doigt à son poignet. Je ressens alors comme un coup au plexus : c'est mon enfant et j'ignore totalement comment elle s'est blessée. Cela fait si longtemps qu'elle est lâchée dans le monde, à se débrouiller toute seule. Cette fois, c'est réellement la honte qui m'engloutit.

« J'ai eu envie de revenir. (Son regard se perd dans le jardin.) Plein de fois. J'y ai souvent pensé mais je n'avais encore jamais sauté le pas. Je devais le savoir, là. (Elle pose la main à plat contre sa poitrine.) Quelque chose m'a dit que, cette fois, il le fallait.

– Pourtant, tu étais sur le point de repartir, non ? Sans nous revoir ?

– J'ai pris peur. Lorsque personne n'a répondu, j'ai flanché. J'ai pensé qu'après tout ce n'était peut-être pas le bon moment.

– Toi ? Peur ? Mais je n'ai jamais connu d'enfant aussi peu craintive que toi. »

Elle hausse les épaules.

« Comme tu l'as dit, j'étais une enfant. Je crois que je n'ai jamais connu la peur avant… avant de partir là-bas.

– Élodie, mon Dieu. (Je baisse la tête.) Tu sais bien que nous n'aurions jamais fait cela si…

– Je sais. Je n'ai pas dit ça pour que tu te sentes coupable. Il le fallait. Vous n'aviez pas le choix, Papa et toi. (Je la regarde gratter soigneusement les bords de son égratignure.) Qu'avez-vous raconté à Emma à mon sujet ? Je veux dire, à part le fait que j'étais morte. »

Elle me lance un regard rapide puis détourne aussi vite les yeux, et le poids de ses mots me fait tressaillir.

« Je… On lui a dit que tu avais dû t'en aller. Que tu étais… malade.

– Et cette maladie, j'en suis morte ? »

Je soupire, tremblante.

« Je, euh, nous avons pensé que c'était mieux ainsi, que ce serait plus facile pour Emma - elle était encore si petite – si nous la laissions croire que tu étais physiquement malade. J'en suis navrée, et je te sais gré de lui avoir parlé comme tu l'as fait tout à l'heure dans le salon. Sincèrement.

– Mais est-ce que tu as réellement dit que j'étais morte ? As-tu prononcé ses mots : Élodie est morte ? »

Elle a la voix qui tremble.

De nouveau, je penche la tête.

« Non. C'est quelqu'un dans sa classe qui lui a mis en tête l'idée que tu étais allée au ciel, et quand elle m'a posé la question, je l'ai laissée croire ça. Je sais combien ça semble horrible mais je n'ai jamais… jamais prononcé ces mots.

– Je comprends. C'était plus facile pour elle à l'époque de croire ça. Elle n'était pas bien grande.

– Ton père s'y opposait au départ. Je dois l'avouer. Il m'en a voulu. M'en veut toujours.

– Tu lui diras que je suis ici ?

– Bien sûr. Je vais l'appeler plus tard.

– Plus tard. Est-ce que ça veut dire que je peux rester ici cette nuit ? »

Le sang bat très fort à mes tempes.

« Mais bien sûr, naturellement. »

Je ne sais toujours pas où elle a été ces dernières années ni ce qui l'a fait revenir maintenant, à part cette idée nébuleuse que c'était le bon moment. Je la regarde et je vois deux grosses larmes couler le long de ses joues. Instinctivement, je me penche en avant pour la réconforter tout en me rappelant soudain qu'elle ne pleurait jamais, pas comme ça Aujourd'hui, oui, ses larmes me semblent vraies. Le surplus d'une émotion impossible à contenir. J'avais toujours eu le sentiment qu'Élodie se contrôlait trop bien pour ça.

Vite, je rentre dans la maison, déchire un morceau de sopalin et vais m'agenouiller près de son fauteuil. Je pose ma main dans son dos tandis qu'elle s'essuie les yeux.

« Peut-être que finalement je ne devrais pas rester, dit-elle après s'être reprise. Je ferais mieux d'aller ailleurs.

– Mais non, tu viens de revenir, tu ne vas pas déjà t'en aller. Tu dormiras dans ton ancienne chambre. Elle n'a pas changé, enfin, si, certaines choses, mais tes vêtements, ton lit… »

Essoufflée, je ne finis pas ma phrase. Trois mots tourbillonnent dans ma tête. « C'est ma fille. C'est ma fille. »

« Merci. »

Nous retombons dans le silence. Je la regarde en douce tandis qu'elle se mouche. Une brise soudaine lui soulève les cheveux, fanion doré qui ondule dans son dos.

Au fond de moi-même, cette anxiété qui m'a si longtemps tenu compagnie refait surface et bat à une nouvelle cadence, plus rapide qu'autrefois. Dans quelques heures, il fera nuit. Et pour la première fois depuis dix ans, Élodie ne sera plus perdue Dieu sait où, dans un au-delà sans nom, mais sous le même toit que toi et moi.

1980

Elle se tient immobile, lumineuse en blanc, tel un faisceau de lune supplémentaire éclairant ton lit de bébé. Sa chemise de nuit en coton est si fine qu'elle flotte autour de son corps et me fait penser à une méduse se propulsant dans une mer d'encre. Descellée, une latte du plancher craque à mon approche, elle pivote alors, dos à la fenêtre, sa longue chevelure ondule autour de ses épaules, son visage est un vide noir.

C'est réellement l'un des moments les plus effrayants de ma vie. Je m'approche de ton lit, remarque le côté abaissé ; tu n'as encore émis aucun son et mon cœur manque de s'arrêter. Je te soulève, déjà persuadée que tu es morte, mais voici que tu ouvres tout grand les yeux et commences à te tortiller ; je dois aussitôt retenir les cris qui allaient m'échapper.

Pour aller de sa chambre à la tienne, elle n'a fait aucun bruit. Je lui prends la main et la ramène se coucher, mes doigts serrés autour de son poignet, et je sens combien sa peau est fraîche. Elle est là depuis un moment. Je me demande si c'est l'instinct reptilien qui m'a réveillée et prévenue du danger, me lançant une alerte silencieuse que seul le sang d'une mère enregistrerait.

Le lendemain, je passe plusieurs coups de fil pour trouver un ouvrier qui viendra dans la journée installer une serrure à ta porte. Je ne veux pas d'un verrou ni d'un loquet, mais d'une vraie serrure pour laquelle il faudra ajouter une poignée et percer le chambranle. Une serrure dotée d'une clef que je pourrai garder sur moi, qui te mettra en sécurité, hors de sa portée.

À son retour ce soir-là, Greg a les yeux rouges. John Lennon a été assassiné et la radio a diffusé « Imagine » toute la journée. Il est si malheureux et déçu de la marche du monde que je ne lui raconte pas ce qui s'est passé avec Élodie. Bien sûr, lorsqu'il monte se coucher, il voit la nouvelle poignée qui détonne. Je me prépare à une dispute mais il ne fait pas de commentaires ; sa main reste posée un moment sur le cuivre brillant, qui tranche avec la pénombre du hall, puis il se dirige à pas lents vers notre chambre. Il a l'air si abattu que je n'ai pas le cœur de lui répéter ce qu'a dit Élodie quand je l'ai recouchée. « Je n'aime pas ça, avait-elle chuchoté, petit sifflement aigu dans le noir. Je n'en veux pas ici. »

1993

Élodie se dit éreintée et monte se coucher un peu après vingt et une heures. Je lui fais son lit avec des draps propres, moi-même si épuisée qu'heureusement l'étrangeté de cette tâche banale à accomplir dans *sa* chambre, pour *elle*, ne me saisit pas vraiment. Après avoir fini, je la serre gauchement dans mes bras avant de refermer doucement la porte derrière moi. Je reste un instant plantée là, m'émerveillant des petits bruits que j'entends : le plancher qui craque sous ses pas, le soupir du matelas lorsque pour la première fois en dix ans elle y pèse de tout son poids. Elle est bien là.

Lorsque je finis par descendre, tu es dans le salon, à m'attendre.

« Alors, explique-toi, exiges-tu d'un ton monocorde, tes lèvres serrées en une ligne dure qui me rappelle ton père les dernières années de notre mariage. Tu m'as promis.

– Oui, c'est vrai, reconnais-je en me frottant le cuir chevelu, tendu et douloureux.

– Donc, Élodie n'est pas morte. »

Tu n'y vas pas par quatre chemins. Tu es furieuse mais ne sais pas contre qui diriger ta colère. Du moins pas encore.

J'essaie d'organiser mes pensées.

« Ce que tu dois bien garder présent à l'esprit, c'est que tout ce que ton père et moi avons fait n'avait qu'un but : te protéger. Nous nous sommes peut-être trompés mais…

– Parce que tu as menti au sujet de la cause de sa mort, c'est ça ? Alors qu'en vérité tu n'en étais même pas sûre.

– Oui.

– Pourquoi vous avez abandonné les recherches ? Elle a dit qu'elle vous avait fait croire qu'elle était morte, mais qu'est-ce que ça veut dire ? Et d'abord, pourquoi elle aurait voulu une chose pareille ? »

Tes pensées, ce soir, vont bien plus vite que les miennes.

« Oui, nous n'en étions pas absolument certains mais, quand tu l'as cru, on s'est dit que ce serait plus facile pour toi que de la savoir quelque part dans la nature. »

Ce que je n'ajoute pas – ce que je ne peux ajouter –, c'est que j'ignorais avec quelle précision tu te rappelais ce qu'elle t'avait fait. Je ne voulais pas que tu imagines qu'elle pourrait revenir un jour et s'en prendre à toi.

« Donc, en gros, elle vous a menti, à toi et à Papa, et vous m'avez menti ?

– Oui, en quelque sorte, dis-je avec un soupir. Je suis désolée, Emma, chérie, vraiment. C'était une fausse bonne idée, je sais. »

Tu ne t'adoucis pas.

« Et pourquoi elle a menti ?

– Elle devait être en colère contre nous, je pense, contre le monde entier, à cause des soins qu'elle a dû recevoir. Tu as lu dans son dossier médical qu'il lui a fallu aller dans une clinique spécialisée où on traite les enfants comme elle. On ne l'a pas beaucoup vue quand elle était là-bas car c'est ce que conseillaient les médecins.

Je ne crois pas qu'ils réagiraient de la même manière aujourd'hui. Je sais, c'est nul mais peut-être que tu comprendras mieux quand…

– Arrête de dire ça ! t'exclames-tu, te levant d'un coup. C'est tout ce que tu sais dire. En tout cas, à te voir, on ment encore mieux avec l'âge ! »

Sur ces mots, te voilà partie, grimpant l'escalier avec fracas. Et quand la porte de ta chambre claque, je sursaute.

*

Un peu avant minuit, j'entre dans ta chambre sur la pointe des pieds, et tandis que La Rêverie dérive au gré des noirs abysses nocturnes, je te regarde dormir. Entre les soupirs paisibles de ta respiration, je tends l'oreille, à l'affût du bruit le plus infime derrière la porte close. Je regrette de ne pas l'avoir laissée entrebâillée comme je l'avais trouvée, mais je ne veux pas courir le risque de te réveiller en l'ouvrant maintenant. Nulle envie de t'effrayer, spectre gothique en chemise de nuit blanche, penchée sur ton lit. J'aimerais qu'il y ait une serrure à cette porte et je pourrais t'enfermer, comme autrefois.

Le sang bat à mes tempes, trop de soleil aux gorges et trop de vin l'estomac vide. Debout dans la quasi-obscurité, je perds mes repères et mon équilibre. J'avance à tâtons jusqu'au mur du fond, à mi-chemin entre toi et la porte, et je me laisse glisser avec précaution jusqu'au sol, le dos contre le mur froid. Dehors, au loin, par les volets entrouverts, je vois le rougeoiement sombre des feux de forêt.

Un peu après une heure, un bruit insistant de tapotement, tel celui que ferait un ongle sur une porte, me fait brutalement relever la tête. Il s'arrête puis recommence, j'ai le cœur qui bat presque aussi fort à chacune des pauses.

Puis mon esprit s'éclaircit et je me rends compte que je connais ce bruit. C'est une grosse vrillette dans le mur, tout près, en train de s'attaquer au vieux bois de la charpente de La Rêverie. Mauvaise nouvelle pour la maison et pour la personne qui l'achètera, mais rien de dangereux pour toi. Malgré tout, cela me fait frissonner. On les appelle aussi les horloges de la mort, comme ceux qui veillaient la nuit entière un être bien aimé qui ne verrait peut-être pas le jour se lever. Autrefois, les gens pensaient que ce bruit annonçait une tragédie. Ce n'est peut-être qu'une superstition idiote. Et pourtant…

Avant d'être enceinte de toi, ton père et moi avions abandonné l'idée d'avoir un autre enfant. Plus jeune, je crois qu'il avait chéri l'idée d'avoir toute une progéniture, et moi aussi, j'avais aimé ce projet, d'une façon sans doute naïve. Après Élodie, cependant… Après avoir su comment ça pouvait être, je lui ai dit qu'elle serait notre seule enfant.

« Je ne peux pas prendre le risque, lui avais-je déclaré, la voix tremblante, quand Élodie avait trois quatre ans. Je n'y arriverai pas. Impossible. »

Il refusait d'en parler mais je savais ce qu'il pensait – à l'époque, nous étions encore suffisamment proches. Je savais qu'à bas bruit, presque imperceptible, sa fille le troublait déjà lui aussi, même avant que je ne la conduise chez Morel. Les années qui suivirent, je suis certaine qu'il avait presque autant que moi ressassé les mots du médecin, certains prenant racine très vite, impossibles à déloger. Insensible. Impassible. Froide. Et, bien sûr, psychopathique. Ce terme résonnait dans ma tête comme le hurlement d'une sirène dans les champs de mes rêves.

En l'occurrence, cette question fut résolue à notre place et, oh, Emma, comme j'en suis heureuse ! L'ironie ridicule de cette histoire me fait encore sourire. C'est à Annette

Martin que nous te devons. Annette et ses coquilles Saint-Jacques avariées.

Depuis que Luc s'était retrouvé dans la piscine, nous n'avions plus été invités chez les Martin, mais Laurent avait dû passer outre l'opposition d'Annette car Greg et moi figurions au nombre de ses invités pour sa soirée d'anniversaire. Le lendemain, la moitié des personnes présentes tombèrent malades : intoxication alimentaire, et je fus l'une de ces infortunées. Je me sentais si mal que rien ne m'importait, même pas ce qu'Élodie pouvait bien être en train de fabriquer, et je ne quittais pas la chambre, volets clos, bassine à côté du lit. L'idée ne m'était certainement pas venue que j'avais pu vomir ma pilule et j'avais presque oublié que Greg et moi avions fait l'amour à notre retour, quand les coquilles Saint-Jacques ne m'aient empoisonnée : exutoire rapide qui ne se serait peut-être pas produit si nous n'avions pas bu autant. Lorsque j'ai fini par comprendre – tard, parce que j'étais trop occupée à affronter chaque journée pour suivre quelque chose d'aussi banal que mon cycle menstruel –, j'étais enceinte de presque quatre mois.

Ironie supplémentaire : après avoir été si mal à cause de l'intoxication, tu ne m'as jamais provoqué une seule nausée. C'est toi tout craché, non ? Toujours si facile, même lorsque tu luttais encore pour exister.

Mais je ne savais pas alors que tu serais toi et j'étais terrifiée. Avant d'en parler à Greg, j'ai vécu dans une brume de crainte et de déni ; une dizaine de fois par jour, je regardais s'il y avait du sang dans ma culotte. « Dans cinq mois, me disais-je, il y en aura une autre, une autre comme elle. »

La tête dans le tourbillon du passé, j'ai dû m'assoupir. Je remarque soudain qu'il fait plus clair, la lumière a viré au gris ; à l'orient, un rosissement des plus légers indique

que le soleil a fini par monter doucement au-dessus de l'horizon. La vrillette s'est arrêtée. Je ressens comme une décharge lorsque je me rappelle pourquoi je suis dans ta chambre et non dans la mienne.

Il est temps que je m'en aille, maintenant, avant que tu ne te réveilles. Je me relève, le corps raidi d'être restée sur ce sol dur, mes hanches craquent comme je m'avance vers la porte. Autrefois, après être devenue mère, j'étais sans cesse nostalgique du passé, mais cela fait des années que je n'ai pas ressenti dans mes tripes une telle envie de remonter le temps. Une fois dans le couloir, je me dirige à pas de loup vers la chambre d'Élodie, et la force de ce désir me déstabilise presque. À quelle époque retournerais-je ? Je n'en sais rien. À mon enfance ? Peut-être. Ce serait bien de ne pas être aux commandes. Je l'ai appris avec Élodie, c'est difficile d'assumer des responsabilités quand on sent soi-même qu'on ne contrôle rien. Mais si je redevenais une petite fille, alors je ne t'aurais pas. Et je ne pourrais jamais souhaiter une telle chose, Emma. De même, je ne pourrais pas davantage souhaiter qu'Élodie n'ait jamais existé. C'est une impossibilité biologique, peut-être. À la pensée de tels scénarios, ma gorge se serre.

La porte de sa chambre est fermée. Derrière, aucun bruit. Mon cerveau logique me dit qu'elle dort, tout comme toi – du lourd sommeil de l'aube –, pourtant il me semble la voir, assise droite dans son lit, les yeux fixés sur mon ombre sous la porte. Aucune réponse, hier soir, lorsque j'ai appelé Greg. Mes mains tremblaient encore si fort que j'ai dû m'y reprendre à deux fois pour composer le numéro.

« Greg, tu n'étais jamais là, avais-je marmonné d'une voix forte en replaçant bruyamment l'appareil sur son socle, et tu ne l'es toujours pas. »

En bas, cinq heures sonnent à l'horloge en bronze doré et me ramènent brutalement à notre première soirée ici. C'était il y a huit jours, ou bien neuf ? Je résiste à l'envie de faire marche arrière et de retourner veiller sur toi, et parce qu'il faut faire quelque chose, je me prépare un café que j'emporte sur la terrasse. Le soleil chauffe de plus en plus, le ciel jaune citron virant au bleu par petites touches imperceptibles. J'ai fait du café fort et je le bois en vitesse, consciente de marcher sur des œufs.

Je serre les mâchoires si fort que j'en ai mal aux dents. Je me force à expirer lentement, comptant jusqu'à cinq avant de m'autoriser une inspiration. Soudain, un volet grince, de nouveau je me tends et, malgré la chaleur, j'ai la chair de poule. Je regarde la fenêtre de ta chambre mais je sais que le bruit provient de l'autre côté de la maison. Je me prépare à ce qu'il y en ait d'autres mais tout redevient paisible.

« Maman. »

J'en lâche presque ma tasse, soudain elle est là à côté de moi. Je ne t'ai sans doute jamais dit combien elle avait une démarche légère. Aujourd'hui encore. Je ne l'entendais presque jamais approcher.

« Ça t'ennuie si je vais nager ? »

Elle a déjà passé un bikini turquoise qui fait ressortir les tons cuivrés de son œil droit, l'or intense de sa chevelure.

Je laisse échapper un rire surpris, ne sachant comment réagir autrement à une demande si normale dans des circonstances si anormales.

Avant qu'elle ne s'éloigne, je lui dis :

« J'ai essayé de rappeler ton père mais visiblement il est absent.

– Il était toujours en voyage, non ? »

Je la regarde, étonnée, je ne me rappelle pas l'avoir jamais entendue critiquer Greg. L'air songeuse, elle lève les yeux vers la maison, je me demande ce dont elle se souvient. Je parcours rapidement du regard son corps à demi nu. La peau de son ventre est à peine plus claire que ses jambes et ses bras. À droite, juste au-dessus de son bikini, il y a une cicatrice bien nette, trait argenté barrant son hâle doré.

« Tu as été opérée de l'appendicite ? »

Debout, tête inclinée, elle m'observe. C'est une Élodie différente, bien plus réservée que la veille.

« Mon appendice ? »

Ses doigts courent sur la cicatrice.

« Oui. Je vais nager maintenant. »

Je la regarde s'éloigner, toujours aussi à l'aise. Elle doit pourtant bien savoir que je l'observe. La voir provoque une explosion douloureuse de vieux souvenirs dans mon cerveau, alors je me lève et rentre téléphoner de nouveau.

Après seulement quelques sonneries, j'ai la communication.

« Camille ?

– Tu t'attendais à trouver qui d'autre à ce numéro ? fait-elle remarquer avec son mordant habituel, mais devant mon silence, elle poursuit : Sylvie ? Ça va ?

– Elle est revenue, finis-je par pouvoir dire.

– Revenue ? Qui ?

– Élodie.

– Oh, mon Dieu ! Comment tu vas ?

– Je ne sais plus.

– A-t-elle… Comment s'est-elle comportée avec toi ? Et, oh, mon Dieu, et Emma ? J'espère que tu lui avais expliqué avant…

– Elle a fait une crise d'asthme, le choc, bien sûr. Je suis restée dans sa chambre presque toute la nuit.

– Où est Élodie maintenant ?

– À la piscine. Comme si tout était parfaitement normal.

– Merde ! »

Dans le combiné, j'entends gronder et crachoter sa machine à café ; j'aimerais tant être avec elle à Paris dans son appartement lumineux.

« Tu ne m'as pas dit ce que tu avais raconté à Emma. »

Je jette un coup d'œil dans le hall pour voir où tu es, mais aucun bruit ne me parvient de l'étage. Je referme doucement la porte du salon après avoir pris le téléphone.

« Élodie s'est accusée ; elle a dit qu'elle avait fait croire à tout le monde qu'elle était morte.

– Ah bon ? Mais pourquoi donc ? »

Quelque chose se détend en moi et des larmes surgissent soudain.

« Camille, je ne crois pas que je vais pouvoir faire face.

– Il allait bien falloir que tu t'y colles à un moment ou à un autre, et de fait, à mon avis tu ne seras jamais plus prête. C'est bien pour ça que tu es venue après avoir reculé pendant dix ans. Tu ne t'es jamais demandé pourquoi maintenant ? Parce qu'en apprenant ces dégâts dans la souillarde tu as pensé que c'était peut-être elle. »

Il y a de la vérité dans les paroles de Camille, toujours si perspicace.

« Écoute, peut-être qu'elle a grandi, changé. Qu'elle en est sortie, avec l'âge. C'est bien ce que le psychologue d'Avignon avait dit, n'est-ce pas ? Dans cette institution, les choses allaient dans la bonne direction avant qu'elle ne s'enfuie, non ?

– Tu crois honnêtement qu'on peut redevenir une famille normale ? (Je le dis d'un ton badin mais en fait je veux qu'elle m'en convainque.) Camille, je ne peux pas m'en empêcher. J'aurai toujours peur de ce qu'elle pourrait faire. J'ai passé une nuit blanche, assise par terre dans la chambre d'Emma à faire le guet.

– Et il s'est passé quelque chose ? Non, rien. Elle nage dans la piscine. Elle a sans doute désormais une vie à elle, qu'elle reprendra une fois rattrapé le temps perdu avec toi et Emma. Tu as songé à ça ? »

Je l'imagine repartir et ne sais pas vraiment ce que je ressens. Du soulagement, bien sûr, comment le nier, mais aussi du vide, comme amputée d'une part vitale de moi-même.

« Il va tout de même falloir que tu dises la vérité à Emma, murmure Camille avec une douceur inhabituelle.

– Quelle vérité ? C'est si compliqué.

– Toute la vérité. Dis-lui pourquoi tu te méfies d'Élodie, qu'elle a dû s'en aller pour de bonnes raisons.

– Impossible, dis-je en hochant la tête, de faire ça à Emma. Je ne peux pas lui raconter que sa sœur la haïssait tellement qu'elle a essayé de lui faire du mal. J'ai passé dix ans à la protéger de cette réalité.

– Écoute, Sylvie, soupire-t-elle, je viendrais bien mais je ne peux vraiment pas prendre de congés cette semaine et…

– Ne t'inquiète pas, je comprends. »

Et c'est vrai. Il y a une limite avec Camille, il y en a toujours eu une. Et c'est déjà magnifique qu'elle ne m'ait pas asséné : « Je te l'avais bien dit ! »

« Greg devrait être avec toi. À lui aussi de régler cette histoire. Rappelle-moi si tu as besoin que j'aille frapper à sa foutue porte.

– D'accord. Souhaite-moi bonne chance. »

Je sens les larmes me monter de nouveau aux yeux.

« Bonne chance, Sylvie. Tu sais que tu peux me rappeler. »

Je rapporte le téléphone dans le hall. Il y fait plus frais que dans le salon baigné de soleil et, mêlé aux odeurs familières, y flotte quelque chose de fort et d'entêtant qui se répand dans l'air telle la fumée qui souille la brise. Patchouli et sel de mer.

Il faut que je prononce ces mots à voix haute : « Elle est vraiment de retour. » Et bien qu'une ancienne version de moi-même me hurle de monter en voiture avec toi et de partir, je parviens tant bien que mal à l'occulter. En partie parce que je veux croire qu'elle a pu changer ; et en partie parce que je crois que c'est impossible ; quelque chose se produira bientôt pour me forcer la main. Je ne veux pas songer à ce que ça pourrait être. Je vais me retrouver dos au mur, je le sais, mais je me sens incapable d'arrêter le mouvement. Et puis, il y a une autre raison pour laquelle je suis piégée. Tout comme je sais des choses sur Élodie qui pourraient ruiner à jamais l'aura qu'elle a à tes yeux, Élodie sait des choses sur moi. Et je ne peux absolument pas te laisser les découvrir. Tu ne me regarderais plus jamais de la même façon. Je me demande si l'accident suit déjà sa trajectoire, au ralenti pour l'instant, et si je saurai reconnaître l'ultime instant où nous devrons sauter pour l'éviter.

1980

Élodie a toujours été solitaire à l'école. C'est l'un des points soulevés par les enseignants, et ce dès ses premiers jours à la crèche du village. « Élodie ne semble pas avoir beaucoup d'amis », disaient-ils, même si je savais qu'en fait ils voulaient dire « n'a aucun ami ». Seule une maîtresse, jeune et sérieuse, en début de carrière, a fait une observation légèrement différente mais qui m'a paru fondamentale. « Élodie ne semble pas avoir besoin d'amis. » Son constat était bien plus juste. Je ne l'imaginais jamais assise seule à regarder jouer les autres avec mélancolie. Ça ne l'intéressait tout bonnement pas.

Et puis un jour, si.

Je ne sais pas pourquoi. Par ennui sans doute, ou bien une conscience accrue que l'on peut trouver du plaisir ou du moins un intérêt à jouer avec les autres. Je ne veux bien sûr pas dire « jouer » juste dans le sens de s'amuser, mais aussi dans un sens plus sinistre, comme le chat joue avec la souris

Dans sa classe, il y a deux filles, Thérèse et Sophie, dont les mères sont amies depuis l'enfance, donc inévitablement très proches elles aussi. Elles sont même inséparables.

Elles s'assoient ensemble, mangent ensemble, se tiennent par la main dans les rangs, coordonnent leur coiffure du lendemain.

Dans un trio de fillettes, il y en a toujours une de trop. Pour autant qu'on puisse en juger d'après ce que Thérèse, Sophie et les autres ont bien voulu dire ensuite, Élodie a d'abord travaillé au corps Sophie, la plus timide des deux, et si l'on doit être d'une honnêteté brutale, une version plus pâle de Thérèse. J'ignore pourquoi Élodie a d'abord lancé son opération de charme sur elle ; peut-être parce que Thérèse était une adversaire plus redoutable.

Élodie a commencé par amadouer Greg pour qu'il lui achète des bonbons, dans mon dos. L'école réprouve cela. Elle les apportait en cachette et s'est mis à en offrir continuellement à Sophie. J'imagine qu'aucune de ses camarades n'avait éprouvé auparavant toute la force de son charme. Même les bébés préfèrent les beaux visages, c'est connu, et la beauté d'Élodie alliée à ses nouveaux sourires et ces bonbons de contrebande furent trop séduisants pour Sophie qui choisit de faire équipe avec elle, se détournant de Thérèse chaque fois qu'elle essayait de se joindre à elles.

La mère de Thérèse avait remarqué que sa fille, habituellement placide, se fâchait et pleurait pour un rien, mais elle ne savait pas comment y remédier, espérant seulement que ce n'était qu'une phase.

C'est le moment où Élodie a changé de tactique. Selon une fille de sa classe, un matin, quand la cloche a sonné pour se mettre en rangs, elle a marché tout bonnement vers Thérèse et lui a pris la main, au lieu de prendre celle de Sophie. À partir de cet instant, Thérèse et Élodie ont été inséparables. C'est ce que l'on nous a raconté par la suite. Élodie ne parlait jamais de son amie à la maison.

Rien ne montrait qu'elle avait changé, malgré la découverte qu'elle faisait apparemment pour la première fois de l'amitié intime.

Malheureusement, Sophie n'avait pas la fierté de Thérèse. Tandis que son amie n'exprimait sa frustration et sa tristesse qu'à la maison, Sophie était visiblement au désespoir. Elle suivait les deux autres, traînait dans leur sillage, son petit visage tiré de détresse. La maîtresse est intervenue et leur a dit qu'elles devaient toutes les trois être amies, et c'est alors que la situation a dégénéré.

Après avoir ignoré Sophie pendant des semaines, avoir dit, le nez pincé, qu'elle puait la merde, Élodie lui a déclaré qu'elles pouvaient redevenir amies si elle acceptait un défi. Sophie, qui ne s'était même jamais montrée insolente avec ses parents, a volé de l'argent dans le porte-monnaie de sa maîtresse, gravé des gros mots dans le bois de son bureau et cassé son assiette à la cantine.

Tout ceci était déplaisant mais sans doute pas si extraordinaire de la part de petites filles qui cherchent pour la première fois à en imposer dans la cour de récréation. Peut-être. Mais les défis sont ensuite devenus plus sinistres et Thérèse a commencé à se défausser, manquant parfois l'école, disant à sa mère qu'elle avait mal au ventre.

Un jour où Thérèse s'était justement absentée, Élodie a demandé à Sophie de grimper sur le toit plat, très haut, du réfectoire. Et une fois arrivée sur le toit, elle l'a encouragée de sauter. Accablée par des mois de harcèlement, Sophie a à peine hésité. Elle s'est fracturé les jambes, si sévèrement pour l'une que le tibia brisé a percé la peau.

C'était la semaine dernière. Aujourd'hui, Greg insiste pour que nous emmenions Élodie à l'hôpital où Sophie repose, les jambes en traction, pour les « laisser régler ça ». Une fois arrivés, il suffit à la petite d'apercevoir

Élodie, qui s'approche avec des chocolats à la main, pour se mettre à trembler violemment ; ses mains accrochées au drap, sa bouche s'ouvre et se ferme en un cri silencieux de terreur. Elle essaie de s'asseoir – de reculer –, mais les poulies résistent et grincent, et son visage blêmit de douleur.

« Emmène-la ! » Ma voix est dure comme de l'acier et, pour une fois, Greg ne proteste pas. Élodie non plus.

« Je suis désolée, dis-je dans un murmure, avant de sortir derrière eux, tremblant presque aussi fort que Sophie, affligée d'un profond sentiment de honte et d'horreur. Je suis si désolée. »

1993

Je viens de raccrocher avec Camille quand tu émerges, les cheveux emmêlés et les yeux bouffis. Tu t'es habillée à la va-vite, ton t-shirt est à l'envers et je remarque que tu as enlevé le médaillon que je t'ai offert mais qu'en revanche tu as gardé le collier en turquoises d'Élodie. J'en suis profondément blessée.

« Elle est où ? me demandes-tu sans autre forme de salut.

– À la piscine. »

Tu recules une chaise dans un crissement de métal et tu t'y affales. Ton physique est un peu à l'image de ce que je ressens : hébétée et légèrement excitée. Je me prépare à d'autres questions auxquelles je ne pourrai pas répondre correctement, ce qui te mettra encore plus en colère, mais tu ne sembles pas fâchée, simplement préoccupée. Les adolescents vivent tellement leur vie dans l'instant. Je ne suis pas certaine qu'aux yeux des jeunes la mort semble si définitive. On entend parler de ces adolescents qui se suicident pour des raisons qui, à nous, adultes, paraissent presque triviales, et j'ai toujours pensé que c'est parce que la fin d'une existence demeure un concept abstrait. Je ne suis pas sûre non plus qu'ils peuvent intégrer le

« à jamais », encore moins par rapport à leur propre mort. Pour toi, de toute façon, Élodie n'a jamais été complètement morte. Elle a continué à vivre dans des rêves et des photographies, et ces histoires choisies que te raconte ton père. Elle est devenue presque une idole.

Tu rentres dans la maison sans crier gare, et quand tu réapparais je remarque les bretelles de ton maillot de bain préféré sous ton t-shirt. Soudain hésitante, tu restes un instant à traîner près des marches qui descendent vers le jardin.

« Tu veux que je vienne avec toi ? »

Haussement d'épaules en guise de réponse, mais je te connais et ne peux m'empêcher de me demander s'il s'agit de timidité ou de quelque instinct ancien qui se réveille dans ton cerveau.

De toute façon, je t'aurais accompagnée.

À la piscine, nous regardons Élodie glisser sous l'eau, ombre souple traversant le vert, cheveux en cascade sur ses épaules alors qu'elle refait surface, eau luisante qui s'écoule, nette, le long de ses membres lisses.

Elle se hisse sur ses coudes ; immergé, le bas de son corps est plus pâle de deux tons.

« Tu sais, ma sœur, la dernière fois que je t'ai vue, tu avais besoin… »

Elle trace un cercle autour de son bras fluet.

« De brassards ! t'écries-tu d'une voix triomphante.

– Oui, c'est ça. Je suis sûre que maintenant tu vas plus vite que moi », ajoute-t-elle avec un clin d'œil.

Tu t'approches d'un transat et y laisses choir ton t-shirt, tes joues rosies de l'avoir ôté. Puis tu te retournes et plonges très vite, si profond que tu te rates presque. Je te vois toucher le fond et remonter à la surface d'un puissant coup de pied. Ton crawl est irrégulier.

« Maman… (Tu inspires.) Maman, tu veux bien aller me chercher ma Ventoline ? Ce doit être le chlore. »

Je me mets à genoux au bord de la piscine et approche mon visage du tien.

« Il n'y en a presque pas. Respire bien. »

La crise n'est pas aussi forte que la veille mais le sifflement est bien là.

« Emma, tu dois toujours l'avoir avec toi. Je sais, c'est barbant, mais tu dois y penser.

– Dé… solée, dis-tu, roulant des yeux. Elle est près de mon lit. »

J'hésite, mes yeux vont d'Élodie à toi. Elle est maintenant sur le dos en train de flotter au milieu de la piscine, le visage serein, ses cheveux dorés étalés autour de sa tête. On dirait une icône grecque.

« Non, tu vas la chercher. Que ça te serve de leçon. »

Tu me lances un regard noir mais tu t'exécutes, quelque chose dans ma voix arrêtant toute objection.

« Elle ne parle pas très bien français, remarque Élodie quand tu es partie. Même si elle l'est à moitié. »

Elle se hisse hors de la piscine et s'assoit sur le rebord. Elle porte à la cheville une fine chaîne en or qui brille au soleil lorsqu'elle remue les orteils. Elle soulève ses cheveux et les laisse retomber avec un bruit de claque humide. Ce mouvement révèle un centimètre de plus de peau en bas de sa colonne vertébrale où je repère un petit tatouage, un symbole que je ne connaissais pas, trois torsades délicates disposées en triangle.

« J'ai pensé qu'il lui serait plus facile de s'adapter ainsi, dis-je détournant le regard. »

Je continue à croire que je rêve, je ne peux pas réellement être là, au bord de la piscine de La Rêverie, à discuter avec Élodie.

« À Londres, tu veux dire ?

– Oui, c'est ça. Lors de ma dernière visite, je t'avais dit que nous déménagions là-bas. »

Elle fait des ronds avec ses pieds, agitant l'eau. Un papillon qui voletait trop près se fait tremper et se débat à la surface. Elle s'immobilise et l'observe. Je me lève, le prends dans ma main et le pose soigneusement sur les pierres chaudes pour qu'il sèche.

« Alors, Emma ne se souvient pas de sa vie ici, quand nous étions tous les quatre ?

– Pas vraiment, non. »

Elle sort de l'eau une fleur de laurier-rose solitaire et la place à côté du papillon.

« Peut-être que si, quelque part. Je pense que nous nous rappelons tout, comme une bande-vidéo qui passe dans notre tête dès notre naissance. Il faut juste retrouver où elle est rangée. J'ai une très bonne mémoire. Je suis capable de solliciter des faits très vite, là-haut. (D'un doigt, elle désigne sa tempe.) Je me souviens de tout. Ma présence ici ne fait que rendre les choses plus claires. Peut-être qu'il en sera de même pour Emma quand elle y aura passé un peu plus de temps. Peut-être que tout lui reviendra.

– Élodie ? (Elle se tourne et je prends une grande respiration.) Où étais-tu ? »

Soudain, tu es de retour, trois canettes de panaché frappé serrées entre tes mains, l'inhalateur coincé dans le haut de ton maillot.

« Un peu tôt, non ? »

Voyant que tu rougis, mal à l'aise, je tends ma main.

« Elle se mettait en colère quand je buvais à ton âge », commente Élodie qui t'adresse un sourire de conspirateur.

De nouveau, je n'en finis pas de m'étonner : comment ai-je pu me retrouver dans une telle situation ?

Après le déjeuner, nous retournons à la piscine. Je suis installée sur un transat, le corps raide, et fais semblant de lire ; en réalité, j'observe Élodie en douce par-dessus mes lunettes de soleil. La maison peut attendre, ai-je décidé. Je dois rester avec toi.

Tu as déniché un vieil album photo je ne sais où et, assises par terre en tailleur, vous le feuilletez. À plusieurs reprises, j'ai essayé de la faire parler de toutes ces années écoulées, mais chaque fois elle a botté en touche.

« Viens voir celles-ci, Maman. Tu as l'air bizarre sur cette photo, et comme tu es maigre ! »

Je comprends alors qu'il doit s'agir des photos prises par Élodie avec son petit appareil rose. À part un ensemble particulièrement dérangeant de clichés très nets, qui me conduisit finalement à lui confisquer ce foutu objet, les vues étaient toujours floues ou de travers. Il y en avait beaucoup de moi ; cela dit, bien souvent je ne me rappelais pas l'avoir vue les prendre avant qu'elles ne reviennent de chez le photographe. Notre petite voyeuse. Un jour où nous les passions en revue, j'ai eu le malheur de dire ça à Greg, d'une voix que je voulais légère. Il a hoché la tête.

« Mon Dieu, Sylvie ! Une petite voyeuse ? »

Je ne veux plus les voir. Je retourne à mon transat et c'est alors que, le regard attiré par le rouge de son t-shirt qui flamboie dans le feuillage sombre des pins, je vois Luc. Aussitôt, je suis transportée à ce jour où, bébé, il était tombé dans la piscine ; Élodie portait une robe rouge.

« Luc est là ! »

Au moment où Élodie se tourne pour voir le nouvel arrivant, je crois discerner dans ses yeux un éclat froid qui signifie qu'elle prépare quelque chose. Durant cette fraction de seconde, j'aperçois la fille que je connaissais et bien que cette vision me glace le sang, elle me procure aussi un étrange soulagement.

« Luc et moi, nous nous sommes déjà rencontrés », fait-elle avec un sourire sans l'ombre d'une gêne.

Comme elle ne s'est pas levée pour le saluer, il s'approche et se penche pour lui faire les trois bises habituelles. Lorsqu'il se redresse, je vois ses yeux courir sur son corps. Il y a entre eux une aisance qui me semble bizarre. Je me rappelle l'avoir vu filer hier alors que j'étais encore abasourdie par son retour.

J'essaie de recoller tous les morceaux de ce puzzle, mais je t'aperçois tout à coup, le sourire qui meurt sur tes lèvres alors que tu enregistres l'effet qu'a ta sœur sur Luc qui a totalement oublié de nous saluer.

« Alors, Luc, dis-je d'un ton tranchant, que pouvons-nous faire pour toi ?

– Deux choses, répond-il avec un sourire rapide qui n'éclaire pas tout son visage. D'abord, je suis venu vous inviter à l'anniversaire de mariage de mes parents. C'est la semaine prochaine, il y aura un buffet et un orchestre. »

Je demeure un instant perplexe qu'Annette souhaite notre présence ; en même temps, vouloir mettre en avant son couple, en particulier devant une personne comme moi, lui ressemble bien. Le message serait : « Nous sommes une famille unie. Tu as fait le mauvais choix. »

« Merci, remercie ta mère, mais je ne suis pas sûre que nous puissions venir.

– Maman, qu'est-ce qu'il dit ? »

Tu as l'air soudain malheureuse, sensible à l'animosité entre Luc et moi.

« Je vous invitais à une fête, explique-t-il dans un anglais fluide, mais ta mère ne veut pas.

– Pourquoi pas ? Maman, s'il te plaît, insistes-tu, les yeux suppliants.

– Bon, fais-je en soupirant. On verra. Je ne sais pas si nous serons encore ici. Et la deuxième chose, Luc ?

– Je voulais juste m'assurer qu'Emma avait eu sa surprise d'anniversaire, mais je vois que oui », conclut-il avec un coup d'œil en direction d'Élodie qui, les yeux plissés, lui jette un regard si fugitif qu'il m'échappe presque.

Luc, lui, ne l'a pas manqué et il en rougit jusqu'aux pommettes.

« Attends un peu, tu as dit il y a plusieurs jours déjà que tu avais une surprise pour Emma. Un petit cadeau. (Je fais un pas vers lui, ma tête bourdonne.) Comment savais-tu qu'Élodie serait de retour ? Comment as-tu fait sa connaissance ? »

Je les observe tous deux : elle qui le fixe, sans un sourire, totalement immobile ; lui qui se dandine, visiblement mal à l'aise, les yeux baissés vers ses pieds. Puis elle se lève, agite ses cheveux.

« Oh, Luc, tu as trahi mon petit secret ! s'exclame-t-elle d'un rire argenté – ce rire capable autrefois de me faire trembler, celui qu'elle utilisait toujours devant les hommes. Désolée, Maman, je suis arrivée plus tôt. Je voulais… comment dit-on en anglais ? *Get my courage* ? »

Je ne la corrige pas. Je repense à l'horloge qui s'était remontée toute seule, à la piscine déjà remplie, à la présence que j'ai sentie dans la maison et le jardin dès notre arrivée. Était-elle là depuis le début, à observer, à attendre, en chair et en os et pas seulement un bourdonnement électrique dans l'air ?

La confusion voile ton visage.

« Maman ? Je ne comprends pas. Qu'est-ce que vous dites ?

– Rien ma chérie. Juste une erreur, Luc me demandait si c'était une surprise de revoir ta sœur, c'est tout. »

Tu m'adresses un sourire incertain et au moment où je veux te prendre la main, espérant que tu m'auras pardonné assez pour te laisser faire, Élodie s'interpose et t'embrasse sur le front.

« N'est-elle pas belle, ma petite sœur ? » dit-elle en anglais à ton intention. Luc acquiesce avec un nouveau sourire hésitant. Tu rougis et ris timidement, te couvrant la bouche de la main. « Tu dois t'en aller, Luc, maintenant, ajoute-t-elle, faisant danser ses cheveux, je vais nager avec Emma.

– Attends ! » (Elle se retourne.) « Es-tu venue ici à la maison avant ? »

Je parle de nouveau français, trop vite pour que tu puisses suivre.

« Non, Maman, je le jure. J'étais au village, chez un ami de Luc. C'est comme ça que je l'ai rencontré. Je ne suis pas revenue ici avant hier soir. »

Je ne suis pas certaine de la croire ; pourtant, à mon grand étonnement, c'est ce que je souhaite.

1982

Tu as trois ans et, depuis peu, tu adores jouer à la maîtresse avec tes animaux en peluche. Je t'ai acheté un petit tableau noir et un cahier à papier quadrillé que j'ai transformé en registre d'appel. J'y ai inscrit les noms de tes peluches dans une colonne, mais comme tu te sers déjà assez bien d'un crayon, c'est toi qui marques les présents et les absents. Actuellement, ton élève préféré, même s'il n'est pas sage du tout, c'est Maurice, un singe qui porte une salopette et une casquette. Je lui ai inventé une voix rigolote.

Ta sœur a été renvoyée de l'école il y a presque deux ans et, comme Greg a refusé de l'inscrire où que ce soit plus loin, je suis censée l'éduquer à la maison. La réalité est qu'elle n'en fait qu'à sa tête, va et vient dans la maison et le jardin, et, depuis peu, au-delà, comme un chat à moitié sauvage. À dire vrai, aussi brutal que ce soit, je la préfère en vadrouille. Lorsqu'elle est ici, nous ne faisons rien d'autre que nous tourner autour, dressées sur nos ergots. Épuisant !

Je suis dans la cuisine en plein milieu de l'après-midi à essayer de comprendre pourquoi la lumière du frigo clignote quand je trouve soudain la maison bien trop silencieuse. Ça fait longtemps que je ne t'ai pas entendue bouger à l'étage et des heures que je n'ai pas vu Élodie.

Je fonce dans ta chambre mais tu n'y es pas et elle non plus. Ces derniers temps, Élodie s'est mise à faire du stop sur la grand-route pour aller voir des amis dont elle refuse de nous parler. Elle disparaît pendant des heures sans donner la moindre explication. Elle est probablement partie depuis un bon moment, le pouce levé pour les voitures qui descendent vers la mer, cheveux et robe flottant dans la brise aussi chaude qu'un sèche-mains. Probablement.

Je m'apprête à sortir, passe frénétiquement en revue tous les autres endroits à fouiller : le jardin, la piscine, la route. Soudain, j'entends un tout petit pleurnichement et je me fige. Il me semble une seconde qu'il vient de l'une de tes nombreuses peluches, empilées, comme d'habitude, sur ton lit. Mais je l'entends de nouveau et me rends compte qu'il émane de la grande armoire dans le coin.

J'ouvre la porte d'un coup et te trouve blottie au fond, derrière deux sacs de vieux vêtements, les genoux relevés sous le menton. Me voir libère tes larmes. Mais ce sont des larmes silencieuses parce qu'elle t'a bâillonnée avec l'une de mes écharpes en soie, serrée assez fort pour laisser des marques. J'ai du mal à l'arracher et résiste à l'envie de la déchirer en lambeaux. Elle est trempée de larmes, de salive et de mucus. Tu es rouge de panique d'avoir été enfermée dans ce placard sans air et tu as aussi deux cercles rose vif dessinés sur les joues. Un rose différent, plus sombre, comme celui des pivoines, tache tes lèvres. Des traits noirs, longs et minces s'étirent au-dessus et au-dessous de tes yeux, chacun faisant bien cinq centimètres de long. C'est là que je remarque les feutres répandus par terre.

Tu n'as pas de poupées. Tu ne les aimes pas. Camille t'en a envoyé une, luxueuse, de Paris pour ton troisième anniversaire et je l'ai tout bonnement rangée au fond de ce placard parce qu'avec à peine une demi-tête de moins que toi elle te terrifiait. Il me faut un moment pour comprendre la scène car cela fait des mois que je n'ai pas pensé à cette poupée fourrée dans l'armoire. Élodie t'a ôté ton t-shirt et ton short habituels pour te mettre la robe en nylon rêche de Claudette. Elle est trop petite et les manches ballon élastiques ont dessiné des cercles rouges sur la peau délicate de tes bras, semblables à ceux laissés par le bâillon. Je vois les mêmes marques autour de ton cou.

Quand je te soulève, j'aperçois Claudette, tout au fond, qui porte bien sûr tes vêtements. Elle me sourit fixement et, à l'idée que tu aies pu être enfermée ici avec elle alors qu'elle te terrifie, la fureur brûle dans mes veines comme de l'acide.

Il faut longtemps pour enlever le feutre. Nous sommes assises toutes les deux seules dans la salle de bains – Greg absent comme toujours, et Élodie Dieu sait où –, ta peau meurtrie par tous ces frottements et le sel de tes larmes qui coulent encore sur tes joues. Tu ne cesses de me répéter encore et encore: « Élodie a dit que j'étais Claudette. Élodie a dit que j'étais Claudette maintenant et que Claudette serait moi. Qu'il faudrait que je reste dans le noir. »

De retour dans ta chambre, je sors la poupée et remarque ce que je n'avais pas encore vu dans l'obscurité de l'armoire. Son visage est gribouillé au feutre rouge et enfoncé dans la poche de ton short se trouve Maurice, son petit corps en peluche éventré qui révèle le rembourrage blanc, la tête qui pendouille, à moitié arrachée. Tu m'as suivie depuis la salle de bains, ce sont tes hurlements qui m'alertent.

Deux semaines plus tard, j'ose entrer dans la chambre d'Élodie pour changer ses draps et je trouve une pellicule utilisée sur sa table de chevet. Elle utilise encore l'appareil photo rose que Greg lui a offert, le seul cadeau qui ait jamais survécu.

Une fois développées, la moitié des photos environ se révèlent être d'Élodie. Je n'ai pas la moindre idée de qui les a prises, mais à en juger par ses sourires et ses moues aguicheuses, ce doit être un garçon. Elle a toujours préféré les hommes et leurs regards sur elle me rendent malade, pas tant leur désir que l'aisance précoce avec laquelle elle exerce son pouvoir.

Élodie est depuis des mois maintenant dans une phase hippie, se moque d'être démodée avec ses blouses brodées, ses cheveux jusqu'à la taille, les pieds sales. Un style qui lui convient, le premier qu'elle garde aussi longtemps, tel le caméléon qui a trouvé les couleurs parfaites pour se camoufler. Les lignes et les tissus fluides lui offrent un déguisement idéal, tout comme sa grâce physique a toujours dissimulé sa détermination de fer. Elle me rappelle parfois ces filles Manson qui faisaient la une des infos l'année de sa naissance : des fleurs tressées dans les cheveux, perdues dans la musique, leurs prunelles ne s'ouvrant que sur du vide.

L'autre moitié sont des photos de toi, habillée en Claudette la poupée. Sur certaines, elle t'a fait poser sur le lit avec tes peluches chéries, ton petit visage déjà défiguré par le feutre. D'autres ont été prises après qu'elle t'a poussée dans l'armoire, comme un jouet dont on ne veut plus. Quiconque les regarderait y verrait immédiatement ta peur, pupilles dilatées, lèvre inférieure tombante. Sur toutes, tu t'agrippes à ton singe et je me demande quand elle te l'a arraché des mains et si elle l'a détruit devant toi. Quand elle a serré le bâillon sur ta bouche.

Le lendemain, Greg revient de son voyage. Je vais chercher les photos que j'ai cachées dans ma table de chevet à l'intérieur d'un livre mais elles n'y sont plus. Elle les a prises, probablement brûlées. Et même si elles avaient pu fournir la preuve que je cherchais inconsciemment, celle qui aurait enfin forcé Greg à admettre ce que nous savons tous les deux, je suis surtout soulagée de leur disparition.

1993

Nous nous retrouvons dans le salon au milieu de l'après-midi. Élodie et toi essayez de régler la vieille télé tandis que je traîne dans les parages. Je fais et défais toujours le même carton, incapable d'avancer. J'ai rappelé Greg, sans succès. La chaleur ne semble avoir aucun effet sur Élodie, mais nous qui n'en avons pas l'habitude sommes contraintes de nous réfugier dans la maison pour y échapper. Je ne désire rien de plus que monter, faire couler un bain frais et m'y plonger, mais je ne veux pas t'abandonner. Les yeux clos face à la lumière qui ruisselle par les portes ouvertes, des éclats de voix me parviennent plus ou moins fort selon que tu tournes le bouton de réglage, et l'angoisse tourbillonne en moi. Quand la sonnerie du téléphone retentit soudain à seize heures, c'est un vrai soulagement.

« Allô, dit une voix enjouée, Martine à l'appareil, de Century 21. Je n'ai pas encore reçu d'offre des Bernard mais nous avons une autre demande de visite, d'un couple anglais. Celle-là, je peux la faire, donc ce n'est pas grave si vous sortez. Demain, onze heures, ça vous va ?

– Oh, oui, je pense que ça ira. Merci. Nous serons probablement quand même à la maison. Moi et… mes filles, je veux dire. »

Je jette un coup d'œil à Élodie pour voir si elle a entendu ce pluriel que j'ai tant de mal à utiliser, mais elle est toujours devant la télé encore mal réglée, où défilent les images déformées et fragmentées d'un bulletin d'information. Un bref moment d'accalmie révèle un reporter devant une file de voitures brûlées sous un ciel plombé par un nuage de fumée sinistre. Je plisse les yeux pour déchiffrer le nom de l'endroit en bas de l'écran et suis choquée de découvrir qu'il se trouve à moins d'une heure d'ici. Je n'arrive pas à lire l'expression d'Élodie, imparfaitement reflétée sur l'écran de nouveau envahi par un orage d'électricité statique.

Martine me parle encore quelques minutes sans que j'écoute vraiment son bavardage insouciant. Je suis vaguement soulagée qu'elle ne semble pas savoir ou se préoccuper du retour d'Élodie. Il se peut que les habitants du village ne soient pas encore au courant. Quant à la visite, je ne m'attendais si vite pas à un regain d'intérêt. Je suis dans tous mes états : il se passe trop de choses. Je ne suis pas sûre d'être capable de dire ce qu'il faut à ces Anglais qui voudront peut-être La Rêverie. Pour la première fois depuis longtemps, je pense aux Anglais comme étant les « Autres », et je me sens, moi, française. Cela me perturbe encore davantage.

À l'approche du soir, nous sommes encore toutes les trois confinées dans la chaleur du salon et je me rends compte que mes efforts pour ne jamais te laisser seule avec elle m'évitent aussi de me retrouver seule avec toi. Ce n'est guère difficile. Tu es déjà sa petite ombre et, aussi étrange que cela puisse paraître étant donné notre passé, Élodie semble vouloir se trouver là où je suis, moi.

J'essaie de nouveau de joindre Greg, laisse sonner cinq bonnes minutes avant d'abandonner. Il doit être en Normandie et je n'ai pas le numéro.

Élodie insiste pour cuisiner le dîner. Il faut que j'aille faire les courses, mais elle affirme qu'il y a largement de quoi préparer une salade niçoise approximative et me chasse de la cuisine avec de grands gestes quand j'essaie de protester. Je te rejoins à table sur la terrasse. Tu t'es changée et porte quelque chose de flottant mais douteux qui doit sortir du sac à dos d'Élodie parce que je ne le reconnais pas. Je résiste à l'envie de t'envoyer te changer.

« Elle me l'a prêté, m'annonces-tu, surprenant mon regard. Elle a dit que si je voulais, je pouvais le garder.

– C'est un peu grand, non ? »

C'est vrai, l'encolure glisse tout le temps de l'une de tes épaules, mais ce que je veux dire, c'est que ce vêtement n'est pas de ton âge, il est trop provocant.

« Élodie dit que ça me va bien. »

Que puis-je répondre à ça ? Je commence à me dire que je dois faire très attention, ou tu la choisiras, elle. C'est la dynamique qui semble déjà s'établir et elle n'est revenue que depuis vingt-quatre heures.

À vingt-deux heures, tu n'arrives plus à garder les yeux ouverts. Tu montes à regret dans ta chambre et nous laisses, ta sœur et moi. Bien qu'épuisé, mon corps vibre, comme survolté par un excès de caféine. Je suis bien trop réveillée pour dormir maintenant. C'est la première fois que nous sommes seules, Élodie et moi, depuis ce matin.

Elle reste là, à faire une réussite avec un vieux jeu de cartes usé sur la table basse en verre autour de laquelle elle a appris à marcher. Je revois les petites empreintes de ses doigts au soleil comme si c'était hier.

Je la regarde s'approcher du tourne-disque et vérifier quel disque s'y trouve avant de le retourner et de poser le saphir. C'est un 33 tours de James Taylor que j'ai écouté il y a deux jours.

« Tu n'es pas revenue me voir », me dit Élodie à voix basse, après avoir écouté « Fire and Rain ». « Au centre. Je t'ai attendue, chaque semaine. Mais tu n'es jamais revenue, pas après la dernière fois.

– Je… je suis désolée. Mais tu ne te souviens pas ? Les médecins avaient dit que c'était une mauvaise idée et que dans des… cas comme les tiens, il valait mieux qu'il n'y ait pas de relations familiales pendant la durée du traitement. »

Elle sourit tristement.

« Ils me l'ont dit à moi aussi. Je croyais qu'ils mentaient, qu'ils évitaient de me dire que tu ne voulais plus me voir. Tu penses que tu serais venue si tu en avais eu la permission ? »

La culpabilité me submerge de nouveau.

« Bien sûr. J'ai souvent appelé pour prendre de tes nouvelles. Tu ne savais pas ? »

Elle secoue la tête.

« Écoute, comme je te l'ai déjà dit, je ne mets pas ça sur le tapis pour te donner mauvaise conscience. Je comprends maintenant. J'aurais compris si tu avais dit que tu ne voulais plus me voir. »

Elle est assise par terre en tailleur, le dos appuyé au canapé, ses cheveux détachés couvrant la moitié de son visage. Je retiens mon souffle parce que je pense qu'elle va admettre ce qu'elle a fait. Ce n'est encore jamais arrivé, pas directement, pas même durant cette dernière visite. Mais elle change une fois de plus de sujet.

« Quand je suis allée dans l'ashram, j'ai vraiment commencé à y voir plus clair. Toute la colère – cette colère que je ressentais depuis si longtemps – s'est évanouie. On m'a appris à pardonner, à lâcher prise. Nous méditions tous les matins et, chaque fois, cette boule de chagrin et de haine diminuait, et puis, un jour, elle a juste… disparu. J'ai senti les derniers fragments se disperser à travers les pores de ma peau. Je me suis sentie aussi légère que l'air. Il n'y a plus de colère en moi maintenant, plus de sentiments négatifs, je suis purifiée, Maman. Ce jour-là a été une renaissance pour moi.

– Un ashram ? dis-je stupidement. Quel ashram ? Tu es allée en Inde ? »

Elle rit.

« En Espagne. Quelque part dans les montagnes au nord. Nous l'appelions l'ashram parce que le couple qui l'a fonde était des disciples d'Osho.

– Donc, c'était une secte ? »

Elle sourit, béate, sereine. Une autre expression que je ne lui connaissais pas.

« Non, pas une secte, une communauté. »

J'étudie de nouveau son visage, et bien que j'essaie d'envisager que Camille puisse avoir raison – qu'elle a changé en mieux pendant les années de notre séparation –, je suis obnubilée par ce qui s'est passé dans cette communauté du Texas il y a quelques mois.

Ton père a toujours aimé voir en Élodie une âme rebelle parce que conçue au moment des révoltes étudiantes. Pourtant, par la suite, je n'ai jamais pu séparer son arrivée de ces histoires venues de Californie en 1969. La fin du rêve hippie. Je me souviendrai toujours de ces filles. Le bébé arraché à sa mère éventrée.

Et tandis qu'Élodie continue à me parler de sa communauté espagnole, les yeux fiévreux à la lumière de la lampe, cette partie de moi qui est en alerte maximale depuis si longtemps ne peut s'empêcher de craindre le pire. Loin de l'avoir réparée, cet endroit et auparavant l'institut l'ont peut-être aidée à affûter son charisme si particulier et son talent de manipulatrice, tout comme une prison peut endurcir un petit voleur et en faire un meurtrier.

J'ai lu il y a quelques années le récit d'une expérience menée en Californie (bien sûr) dans les années soixante-dix, juste au moment où je me débattais contre quelque chose que les médecins d'ici savaient à peine nommer.

En gros, un groupe de criminels diagnostiqués psychopathes avaient été enfermés ensemble pour voir s'ils pouvaient s'aider les uns les autres. Il fallait être complètement défoncé (ce qui ne m'étonnerait pas du tout) pour concevoir une expérience pareille. J'y voyais aussi une sorte de logique perverse. Qui comprendrait le cerveau d'un psychopathe mieux qu'un autre psychopathe ? Pourtant, le résultat à long terme était glaçant. Leurs crimes, une fois qu'ils furent libérés – et tous récidivèrent –, étaient plus violents et dépravés que ceux des prisonniers qui n'avaient pas participé à cette expérience. Ils étaient devenus de meilleurs psychopathes.

Je regarde Élodie rouler une cigarette. Je ne peux pas détacher les yeux d'elle.

« Tu en veux une ? »

Je secoue la tête même si j'en meurs d'envie.

« Il faudra que tu ouvres les portes si tu veux fumer, dis-je, et je me demande si j'imagine que ses yeux se font moins brillants. C'est mauvais pour les poumons d'Emma. » Je déteste mon ton hérissé alors que je suis tout simplement nerveuse.

Elle se lève, obéissante, et les ouvre le plus grand possible. La nuit s'engouffre, parfumée et enivrante, encore roussie par les incendies. Les images de Waco défilent une fois de plus dans ma tête : le bâtiment en feu avec tous ces gens encore à l'intérieur, les flammes et la fumée qui roulent du toit, aussi hautes que des montagnes.

Elle vient s'asseoir, plus proche maintenant, et je résiste à l'envie de la toucher de peur de commettre une erreur. Ma main reste suspendue.

« Je veux juste que tu saches que je te pardonne, Maman. Je tenais à te le dire face à face. C'est une étape importante dans mon processus d'accomplissement personnel. »

Je retire ma main.

« Tu me pardonnes ?

– Oui, me sourit-elle de nouveau. Je te pardonne.

– Est-ce que ça ne doit pas aussi fonctionner dans l'autre sens ? Est-ce que je ne dois pas moi aussi te pardonner ? »

Une fulgurance traverse son visage, trop rapide pour que je puisse l'interpréter. Puis elle acquiesce.

« Tu as raison. Je demande aussi ton pardon. Je suis désolée de ne pas avoir été la fille que tu voulais.

– Non, attends. (L'émotion casse ma voix.) Ce n'est pas ça, demander pardon. Inutile de dire ces mots si tu ne les penses pas. »

Elle incline la tête de côté.

« Mais c'est vrai. Ce n'est qu'à la naissance d'Emma que tu as voulu être mère, que tu t'es sentie devenir mère. »

Je secoue la tête.

« Non, non, ça ne s'est pas du tout passé comme ça. Tu te trompes. Si tu m'avais vue quand on t'a mise dans mes bras pour la première fois… J'étais si impatiente de te rencontrer durant ma grossesse, et lorsque enfin j'ai pu le faire, j'ai immédiatement éprouvé un amour féroce qui ne ressemblait à rien de ce que j'avais pu connaître avant. C'est encore un amour féroce. Immuable. »

Elle vient à mon secours en retournant au sujet de l'ashram : les fleurs sauvages qui poussaient sur les montagnes alors que la neige s'attardait sur les sommets ; les accords de guitare que quelqu'un lui avait appris à jouer ; la paix profonde que l'endroit l'avait aidée à trouver. Je veux y croire. Une partie de moi y croit.

Tout doucement, la fatigue commence à me submerger. Il fait si chaud dans le salon. Sa voix aussi, qui s'est faite plus grave et douce avec les années, a un effet soporifique.

« Tu n'es pas fatiguée ?

– Pas vraiment. (Elle sourit tristement.) Je n'ai pas besoin de beaucoup de sommeil, plus depuis l'Institut.

– Oh, Élodie. »

Elle secoue la tête.

« Non, ne le prends pas comme ça. C'est de l'histoire ancienne, je te jure. C'est juste qu'il se passait toujours quelque chose la nuit, là-bas, quelque chose qui nous réveillait. J'ai l'impression de n'avoir jamais dormi que d'un œil pendant toutes ces années. »

Je baisse la tête. Je ne sais pas quoi dire. Elle s'approche et me prend les mains. Le contact physique, comme hier, est un choc.

« Maman, tu dois comprendre. Je vous suis reconnaissante, à toi et à Papa, de m'avoir envoyée là-bas. Je ne vous en veux pas. Ils m'ont aidée. Si je n'y étais pas allée, et ensuite à l'ashram, je ne serais pas guérie.

– Guérie ? Je veux dire, je vois bien que tu es différente, bien sûr, ça saute aux yeux. »

J'entends les paroles de Morel dans ma tête. « Ça pourrait lui passer avec l'âge. » Il y avait quatre-vingts pour cent de chances que ce soit le cas. Mais il m'avait aussi prévenue qu'il n'y avait pas de traitement.

Je me dis soudain que la seule façon de le savoir est d'en apprendre plus sur elle. Je rassemble mes dernières réserves d'énergie et me penche en avant.

« Élodie, qu'est-ce qui t'est arrivé d'autre ?

– Je te l'ai dit, j'étais en Espagne et…

– Non, pas juste l'ashram. Je veux dire, avec qui as-tu vécu, où étais-tu avant l'Espagne, comment y es-tu arrivée ? Comment c'était pour toi pendant tout ce temps, sans nous, sans ta famille ? »

Ma voix se casse au dernier mot.

Elle tourne ses paumes vers le haut.

« Je te raconterai tout, Maman, si tu veux vraiment savoir.

– Oui, vraiment, lui dis-je dans un soupir. »

Donc, elle me raconte sa vie sans nous. Je l'écoute du canapé, les yeux fermés. Après avoir quitté l'Institut, elle est descendue vers le sud, en stop, jusqu'à la côte.

« J'avais toujours tellement froid dans le Nord. Je n'avais pas l'impression d'être en France. Je n'étais pas chez moi. »

Elle avait passé presque deux ans sur la Côte d'Azur, puis s'était mise en route vers l'Italie, avant de repartir vers l'ouest, jusqu'à la frontière espagnole puis au-delà, à Roses, là où vivait Dalí.

« Tout était bleu et blanc là-bas. Des petites maisons blanches de pêcheurs, le sable blanc dans les *calas* – les petites criques. Le ciel bleu tous les jours.

– Tu as toujours aimé être au bord de la mer. »

J'ouvre les yeux et la vois sourire à la lumière de la lampe.

« Tu t'en souviens. »

J'ai envie de pleurer.

« Bien sûr que je m'en souviens. »

Elle travaillait pour gagner juste de quoi de vivre, sans jamais rester longtemps au même endroit, comme serveuse le plus souvent.

« On me donnait toujours de bons pourboires. »

Je souris, ravalant mes larmes.

– Ça ne m'étonne pas. Élodie ? »

J'ouvre les yeux et elle s'est encore rapprochée, nous nous touchons presque. Je ne l'ai pas entendue bouger.

« Raconte-moi où tu es allée d'autre. Qui tu as rencontré. »

Elle appuie le dos contre le canapé.

« Une fois, je suis allée en Californie. Quelqu'un m'a obtenu un passeport. J'y ai passé tout un été. »

Cela me fait me redresser.

« Vraiment ? Je n'y suis jamais allée. J'en rêvais, il y a très longtemps. Qu'est-ce que tu as vu là-bas ?

– Oh, tant de choses. J'ai rencontré un homme. Il possédait une maison sur pilotis qui donnait sur l'un des canyons. »

Elle arbore un autre sourire que je ne lui ai jamais vu, de sphinx.

« Raconte-moi.

– Je l'ai rencontré dans le désert, à un festival. Il avait un nom mexicain mais venait de Los Angeles. Je lui ai demandé de m'amener au Troubadour Club. Ils n'y jouaient plus ta musique. C'étaient juste des groupes de rock mais je voulais y aller. J'ai pensé à toi.

– Comment savais-tu ? »

Ma voix est chargée d'émotion.

Elle fait un signe vers les disques empilés sous le vieil électrophone.

« Je te l'ai dit, je me souviens de tout.

– Qu'est-ce qui est arrivé à cet homme ? »

Elle hausse les épaules.

« J'ai quitté Los Angeles, je suis retournée en Espagne. J'aimais bouger tout le temps. Je cherchais toujours quelque chose sans jamais réussir à le trouver. Je crois qu'au fond j'essayais juste de revenir ici. »

Je laisse ces mots se déposer et décanter. Le silence s'étire. Je n'arrive toujours pas à croire qu'elle est là. Je suis désormais si épuisée que je n'arrive plus à penser clairement.

« Je crois que je vais devoir aller me coucher. Je suis désolée. »

Elle acquiesce.

« Je ne suis pas encore fatiguée. Ça t'ennuie si je reste encore un peu ici à fumer une dernière cigarette ?

– Non, bien sûr que non. »

Je m'approche d'elle mais ne sais pas quoi faire. Elle lève des yeux pleins d'attente et je lui caresse les cheveux, juste un instant. Puis je la laisse fumer toute seule. J'entends le disque se retourner au moment où j'atteins l'escalier. Cette fois, ce sont les Beach Boys.

Elle doit se lever pour le changer parce que la chanson qui a toujours été la sienne retentit quand j'arrive au palier. « Good Vibrations ». Je me laisse lourdement tomber sur la dernière marche, la main agrippée à la rampe, et lorsque la fumée de sa cigarette m'arrive, je recommence à pleurer, plus fort cette fois, mes sanglots noyés par la musique.

*

La nuit se passe sans incident. J'essaie de nouveau d'appeler ton père le lendemain matin. À ma grande surprise, il décroche à la troisième sonnerie.

« Greg. Enfin. »

Je ne sais pas quoi lui dire maintenant que j'ai réussi à le joindre. Je regarde par les fenêtres du salon. Élodie est en train de te faire rire sur la terrasse où tu viens de finir de petit-déjeuner.

« Sylvie, tu es là ?

– Élodie. (Prononcer son nom est un effort, ma voix se brise sur la troisième syllabe.) Elle est ici. »

Il inhale d'un coup.

« Greg ?

– Élodie ? s'étonne-t-il, sa voix rendue bizarrement aiguë par l'incrédulité. (Je l'entends chercher ses cigarettes autour de lui.) Elle est avec vous à La Rêverie ? Maintenant ?

– Oui. Elle est… apparue, comme ça. Au retour d'une excursion, nous l'avons trouvée debout dans l'allée. »

Il se tait de nouveau, un bon moment, puis commence à parler à toute vitesse.

« Bon, écoute, je suis seul avec les garçons ce soir. La mère de Nicole a eu une petite attaque et ils sont vraiment affectés – ils étaient avec elle quand ça s'est passé –, mais je prendrai la route dès qu'elle rentrera. Il n'y aura pas de circulation. Je devrais être avec vous à l'aube.

– OK. »

Mon esprit s'est de nouveau vidé. J'entortille le cordon du téléphone autour de mon index, de plus en plus serré, et regarde le bout de mon doigt devenir rouge.

« Sylvie ?

– Je suis toujours là.

– Comment… comment te semble-t-elle ?

– Différente, lui dis-je, comme je l'ai raconté à Camille. Je ne sais pas vraiment. J'ai du mal à penser clairement. »

Je raccroche sans savoir si son arrivée imminente me rassure ou non. J'ai juste la tête qui tourne et une légère nausée, ce qui me ramène droit à l'époque où j'étais enceinte d'elle. Si je pouvais, je remonterais dormir pendant deux jours.

« Maman, Élodie dit que pour l'instant elle n'est attendue nulle part, m'informes-tu quand j'émerge de nouveau sur la terrasse. Donc elle pourra rester plus longtemps. »

Je m'assois et me sers du café.

« Bonne nouvelle », dis-je prudemment, les mots si tristement inadéquats qu'ils en sont risibles. Maintenant qu'elle est ici, je ne peux pas m'imaginer qu'elle soit ailleurs. Mais cela ne rend pas sa présence plus facile.

Élodie m'adresse un sourire éblouissant.

« Ça ne te dérange pas ?

– Bien sûr que non, n'est-ce pas, Maman ? (Tu nous souris à toutes les deux.) C'est aussi ta maison.

– Maman ? » demande Élodie.

J'acquiesce.

« Oui. C'est ta maison. Ça l'a toujours été. (J'inspire, frotte mes yeux douloureux.) J'ai enfin réussi à joindre votre père. Il prendra la route tard ce soir. Il sera avec nous demain matin.

– Donc nous serons tous réunis ? »

Tu ne peux cacher ta joie.

« Nous serons de nouveau tous les quatre, dit Élodie. En famille. (Elle lève sa tasse et tu t'empresses de prendre ton verre de jus pour trinquer avec elle.) Je suis très heureuse d'être ici avec vous. J'en ai rêvé. »

Moi aussi j'en ai rêvé, si souvent. N'y a-t-il pas une théorie selon laquelle il existerait une infinité d'univers parallèles et il s'en créerait un nouveau chaque fois que nous prenons une décision ? Je pense à ces alternatives sans fin, se multipliant comme une galerie des glaces : celles où nous n'aurions pas pris le risque de revenir en France et celles où ne l'aurions jamais quittée. Il me semble avoir glissé dans l'une de ces autres réalités, t'entraînant avec moi. L'arrivée prochaine de Greg parachèvera ce sentitment.

*

Martine arrive pile à l'heure pour la visite, le couple anglais serré à l'arrière de sa petite Renault. Elle est menue, coiffée d'une chevelure auburn lisse, de minuscules ballerines noires aux pieds. Les Johnson – Barbara et Keith – sont un couple charmant, approchant la soixantaine ; elle polie et effacée, lui soigné et malicieux. Leurs manières désuètes me rappellent un peu les parents de Greg, bien que ces deux-là soient bien plus décontractés. Cela fait des années que je n'ai pas vu Charles et Margaret. Greg t'emmène leur rendre visite une fois par an, au moment de Noël.

« Martine dit que vous habitez en Angleterre, me dit Barbara en souriant. C'est vrai ? Votre accent est excellent.

– Merci. Oui, ma fille et moi habitons à Londres. Son père est anglais mais vit à Paris. »

Barbara semble sur le point de demander pourquoi mais se ravise.

« Quelle chaleur étouffante, non ? On se serait cru dans un four dans cette voiture. J'ai pensé m'évanouir.

– Il paraît que c'est la pire vague de chaleur de ces dix dernières années, ajoute Keith. Tout ce coin pourrait partir en fumée, sans compter ce qui a déjà brûlé. »

Martine leur fait visiter la maison et je les suis au cas où elle aurait la moindre question, mais elle semble maîtriser la situation. Ils trouvent à s'exclamer sur quelque chose dans chaque chambre : d'abord le vieux papier peint et les volets d'origine, puis les parquets et les hauts plafonds.

Je m'apprête à descendre quand Martine passe une tête et me dit qu'elle va prendre quelques bonnes photos de l'intérieur.

« Ça vous dérangerait de leur montrer le jardin pendant ce temps-là ? »

Je les précède dans l'escalier et les conduis sur la terrasse. Le soleil est aveuglant après la pénombre relative de la maison et Barbara fouille son sac à la recherche de ses lunettes de soleil.

Ils admirent la piscine dont je t'ai fait enlever les feuilles et les insectes habituels une demi-heure plus tôt. Puis Keith m'interroge sur la grange.

« Voyez-vous, je suis à la recherche d'un atelier. Rien de bien compliqué, juste assez grand pour y garder une ou deux voitures à l'abri des éléments. Je restaure des Jaguar de collection pour les revendre. Je ne fais pas ça pour gagner de l'argent, c'est juste un hobby. »

Tu nous interceptes sur le chemin de la grange et souris à ces inconnus. Je t'en suis d'autant plus reconnaissante que je sais que tu es contre la vente de la maison.

« Tout va bien, ma chérie ? me murmures-tu de ta voix de vieil homme. Veux-tu que je mette la bouilloire sur le feu ? Que je fasse une bonne tasse de thé pour tout le monde ? »

Je me couvre la bouche d'une main et tu m'adresses un grand sourire hilare. Barbara et Keith ne sont pas si différents de notre couple imaginaire.

Je préférerais que tu ne nous accompagnes pas dans la grange mais tu nous suis. Elle me semble plus grande que jadis, peut-être parce que je la vois à travers des yeux étrangers. J'ai beau ne pas aimer m'y trouver, sa pénombre me soulage après l'éclat intense du soleil. Keith pousse un sifflement admiratif à la vue de tout cet espace.

« Bon sang, elle doit bien faire huit à dix mètres de haut ! »

Je le vois remarquer le grenier à foin ouvert sur le côté dans le fond, une échelle appuyée contre la plateforme.

« Y a quelque chose là-haut ?

– J'en doute. Je n'y suis pas montée depuis des années.

– Fais attention, mon chéri, dit Barbara alors qu'il commence à grimper. (Elle se tourne vers moi, roulant des yeux.) Il se prend encore pour un petit jeune ! »

Je te cherche des yeux mais tu es restée sur le seuil. Tu ne souris plus, blême sous tes taches de rousseur. C'est ce que je craignais. Je suis sur le point de te demander si ça va quand Keith appelle.

« Quelqu'un a dormi ici ?

– Comment ça ?

– Il y a des vêtements. Et d'autres choses. »

Il redescend, l'échelle tenue d'une main ferme par Barbara, et une vague d'angoisse me submerge. Ils veulent revoir la terrasse et je peux difficilement refuser même si je brûle d'envie d'aller vérifier ce qui peut bien se trouver là-haut. Je te cherche de nouveau mais tu as disparu. Aucun signe de toi non plus dans le jardin tandis que nous retournons vers la terrasse où nous attend Martine. Je suis de plus en plus angoissée.

« J'ai une bonne intuition, me dit-elle en m'indiquant le couple qui contemple la pelouse, Keith faisant de grands gestes, et Barbara tout sourire. Attendez un peu. Je ne serais pas étonnée si c'étaient les bons.

– Nous adorons la maison, me dit Keith sur le pas de la porte après m'avoir serré la main, mais il nous faut juste le temps de la réflexion.

– Bien sûr », dis-je, distraite parce que je pense au grenier dans la grange et à ta disparition si soudaine.

Les faire rentrer dans la voiture de Martine semble prendre un siècle mais ils finissent quand même par disparaître dans l'allée avec un joyeux coup de klaxon.

Je suis sur le perron, paralysée par l'indécision. Je veux vérifier que tu vas bien mais je veux aussi retourner dans la grange et monter à cette échelle pour me rassurer qu'Élodie disait la vérité au bord de la piscine. Que tout ce qui s'y trouve remonte à l'époque où elle s'y cachait. Quand je passais des nuits blanches à me demander si elle allait y mettre le feu d'une cigarette jetée avec insouciance ou à dessein. La grange était un temps devenue une obsession, presque une phobie. Il m'arrivait parfois de traverser la maison à pas de loup pour descendre regarder par la seule fenêtre qui donnait dans sa direction, le petit carré grillagé de la souillarde. Comme si j'avais une prémonition.

L'envie de bouger l'emporte. Je me précipite sur le sentier envahi par la végétation qui contourne le côté de la maison et mène à la grange, plus court que l'allée. Les broussailles de part et d'autre sont envahies de cigales dont le raffut m'agresse. La sueur perle à la naissance de mes cheveux et sous mes aisselles. Un filet chaud coule entre mes seins.

La grange est silencieuse, les bruits de l'extérieur soudain coupés net. Les battements sourds de mon cœur résonnent dans mes oreilles. Le métal de l'échelle est froid. Je me mets à grimper. L'odeur d'acier sous mes mains moites est assez forte pour que j'en sente le goût, comme du sang quand on se mord la langue.

Il fait sombre en haut et je dois plisser les yeux pour leur laisser le temps de s'habituer. Je commence lentement à distinguer ce qui s'y trouve : un monticule de vêtements entassés sur un vieux matelas, une bouteille d'eau en plastique couchée et un paquet de cigarettes au couvercle arraché. Je m'avance à quatre pattes sur ce qui ne mérite guère le nom de grenier mais un coup d'œil vers le bas me fait hésiter parce que, comme toi, je suis sujette au vertige.

Je fouille dans les vêtements à la recherche de signes d'une occupation récente. Mais je n'arrive pas à être certaine. Impossible de savoir si la veste en jean, adoucie par l'usure, et quelques t-shirts délavés par le soleil sont vieux ou non, ni même s'ils appartiennent à Élodie. Je pensais n'avoir aucun doute – trouver quelque chose qui me renverrait au passé ou au contraire quelque chose ne pouvant pas lui appartenir, comme un bleu de travail ou des bottes d'homme, preuve qu'un étranger avait campé ici pendant quelque temps. De façon perverse, ça m'inquiète moins que penser à Élodie cachée ici quand nous étions dans la maison, sans savoir que mes étranges intuitions n'étaient pas si saugrenues. Bien au contraire. Mes yeux se posent sur un carré de papier aluminium, un emballage vide de préservatif. Je l'attrape et le retourne pour vérifier la date de péremption. 1998 : cinq longues années à partir de maintenant. Il ne peut qu'être récent.

Puis une explication me vient soudain à l'esprit et je me maudis de ne pas y avoir pensé avant. Tout ça pourrait appartenir à Luc et expliquerait pourquoi je l'ai surpris à traîner dans les parages. Il s'est peut-être réfugié dans la grange, récemment ou par le passé, pour échapper aux attentions étouffantes de sa mère. Qui sait depuis combien d'années ? Remplissant la piscine pour son usage, pas le nôtre. Peut-être y avait-il même amené ces garçons à mobylette pour faire la fête, ou bien une fille.

Je tâte quelque chose de dur dans la poche de poitrine de la veste en jean et passe un doigt sous le bouton en métal. C'est un briquet : le genre jetable, en plastique transparent violet. J'appuie sur la roulette avec mon pouce et une flamme jaillit. Je me demande qui l'a utilisé en dernier et où. Je pense aux murs calcinés de la souillarde.

Je te trouve au salon, assise du bout des fesses dans le fauteuil où était Élodie à son arrivée, les mains jointes entre tes genoux nus. Je me perche sur un accoudoir et vois alors que tu serres ton inhalateur. Je tends la main pour te caresser les cheveux.

« Qu'est-ce qui a déclenché la crise ? Quelque chose dans la grange ? »

Impossible de savoir si ma voix semble normale ou non.

J'ignore ce qui t'est revenu, mais j'espère que c'est quelque chose de vague, de flou. Une incompréhensible aversion pour cette grange qui s'expliquerait par quelque chose d'irrationnel ou d'inoffensif. Une peur des recoins sombres, des insectes ou des rats.

Ta poitrine siffle encore ; je l'entends clairement. Tu me regardes, les yeux encore perdus dans le vague. Je sais que ce n'est pas moi que tu vois.

1982

Avant toi, nous étions devenus un trio irritable. Maintenant, malgré tous nos efforts pour éviter une telle situation, nous avons fini par nous scinder en deux factions égales. Greg et moi avons plus de mal que jamais à communiquer. Il se montre dur avec toi depuis le début, bien plus strict qu'il ne l'a jamais été avec Élodie, ce qui n'aide pas du tout. Je me demande s'il te punit de ne pas avoir les problèmes de ta sœur. Je le méprise parfois d'être si injuste.

Ta respiration devient sifflante à l'approche de tes trois ans et je t'emmène voir la généraliste qui s'est récemment installée au village. Elle te diagnostique de l'asthme. Selon elle, beaucoup de choses peuvent provoquer une attaque : l'exercice, des allergies, le rhume des foins.

« Je ne m'inquiéterais pas, me dit-elle d'un ton vif. (Elle écrit une ordonnance avec un stylo à plume d'or qui évoque d'une certaine façon une vie calme et ordonnée et me donne, un instant, l'envie d'échanger ma place avec elle.) Ça aura probablement été déclenché par des plantes dans le jardin ou quelque chose venu des champs et apporté par le vent. Vous pourriez aussi essayer un oreiller en mousse. Les allergies aux plumes sont courantes. »

De retour dans la rue, je te prends la main et traverse pour aller à la pharmacie. Au moment de sortir mon porte-monnaie pour payer, je vois au fond de mon sac le petit carnet que je voulais montrer au médecin. J'ai changé d'avis lorsqu'elle a regardé l'heure, tout comme l'aurait fait le vieux Dr Bisset. Je consigne sur ses pages toutes les fois où ta respiration s'est fait sifflante, et je remarque que les déclencheurs d'attaques possibles – je suis allée consulter des livres à la bibliothèque – ne correspondent jamais à des moments où tu étais dans le jardin. Cela fait des mois que j'ai échangé tes vieux oreillers en plumes contre ceux en mousse ; ton sifflement revient toujours.

Ce que j'ai lu mais que le médecin n'a pas mentionné, c'est que l'asthme peut aussi être provoqué par des émotions fortes, surtout chez les enfants. Le rire est apparemment l'un des plus courants. Avec toi, ce n'est pas ce qui m'inquiète.

Maintenant que j'ai le diagnostic officiel de la généraliste, je trouve le courage de montrer mon journal de bord à Greg. J'y ai noté tous les épisodes où tu as eu du mal à respirer, m'appelant à l'aide de tes yeux écarquillés par la panique, incapable de dire un mot, ta petite poitrine se soulevant, ce terrible râle sifflant que j'ai commencé à entendre dans mes cauchemars.

Il y jette un coup d'œil et le lance sur la table où il atterrit dans une tache ronde de vin, la couverture s'imbibant de rouge.

« Qu'est-ce que tu veux que je fasse de ça ? (Il se lève et repousse sa chaise si violemment contre la table que les couverts s'entrechoquent contre les assiettes.) Qu'est-ce que tu veux que je dise ?

– Je veux que tu me soutiennes, Greg.

– Auprès de qui ?

– Je ne sais pas, peut-être simplement auprès de moi. J'ai peut-être besoin que tu acceptes de t'asseoir et, pour une fois, de m'écouter vraiment pour que nous puissions l'aider. Si nous retournions voir le Dr Morel ? »

Il fait les cent pas, comme s'il était impatient de quitter la pièce. Il fonce soudain vers la porte.

« Pas question de remettre ça sur le tapis. Tu sais ce que je pense de son sinistre diagnostic. Ce n'est qu'une fillette. Bon, il lui arrive d'en vouloir à sa petite sœur. Quel gamin qui a été tant d'années enfant unique se comporterait autrement ? »

Son refus apparent est presque devenu un réflexe, maintenant. Il réagit ainsi depuis si longtemps qu'il est incapable de faire autrement. Plus je pousse, plus il résiste.

Il part cinq minutes plus tard et ne revient pas avant l'aube. Il entre sans un mot et se met immédiatement à faire ses bagages pour sa prochaine tournée d'achats.

« Tiens, tu t'enfuis de nouveau ? Quelle surprise ! »

Je ne peux m'en empêcher. Les larmes et les implorations ne marchent jamais avec lui. Elles le font se sentir coupable, ce qu'il déteste, et j'en suis désormais réduite à ce genre d'amères récriminations. Il ne répond pas et disparaît avant sept heures, un jour plus tôt que nécessaire, partant sur les chapeaux de roue comme un adolescent.

Le fait que Greg refuse de me soutenir quand il s'agit d'Élodie m'a toujours blessée. Maintenant, je commence à lui rendre la monnaie de sa pièce s'il te gronde. Ce n'est pas de ma propre hypocrisie dont j'ai honte, mais du plaisir que je tire de le décrédibiliser comme il l'a si souvent fait avec moi. Toutes les injustices défilent dans ma tête, catalogue sans fin, et je comptabilise ses crimes, ceux d'Élodie, les injustices que nous subissons, toi et moi. Clic, clic, clic. Et parce que j'ai une bien meilleure mémoire que Greg – parce que je me souviens de tout, des années en arrière –, je commence à remporter des disputes que j'avais naguère perdues, trop déprimée jadis par la confrontation pour lutter. Aujourd'hui, du moins lorsqu'il s'agit de notre couple, je ne parviens plus à m'en faire comme avant.

« J'aimerais que nous retrouvions le chemin de nos cœurs, Sylvie », m'implore-t-il les rares fois où l'alcool le rend sentimental plutôt que passif agressif, un mode auquel je suis plus habituée. Et je le regarde, mon visage sans aucun doute fermé et impassible, incapable de comprendre comment nous pourrions parcourir la vaste distance qui nous sépare désormais. J'ai l'impression que c'est bien trop tard et que l'effort serait démesuré. Je me sens devenir froide, plus rien ne me touche à part toi.

1993

Tu es épuisée par toute la Ventoline que tu as prise depuis l'épisode de la grange et vas t'allonger dans ta chambre. Quand je passe la tête une demi-heure plus tard, tu dors, tes écouteurs dans les oreilles, une carte postale destinée à une camarade de classe jetée par terre, inachevée. Normalement, je ne me permettrais jamais de lire quelque chose qui ne m'est pas adressé, mais l'inquiétude l'emporte sur le respect de ta vie privée. Qui sait ce que tu pourrais confier à une amie plutôt qu'à ta mère ? Ton écriture turquoise toute en boucles ne trahit rien. Je suis étonnée que tu ne mentionnes même pas Élodie. Je ne sais pas quelle conclusion en tirer.

Pour arrêter de m'inquiéter pour toi et de me demander où Élodie a bien pu aller, je m'installe dans la plus petite chambre, devenue un débarras après la naissance de ta sœur. Je me force à trier ce fouillis pour décider quoi garder et quoi donner à l'homme que m'a indiqué Martine et qui tient un stand au marché de brocante local. À chaque objet que j'étiquette, une petite voix me dit : « Et voilà, c'est la fin d'une époque. » Je suppose que je ne devrais pas m'étonner : c'est le démantèlement de ma maison familiale, celle où, toi comme moi, nous avons fait nos premiers pas, prononcé nos premiers mots. Élodie aussi. J'y suis depuis un moment quand j'entends un bruit de moteur trop aigu et irritant pour être celui d'une voiture. J'arrive à la fenêtre juste à temps pour voir une fille descendre de l'arrière d'une mobylette. Élodie. Elle ne portait pas de casque et ses cheveux ont été fouettés par la brise sèche en longues vagues emmêlées. Le conducteur enlève son casque, secoue sa longue frange pour la remettre en place. Luc.

Il essaie de lui attraper la main mais elle s'éloigne d'un pas dansant. Elle lui souffle un baiser et remonte l'allée en courant vers la maison. J'entends la porte d'entrée s'ouvrir puis se refermer en claquant mais, immobile, j'observe Luc encore un moment. Il remet son casque et fait rugir son moteur, manifestement aussi accablé que déçu. Je repense aux vêtements et à l'emballage de préservatif dans la grange.

Je m'attends à ce qu'Élodie monte mais elle n'en fait rien et je me force à poursuivre ma tâche. Incapable de me concentrer, je retourne bientôt sur le seuil de ta chambre pour voir si tu t'es réveillée. Le lit est vide, les couvertures repoussées à la hâte. Je dévale l'escalier mais ne trouve personne en bas.

Je me poste en haut des marches de la terrasse, à l'affût des voix qui portent facilement dans l'air à la fois sirupeux et enfumé. Je ne veux pas vous surveiller trop ouvertement toutes les deux. Ça t'énerverait et tu aurais du mal à le comprendre. Mais je rôde encore, incapable de renoncer. J'ai vécu quatre années ici à veiller sur toi, en état d'alerte extrême. Baisser la garde maintenant, surtout après l'épisode de la grange, serait faire preuve de négligence.

Je traverse la pelouse, espérant toujours vous entendre, mais rien, il règne un silence de mort. Il fait apparemment trop chaud pour les oiseaux aujourd'hui. Même les criquets se sont tus. Je m'approche à pas de loup de l'eau étincelante, à peine visible à travers les arbres, prête à battre en retraite si j'aperçois du mouvement. Mais je ne trouve rien d'autre que ta serviette humide, abandonnée sur une chaise longue. L'eau ondule légèrement, comme si je venais tout juste de te rater, à quelques secondes près, ce qui est peut-être le cas.

Presque inconsciemment, je retourne en courant à la grange mais elle est vide, la porte toujours entrouverte depuis ce matin. « Au moins ce n'est pas ça. » Je m'essuie le front du revers de la main parce que je dégouline de sueur. Où a-t-elle bien pu t'emmener ? Je regagne la maison mais il n'y a toujours personne et, quand je t'appelle, l'écho de ma voix résonne trop fort dans le vide.

Une heure passe et je suis sur le point d'appeler la police. J'ai inspecté la chambre d'Élodie, son sac à dos usé s'y trouve encore. Toutes tes affaires sont là. Conclure à un enlèvement ne me semble pas du tout irrationnel, mais cela le serait probablement aux yeux de n'importe qui d'autre, donc je décide d'attendre encore dix minutes avant de donner l'alerte. Je sais que tu n'es plus une petite fille mais c'est plus fort que moi : ces horribles vidéos tournent en boucle dans ma tête, celles qui ont hanté les journaux télévisés en février dernier : deux garçons dans un centre commercial de Liverpool, la main du plus petit placée avec tant de confiance dans celle du plus grand qui l'emmenait vers la mort. J'en avais été si ébranlée que j'avais dû prendre l'un de ces comprimés qui remontaient à mes derniers mois en France.

Le délai que je me suis imposé a presque expiré quand ta voix dans l'allée me fait me précipiter à la porte d'entrée.

Tu lui parles, tout animée, te tournes pour vérifier que tu ne l'ennuies pas. Vous portez toutes les deux des sacs de courses de la supérette du village. Un soulagement merveilleux me submerge l'espace d'une seconde, avant que la colère ne l'emporte.

« Où étiez-vous ? »

J'ai hurlé du pas de la porte alors que c'est évident. Je vois Élodie jeter un coup d'œil au sac qu'elle tient comme pour me signifier : « C'est clair, non ? », ce qui me fait encore plus enrager et poursuivre en français.

« Comment oses-tu l'emmener au village sans me le dire ? »

Je fonce sur elle. Je lui ai autrefois si souvent crié dessus, mais toujours en devant courber la tête vers elle. Là, c'est étrange : pour la première fois, nous sommes littéralement face à face.

« Maman, qu'est-ce qui te prend ? (Tu es outrée et laisses tomber ton sac dans l'allée poussiéreuse.) Nous sommes juste allées chercher de quoi faire un gâteau. Pour toi. On voulait te faire la surprise. Pourquoi t'es si méchante ? »

Élodie ne dit rien. Nous nous fixons toujours, les yeux dans les yeux.

« Tu ne sais rien, Emma, dis-je sans quitter ta sœur du regard. Tu n'as pas la moindre idée de ce qui s'est passé ici quand tu étais petite. Si tu le savais…

– Comment je pourrais ? (Tu as la voix cassée par l'émotion, stridente, et je sais que tu es au bord des larmes.) Tu ne m'as jamais rien raconté.

– Je suis désolée, Maman, intervient Élodie. Je…

– Pourquoi tu continues à m'appeler Maman ? Tu m'appelais Sylvie toute cette dernière année, tu t'en souviens ? Jamais Maman. Tu savais que je n'aimais pas ça, que cela me rendait froide aux yeux des autres. »

Retrouver la vieille langue de nos disputes a quelque chose de libérateur, les mots volent hors de moi.

« Je te déteste quand tu es comme ça ! Et arrête de parler français comme si je n'étais même pas là. »

Tu files, furieuse et en larmes, dans la maison, le sac de courses oublié. Pour une fois, je n'envisage même pas de te suivre.

« Le monsieur qui est venu visiter la maison ce matin a trouvé des vêtements dans le grenier de la grange. D'autres choses aussi. Je me demandais si elles étaient à Luc. Est-ce que vous vous êtes cachés ensemble là-haut ? Tu sais ce que je pense ? Je crois bien que ça fait un moment que tu traînes par ici, depuis plus longtemps que ce que tu m'as dit à la piscine, à nous observer en douce avant de te sentir prête à te montrer. Je pense que c'est toi qui as mis le feu à la souillarde puis qui l'as éteint. Tu savais que ça me ferait revenir. »

Elle ne dit toujours rien. Je regarde une larme unique couler sur sa joue.

« Tu ne veux pas de moi ici, c'est ça ? me demande-t-elle si bas que je dois automatiquement me pencher vers elle pour l'entendre. Tu n'as jamais voulu de moi.

– Mais si ! (Mon cri est sorti une fraction de seconde en retard parce que, de près, elle sent la fumée, et je veux me convaincre que c'est seulement une odeur de cigarette.) Je t'ai tant voulue ! Mais il était devenu impossible de te garder ici, de contrôler ton comportement. Tu regrettes peut-être ce que tu as fait aujourd'hui. Tu as peut-être changé. Mais comment puis-je en être sûre ? Tu débarques comme ça de nulle part et tu charmes Emma, comme tu as toujours si bien su charmer ceux qui t'étaient utiles, et tu sais que je ne peux pas lui dire la vérité parce que ça lui briserait le cœur. Comment pourrais-je jamais lui dire que tu voulais sa disparition ?

– Non, jamais de la vie… C'était un accident. Je n'ai jamais eu l'intention…

– Tu penses que je ne voudrais pas y croire ? Je le voudrais plus que tout. Tu es ma fille, je suis ta mère. Je t'aime quoi que tu aies fait. Mais tu dois bien pouvoir comprendre à quel point il m'est difficile de te croire sur parole quand, pour autant que je sache, tu n'as jamais rien fait d'accidentel dans ta vie. »

Nous continuons à nous observer, nos visages à quelques centimètres l'un de l'autre. Je serre les poings, pantelante, et je vois que les siens sont aussi serrés, même si elle les rouvre dès qu'elle remarque que je l'observe. Différentes expressions défilent sur sa figure comme des nuages et j'ai beau les regarder, je suis incapable de démêler avec certitude celles qui sont sincères des mimiques pratiquées dans le miroir : une profonde tristesse, ou quelque chose d'approchant, puis une rage froide, enfin le vide de l'épuisement, identique à ce que je ressens moi-même, ma colère ayant enfin reflué.

Je ne sais pas comment affronter cette situation et je suis terrifiée à l'idée de commettre une erreur irrémédiable, non pas juste envers toi, mais aussi envers Élodie. Toute parole, tout acte me semble critique, comme un chirurgien qui manie le scalpel à proximité d'artères prêtes à se vider de leur sang. Je sens à quel point il serait facile de vous perdre toutes les deux. J'en ai déjà été si proche.

Quand je rentre dans la maison, tu es au salon en train de fourrer une cassette dans le magnétophone. Tu te tournes vers moi, qui hésite sur le pas de la porte, et tu me lances le regard le plus hostile que je ne t'ai jamais connu.

1983

Je rends visite à ma mère à l'hôpital. On lui a diagnostiqué une maladie cardiaque avancée un peu avant Noël. Depuis, je fais la navette entre La Rêverie et Toulouse depuis avant Noël, et t'emmène attachée dans ton siège auto parce que je ne te confierais à personne d'autre qu'à moi.

Lorsque je reviens des toilettes où je t'ai conduite, le médecin de Maman me fait signe de le suivre dans une petite pièce surchauffée. Il m'annonce qu'elle n'en a probablement plus pour longtemps. Bien qu'il ne lui ait rien dit, elle semble le savoir d'instinct et me demande, quand je retourne à son chevet, si je veux bien aller chercher son rosaire à l'appartement qu'elle partage encore avec tante Mathilde.

À travers la baie vitrée au bout du service, je vois la nuit s'abattre sur le jour bien qu'il ne soit pas encore seize heures. Les machines ronronnent et bipent, les infirmières glissent sur leurs chaussures à semelles de caoutchouc. Assise sur une chaise en plastique moulée pour quelqu'un de plus gros que moi, je sais que je serai bientôt orpheline. L'existence de ma propre famille – Greg, Élodie, toi – ne rend pas ce fait moins effrayant.

Maman me regarde anxieusement, presque comme si elle s'excusait, et je suppose d'abord qu'elle se sent coupable que je parcoure tant de kilomètres pour lui rendre visite. Elle n'a jamais appris à conduire et a toujours vu ça comme une entreprise considérable et stressante. Mais je me trompe.

« J'aurais dû rester. J'aurais dû être là quand tu avais le plus besoin de moi. Je suis désolée, Sylvie. »

Je lui dis que ça n'a pas d'importance, qu'elle n'a aucune raison de s'excuser, mais ses mains viennent prendre les miennes et les caressent en tremblant par-dessus les draps raides d'amidon, une sensation si familière de l'enfance. Là, je sens pointer ses os à travers sa peau fine et parcheminée.

« Je savais qu'il y avait quelque chose d'anormal, poursuit-elle, incapable d'arrêter bien que j'essaie de la faire taire doucement. Je me souviens, elle avait à peine trois ans, peut-être quatre, et tu m'as demandé si je pensais qu'elle était normale, si j'arrivais à me souvenir si Camille ou toi aviez été comme ça. Tu voulais savoir si c'était juste une phase qu'elle traversait et j'avais répondu oui. »

Les larmes coulent sur ses joues et je les essuie tendrement.

« Je suis désolée, chérie. J'ai été lâche.

– Non, non. Tu ne dois pas dire ça. »

Mais elle continue et je la laisse tant elle est agitée, parce que ce sont des excuses qui remontent de loin. Elle a besoin de parler avant de mourir, et elle s'éteint effectivement quelques semaines plus tard, juste après le quatorzième anniversaire d'Élodie. Elle le fait calmement et sans histoires, comme elle a toujours vécu.

Dans les jours sombres et inutiles qui suivent l'enterrement, une partie de moi, étrange et secrète, espère la retrouver à La Rêverie, sentir sa présence dans la cuisine derrière moi ou dans le fauteuil où elle aimait somnoler en fin de journée quand Camille et moi grandissions. Mais il n'en n'est rien. C'est même tout à fait le contraire : j'éprouve un sentiment aigu de solitude, comme jamais auparavant. Tu es mon grand réconfort, bien sûr – mon seul réconfort – ou c'est du moins ainsi que je le ressens.

« Si tu ne fais pas attention, tu vas l'étouffer », me dit ton père un jour maussade de la fin mars. Il fait ses bagages pour repartir encore une fois. Je suis appuyée contre la fenêtre à le regarder déambuler dans la chambre, ouvrir des tiroirs, prendre des choses, et je sens les doigts glacés du mistral dans mon dos. La Rêverie a été construite pour nous protéger de la chaleur estivale et il n'y fait jamais assez chaud quand la température plonge et que le vent se lève, les vieux radiateurs alternant cliquetis et gargouillis d'estomac vide.

« Tu ne peux pas juste te réjouir de me voir si proche de ma fille ?

– *Notre* fille.

– Tu ne lui prêtes aucune attention. Elle a essayé de te montrer l'un de ses dessins l'autre jour et tu y as à peine jeté un coup d'œil. Je suis sidérée que tu ne t'intéresses pas davantage à elle, Greg, d'autant plus qu'elle te ressemble.

– Qu'est-ce que c'est censé vouloir dire ? »

Je ne me donne pas la peine de répondre. Mis à part le puits d'angoisse sans fond toujours béant dans mes entrailles, je me sens entièrement anesthésiée et impavide, comme si rien ne pouvait pénétrer. Cela fait exactement deux semaines que ma mère est morte.

« Sylvie, je te parle.

– Quoi ? »

Il soupire.

« Tu n'as qu'une envie, que je me dépêche de filer, c'est ça ? »

C'est vrai. J'ai l'intention de me coucher dès qu'il sera parti.

Je viens de te mettre au lit pour ta sieste donc j'aurai au moins une heure, allongée en silence à penser à ma mère, les yeux rivés sur le ciel blanc et triste. Élodie est en vadrouille et n'a pas dit à quelle heure elle rentrerait. Je ne sais pas trop avec qui elle traîne – et je me sens en tort –, mais ça me dépasse, je n'y peux absolument rien. De toute façon, Élodie est autonome et l'a toujours été.

Greg vient à peine de décamper que Laurent frappe à la porte de la cuisine. Je vois le haut de sa tête par la vitre de la chambre. Je me demande s'il guettait de chez lui, d'une fenêtre à l'étage, le départ de la voiture de Greg.

J'hésite avant de descendre lui ouvrir. J'ai envie d'être seule. Mais je pense à quel point il serait agréable de passer du temps avec un homme qui ne cherche pas à me provoquer ni à me piéger. Étrangement, et malgré notre liaison passée, Laurent est devenu ce qui s'approche le plus d'un parent : quelqu'un qui me connaît depuis presque aussi longtemps que je me connais moi-même et qui éprouve un amour quasi inconditionnel, ou tout au moins familial, pour moi.

Je le conduis au salon. Il a apporté une bouteille de bon vin rouge et l'ouvre pour le faire respirer.

« Je voulais m'assurer que tu allais bien. Cela fait si peu de temps qu'elle a disparu. »

Il pose timidement sa grande main sur la mienne, la recouvrant totalement.

J'appuie la tête sur son épaule, consciente d'enfreindre l'une des règles tacites que j'avais commencé à m'imposer à mon retour de Paris avec Greg, ayant découvert que Laurent était fiancé à Annette.

Le vin fait petit à petit son effet. Le mal que je me suis donné pour ne pas craquer finit par avoir raison de moi. Laurent met un disque, de la musique classique, du piano joué en mineur, et je m'autorise à pleurer comme jamais encore, pas même à l'enterrement. J'en éprouve un tel soulagement, je lui suis si reconnaissante que je finis par me redresser, m'asseoir sur ses genoux et que je commence à l'embrasser.

Je ne m'attends pas vraiment à ce qu'il me dise d'arrêter et il ne le fait pas. C'est un baiser agréable – confortable, j'en connais et reconnais tous les angles et les sensations, comme si nous n'avions jamais cessé de nous embrasser. Je me souviens alors de ce que je savais quand j'ai fait ma demande d'admission dans une université étrangère sans le lui dire : je l'aime, bien plus que je ne le désire. Et mon envie de lui – pour autant qu'il y en ait une – est juste conditionnée par la sienne. C'est une forme d'égotisme pervers et je suis soudain horrifiée par mon comportement.

Je me lève et, une fraction de seconde avant qu'il n'ouvre les yeux, je lis sur son visage ce désir qui le consume.

« Je suis tellement désolée, Laurent. Nous ne devrions pas.

– Salut. »

La voix, mélodieuse et profonde, nous fait tous les deux nous retourner d'un coup. Élodie se tient sur le pas de la porte, un léger sourire aux lèvres. Ses cheveux sont détachés, comme toujours, un flot d'or et de caramel se déverse sur ses épaules.

« Ça fait combien de temps que tu es là ? » lui dis-je d'une voix coupante.

Elle entortille une longue mèche tandis que ses yeux vont de Laurent à moi. Incapable de dissimulation, il fixe ses pieds. Je connais trop bien l'expression du visage d'Élodie, je la connais depuis qu'elle est toute petite. Elle est en train de peser tous les éléments, d'évaluer comment elle pourra tourner cette nouvelle situation à son avantage. En grandissant, elle a appris à mieux dissimuler ses émotions, mais je réussis toujours à déceler ses calculs.

« Élodie ? Je te parle. »

Avoir tort me rend bien plus sèche que je n'en ai le droit.

Un petit cri me parvient d'en haut. Tu t'es réveillée de ta sieste et veux descendre, ta main essaie d'atteindre la poignée de la porte pour l'ouvrir. Je cherche la clef dans ma poche et, sans regarder Laurent ou ta sœur, je monte ouvrir pour te libérer.

Laurent est parti le temps que je redescende. Je te porte même si tu es désormais bien trop lourde pour moi. Tu es encore un peu endormie, les joues chaudes et roses, les yeux dans le vague. J'adore quand tu es comme ça, lovée contre moi, la tête lourde qui dodeline comme une rose sur sa tige. Je t'assois à la table de la cuisine et te donne de la grenadine bien diluée. Tu bois et balances les jambes.

« Je parie que tu as aussi faim, hein, ma chérie ? »

Tu fais oui de la tête et bâilles, ce qui me fait bâiller moi aussi.

Je me sens un peu grisée par le vin et ce qui vient de se passer avec Laurent, ainsi que par le fait qu'Élodie en a été témoin. Je circule dans la cuisine en pilote automatique, épluche une banane, la coupe en tranche, prends quelques tomates cerises que tu adores pour les fendre dans le sens de la longueur et éviter que tu t'étouffes.

C'est seulement quand je vais prendre une assiette dans l'égouttoir que je la vois. Elle est assise sur un tabouret dans le coin. Elle a toujours été là à me regarder sans dire un mot.

« Merde, Élodie, tu m'as fait peur. »

Elle s'étire comme un chat, lève les bras et cambre le dos.

« Laurent est parti.

– J'avais remarqué.

– Pourquoi tu faisais ça avec lui ?

– Pas maintenant, lui dis-je sans cesser de découper les fruits.

– Pourquoi pas ? »

Elle saute du tabouret et s'approche de moi. Je sens autre chose sous l'huile parfumée qu'elle a commencé à se mettre dans les cheveux. Je n'arrive pas trop à discerner les différentes odeurs, mais c'est quelque chose qui évoque la terre, presque aigre.

Je suis sur le point de lui poser la question quand elle prend la moitié de la banane que je n'ai pas découpée et mord dedans. Je la regarde retourner tranquillement au tabouret. Tes yeux comme des soucoupes ne la quittent pas car elle te fascine depuis tes premiers jours. Même les fois où elle te fait pleurer, tu ne cesses de la fixer.

« Où étais-tu aujourd'hui ?

– Ici et là. C'est important ?

– Oui, c'est important parce que je suis ta mère et que je te demande où tu as passé la journée.

– Je suis allée à Marseille. »

J'arrête ce que j'étais en train de faire.

« Marseille ?

– Oui.

– C'est à plus de cent kilomètres. Avec qui ?

– Personne. »

Je commence à sentir que je vais m'emporter, comme toujours. « Ma mère vient de mourir, ai-je envie de hurler. Ma mère vient de mourir et tu veux jouer à ces jeux idiots. »

« Tu as de nouveau fait du stop ? »

Elle hausse les épaules.

« Tu sais qu'on n'aime pas ça, ni ton père ni moi. C'est dangereux. Élodie, tu m'écoutes ? »

Je déteste ce ton acariâtre que je prends toujours avec elle, dur comme de la pierre. Je ne me comporte comme ça avec personne d'autre, pas même Greg. Elle a le don de faire sortir ce qu'il y a de pire en moi. Je culpabilise de pouvoir penser une chose pareille de mon enfant. Je ne peux pourtant pas m'empêcher de me dire que cela n'a rien à voir avec notre relation ou nos âges respectifs : nous sommes comme deux aimants toujours destinés à se repousser. Mère et fille, adulte et enfant, mais aussi égales, à jamais dressées l'une contre l'autre.

« Laurent ressemblait à ça quand il est parti », me dit-elle avec la moue qu'elle affichait enfant pour feindre le dépit. Elle est désormais passée à d'autres méthodes. Aujourd'hui, si Greg est là et que l'un de nous deux l'a contrariée ou lui a refusé quelque chose, elle pleure – des larmes de crocodile qui remplissent ses yeux vairons et glissent joliment sur ses joues. Les Anglais disent littéralement : « N'ouvre pas les vannes ! » L'image lui convient à merveille : pas plus d'émotion qu'un robinet ouvert, bien que Greg s'y fasse prendre chaque fois. Il ne supporte pas de la voir pleurer. La première larme est à peine tombée de son menton qu'il s'est déjà précipité à ses côtés, essuyant tendrement ses pleurs du pouce, portefeuille sorti si c'est de l'argent qu'elle veut.

« Pauvre Laurent », dit-elle maintenant.

Je l'ignore et place une minuscule demi-tomate dans ta bouche. Tu aimes les garder sur ta langue et les laisser se réchauffer avant de mordre dedans.

« Est-ce que Papa est au courant, Sylvie ? Sylvie, Sylvie, Sylvie, Sylvie, Sylvie ? Tu m'écoutes, Sylvie ? Tu m'écoutes ? Tu m'écoutes ? »

Elle imite mes « Tu m'écoutes, Élodie ? » furieux, mais d'un ton chantant qui me met les nerfs en boule.

« Tu m'écoutes ? Tu m'écoutes ? Tu m'écoutes ?

– Bon sang, tu vas la fermer ! »

Ta lèvre inférieure commence à trembler parce que tu ne supportes pas le moindre conflit, même s'il ne te concerne pas. Contrairement à Élodie, qu'il semble revigorer. Ses provocations ou ses bravades la rendent dure et étincelante comme un diamant, tranchent sur cette lassitude hippie qu'elle affecte quand ça lui chante, les yeux soudain vifs et la bouche déformée comme si elle essayait de retenir des rires ou des cris. Le combat est notre unique forme de dialogue, à l'exclusion de toute autre personne, toi inclus.

« Sylvie, Sylvie, Sylvie ! » Sa voix se fait plus forte à chaque mot.

Tu te bouches les oreilles des deux mains et commences à pleurer vraiment.

« Ça suffit, Élodie ! »

Je m'abandonne à ma propre colère dans un élan brûlant et libérateur. Je fonce sur elle et commence à l'arracher de son tabouret. Elle n'a qu'une demi-tête de moins que moi mais elle est presque aussi forte. Sentir sa résistance me fait redoubler d'efforts. J'y suis presque quand elle s'avachit soudain pour peser de tout son poids. Comme ses pieds restent coincés sous la barre, elle me percute violemment. Nous nous écrasons toutes les deux sur le sol en pierre et tu te mets à hurler de terreur. Je me débats pour me dégager de sous son corps, choquée par cette intimité physique, nous qui nous touchons si rarement.

Je reconnais soudain l'odeur qu'elle dégage. Je me relève péniblement et la regarde, encore étalée par terre.

« Tu es défoncée. »

J'ai toujours détesté l'odeur végétale capiteuse du cannabis.

« Papa en fume bien de temps en temps.

– Je me fous de ce qu'il fait. Tu n'as que quatorze ans. »

Elle se relève et essaie de me bousculer pour passer mais je l'attrape par le bras. De l'autre main, je commence à tâter les poches de son jean.

Elle se tient immobile pendant que je la fouille, les yeux morts. Elle s'est refermée sur elle-même, l'étincelle éteinte.

Je ne trouve que quelques pièces et l'un de mes rouges à lèvres que j'empoche. Je lui siffle à l'oreille :

« Monte dans ta chambre, je ne veux plus te revoir ce soir. »

Pour une fois, elle file sans résistance.

Le lendemain matin, comme elle ne se montre pas au petit-déjeuner, je monte dans sa chambre et découvre qu'elle est partie, la fenêtre ouverte grinçant dans la brise. Ce n'est pas la première fois : elle escalade le rebord et se laisse tomber pour atteindre le haut du volet de l'étage en dessous. C'est dangereux mais possible pour qui en a le courage, et Élodie n'en a jamais manqué. Je vais fermer la fenêtre pour l'empêcher de claquer, et c'est là que je remarque les traces de feu sur les murs. Les animaux de la jungle que j'avais peints durant ma grossesse sont maintenant brûlés par endroits.

Elle l'a peut-être fait au hasard. C'est certainement ce que pense Greg à son retour quand je lui montre. Et il est vrai que les yeux humains reconnaissent des visages n'importe où. Mais pour moi, qui suis déjà mal à l'aise dans cette chambre – j'ai toujours l'impression d'y être en infraction –, je le vois immédiatement : la bouche qui semble pousser un hurlement, les yeux ronds et fixes.

Je ne veux pas trop chercher à l'interpréter mais ne peux m'empêcher de me demander ce que ta sœur nous réserve.

Je n'ai qu'une seule envie, descendre téléphoner à ma mère. Je sais exactement ce qu'elle me dirait pour me calmer, mais ces mêmes mots murmurés à voix haute ne me font aucun effet. Cela ne marche pas du tout. Je m'assois par terre devant la chambre d'Élodie et pleure en silence pour que tu ne m'entendes pas. Cela me rend encore plus malheureuse parce que, pour la première fois, je comprends vraiment que je ne pourrai plus jamais lui parler.

1993

Je me couche ce soir-là sans même me brosser les dents. J'ai beau vous avoir demandé pardon de m'être emportée, la tension reste tangible. Élodie m'a serrée dans ses bras en réponse, et ce contact physique inattendu m'a coupé le souffle, mais tu es restée distante, enfermée dans le salon pour le reste de la journée, « Smells Like Teen Spirit » passait en boucle.

Je ne m'attends pas à dormir – convaincue de me repasser mille fois l'échange qui a eu lieu dans l'allée –, mais je m'écroule immédiatement. Quand j'ouvre de nouveau les yeux, ma chambre est entièrement plongée dans l'obscurité, la lune a disparu mais l'aube ne viendra pas avant quelques heures. La musique a finalement cessé.

Les fenêtres sont grandes ouvertes pour capter le moindre souffle, mais il n'y a pas d'air et on pourrait croire la chambre hermétiquement scellée, n'était-ce la très légère odeur aigre de fumée qui y pénètre. Je dresse l'oreille, à l'affût d'un bruit, n'importe lequel – une voiture solitaire sur la route, le sifflement d'un moustique. Je ne perçois que les battements de mon sang. Je suis prise d'effroi. Serais-je devenue sourde dans mon sommeil ?

Rendue mystérieusement incapable d'entendre s'il t'arrivait quelque chose ? Quand je m'assois dans mon lit, j'entends soudain, en plus des pulsations de mon cœur, ma respiration paniquée.

Quelque chose a dû me réveiller. J'étais plongée dans mes rêves une minute avant. Je repousse d'un coup le drap entortillé autour de mes jambes. La température ne semble pas être descendue d'un seul degré. Je dirais même que le poids de l'obscurité la rend encore plus intense. L'humidité colle mon t-shirt en coton à ma peau.

Je me lève et m'approche de la porte sur la pointe des pieds pour écouter. Toujours rien. Puis quelque chose – instinct ou expérience – m'attire à la fenêtre. Mes yeux désormais habitués à la pénombre, je la repère immédiatement par les volets entrebâillés, éthérée, vêtue d'un blanc diaphane, ses cheveux ondulant dans son dos en un large ruban. Elle est debout sur la terrasse, face au reste du jardin.

Je ne sais pas combien de temps je la regarde, mais elle reste totalement immobile et l'effet est étrange, comme si elle s'était figée dans le temps, comme si je contemplais une photo. Nous sommes tous, jusqu'à un certain point, impénétrables. Nos pensées et nos désirs les plus intimes choqueraient les gens dont nous sommes le plus proches. Mais Élodie ? Elle avait toujours maîtrisé cet art de l'énigme. Rien n'était jamais évident avec elle. Je n'ai pas la moindre idée de ce à quoi elle pense, là, dans le jardin, je pourrais tout aussi bien être une inconnue qui ne sait rien d'elle.

Je suis sur le point de m'écarter de la fenêtre quand elle commence à descendre les marches ; sa chemise de nuit dans l'obscurité donne l'impression qu'elle glisse, comme s'il y avait vraiment un fantôme à La Rêverie.

Elle s'avance jusqu'au milieu de la pelouse et s'allonge sur le dos, étend les bras et les jambes pour former avec sa tête une étoile à cinq branches. Un pentagramme. J'avais oublié cette phase par laquelle elle était passée vers dix onze ans. Je l'avais regardée alors comme maintenant, ébahie par sa capacité à rester immobile si longtemps. Il m'arrivait de m'approcher assez près pour voir que même ses yeux ne cillaient pas.

Puis je me souviens d'autre chose qui me noue le ventre et me fait enfoncer les ongles dans la vieille peinture molle du rebord de la fenêtre. Elle faisait ça adolescente quand elle était en colère, quand on lui avait refusé quelque chose ou qu'on l'avait grondée. Avant cette phase, elle explosait de colère, claquait les tiroirs et les portes de placard si violemment qu'ils s'ouvraient de nouveau sous le choc. Et, toute petite, elle poussait ces horribles hurlements continus et monocordes, capables d'attirer l'attention de toute la place du village en quelques secondes. C'était horrible, mais lorsqu'elle avait arrêté – ayant compris l'inutilité de ces protestations théâtrales –, elle avait intériorisé sa rage jusqu'à ne plus rien en laisser paraître. Un exploit incroyable pour une enfant mais, à mes yeux, bien plus sinistre que tout ce qui avait précédé.

*

Quand Greg arrive, il est tôt, environ six heures, et bien que j'aie vu Élodie quitter le jardin pour aller se coucher il y a quelques heures, je n'ai pas réussi à retrouver le sommeil.

Je descends l'escalier en courant, soucieuse d'arriver avant qu'il ne frappe et ne vous réveille toutes les deux, mais il est déjà en train d'ouvrir la porte. J'avais oublié qu'il possédait encore une clef.

« Elle n'est pas partie ? me demande-t-il en guise de bonjour. Je ne l'ai pas ratée ? »

Je secoue la tête et indique l'étage.

« Elles dorment toutes les deux. Allons dans la cuisine. Je vais faire du café. »

De près, il a l'air fatigué mais en bonne santé, le visage légèrement hâlé et les cheveux récemment coupés. Sa chemise bleue – la couleur qu'il a toujours portée parce qu'il sait qu'elle lui va bien – est plus haut de gamme que celles qu'il choisissait naguère à Monoprix. Et de surcroît repassée.

« Qu'est-ce que tu as dit à Nicole et aux garçons ?

– La vérité, du moins à Nicole. J'ai dit qu'on avait retrouvé ma fille. Qu'il fallait que j'aille la voir. Elle sait tout.

– Tout ? »

Il allume une cigarette et tire une bouffée, énervé.

« Bon sang, Sylvie, j'ai conduit toute la nuit et tu me soumets déjà à un interrogatoire. Comme si nous n'avions rien de plus important à discuter ! Qu'est-ce que tu as raconté à Emma ?

– Elle ne sait pas tout. Élodie a dit que c'était sa faute si nous avons laissé croire à Emma que sa sœur était morte, que c'était ce qu'elle avait laissé croire à tout le monde. Que c'était elle qui nous avait repoussés. »

Une envie de me verser un grand verre d'alcool tourbillonne en moi. C'est l'effet que me faisait ton père pendant les dernières années de notre mariage. On nous aurait dit, tous les deux, incapables de nous montrer autrement que sous notre pire jour. Si on divorce, ce n'est pas faute d'amour pour son conjoint. C'est aussi qu'on ne veut plus passer de temps avec cette version de soi qui surgit en sa présence. Je ne me rappelle plus à quand remonte notre dernier tête-à-tête : nous ne nous parlons désormais qu'à ton sujet. Me retrouver seule avec lui, ici, semble redoubler l'étrangeté de notre échange. Je me sens tout à la fois songeuse, angoissée et irritable.

« Je veux la voir, déclare-t-il.

– Laisse-la dormir pour l'instant. »

Il soupire et tripote l'allumette qu'il a utilisée pour allumer sa cigarette. Je pense à la grange et à ce que j'y ai trouvé mais décide de ne pas partager mes soupçons sur la présence possible d'Élodie depuis plus longtemps qu'elle ne l'admet.

« Qu'est-ce qu'elle t'a raconté des endroits où elle a été pendant tout ce temps ? »

Je me frotte les yeux.

« Elle a vécu dans une communauté en Espagne. Apparemment, elle est en plein voyage d'accomplissement personnel. (Je hausse un sourcil qui signifie : "Elle tient bien de toi qui croyais à tout ça quand nous étions très jeunes.") Avant ça, elle a bourlingué ici et là. »

Il ne dit rien. Je verse le café et vais chercher du lait dans le frigo.

« Et Emma ? Qu'est-ce qu'elle pense de tout ça ? Elle a cru aux explications d'Élodie ?

– Elle… Je ne sais pas. Elle est excitée, bien entendu, et encore choquée, je crois. Elle surveille Élodie comme si elle s'attendait à la voir disparaître dans un nuage de fumée. Mais elle est aussi très…

– Quoi ?

– Je ne sais pas. Je ne la reconnais pas. Distraite, comme absente. Difficile, aussi. Son asthme a empiré depuis que nous sommes ici. Je pense qu'elle ne me dit pas tout.

– Comme quoi ?

– Ce dont elle se souvient. La grange l'a rendue très angoissée hier. Pourquoi donc si ce n'est parce que des souvenirs lui reviennent ? »

Je me tourne pour prendre la cafetière et, à ce moment-là, la cuisine me semble tressauter et trembler comme une cassette qu'on a rembobinée et interrompue trop souvent. Pendant un instant, bien que je sache exactement où je suis, je ne sais plus trop quand. Je baisse les yeux sur mes mains tremblantes, la peau légèrement moins lisse maintenant que j'ai la quarantaine et, pour une fois, je suis heureuse de vieillir. Tout sauf revenir à cette époque-là.

*

La réunion entre père et fille ne se passe pas du tout comme je m'y attendais. Vous descendez toutes les deux, ensemble, vers neuf heures. Greg et moi avons déjà éclusé presque la moitié de notre deuxième cafetière. Tu le vois la première.

« Papa ! »

Tu te jettes sur lui et il te serre fort dans ses bras, pourtant il regarde déjà par-dessus ton épaule. Rien de nouveau mais, cette fois, c'est Élodie qui reste en retrait, pas toi. Il a l'air étonné et puis, comme elle ne semble vouloir ni s'approcher ni même dire un mot, de plus en plus déconfit. C'est moi qu'elle regarde, pas lui, comme pour me demander la permission, et je me retrouve à faire oui de la tête. Alors seulement elle s'avance vers lui, se laisse prendre dans les bras et pose des bises légères sur ses joues en retour. Je ne sais comment l'interpréter, mais je me souviens alors de ce qu'elle a dit avant d'aller se baigner. « Il n'était jamais là, non ? » Fait-elle preuve de solidarité ?

« Élodie, souffle-t-il quand elle recule d'un pas. (Il fouille son visage de ses yeux.) Non mais regarde-toi, tu es une adulte maintenant ! »

Sa voix tremble sur le dernier mot et je le vois lutter pour contenir son émotion. Élodie lui tapote la main avec une certaine raideur et je ne peux m'empêcher d'être sidérée par l'étrangeté de sa conduite. Enfant, elle s'entortillait autour de Greg comme un chat, les doigts dans les cheveux de son père, la tête nichée dans le creux sous son menton.

« J'ai pensé à toi tous les jours, reprend-il maintenant d'une voix plus ferme. Lorsque mes petits garçons sont nés – est-ce que Sylvie t'en a parlé ? –, je n'arrêtais pas de penser à leur grande sœur perdue dans la nature, sans que je sache où. Cela m'a rappelé ta naissance à toi, ma fille, si belle. »

Je te jette un coup d'œil, reléguée d'un coup au rang d'enfant du milieu, et je lis la tristesse dans tes yeux écarquillés. Je m'approche de toi pour t'enlacer mais Élodie est déjà là et te serre contre elle.

« J'ai récupéré ma petite sœur ! »

Elle incline la tête vers toi pour t'adresser un sourire qui fait que ton visage s'illumine de nouveau. Son doigt fin effleure le collier que tu portes : le sien. Je ne t'ai bien sûr pas expliqué pourquoi tu l'as trouvé derrière la commode : parce que je l'avais jeté à travers la pièce sur Greg, dix ans plus tôt, le jour le plus terrifiant de ma vie.

« Incroyable de penser que j'ai aussi des petits frères », poursuit Élodie. Elle tourne un visage rayonnant vers Greg qui se détend aussitôt.

Arrivés à l'heure du déjeuner, nous sommes en territoire bien plus familier. Je me retrouve à tous vous servir, comme une domestique muette. Il est difficile de lutter contre les rythmes et les routines du passé. J'ai même mis une nappe adoucie par le temps, aux bords festonnés, qui appartenait à ma mère, une idée qui ne m'est pas venue quand nous étions seulement toutes les deux. Il se peut que tous ces efforts, cette présentation, veuillent créer une illusion de contrôle.

Je vais et viens avec les plats de la table à la cuisine, ton père et toi visiblement captivés par Élodie. Il ne la quitte pas des yeux. Il en rajoute, rit trop vite et, étrangement, il m'attriste. Si charmante soit-elle, elle se montre toujours un peu réservée envers lui.

« Nous irons dîner au village ce soir », annonce Greg alors que je reviens avec un bol de pêches. Il essuie bien trop consciencieusement son assiette avec un morceau de pain et je me rends compte, sidérée, qu'il est inquiet. « Emma, tu as bien dit qu'il y avait une bonne pizzeria maintenant ?

– Oui, les pizzas sont énormes. Maman, c'est un super endroit, tu trouves pas ? »

Je pose le bol et t'effleure les cheveux d'une main. Tu m'as pardonné pour hier, trop heureuse de cette réunion de famille pour m'en vouloir encore.

*

L'après-midi se traîne, la température monte avec le chœur des grillons. Je regarde Élodie continuer sans effort à vous séduire, ton père et toi. À moins que mes yeux ne soient dénaturés au point de me rendre incapable de démêler le vrai du faux. Il n'y a peut-être plus d'artifice, désormais. Elle est peut-être simplement charismatique, sans calcul. Je n'en ai pas la moindre idée.

Tu es assise en tailleur devant elle pendant qu'elle te fait des tresses africaines. Tu ne bronches pas quand elle tire sur ton cuir chevelu alors que je peux à peine t'aider à t'attacher les cheveux en catogan pour l'école sans que tu pousses des cris d'orfraie. Tu portes de nouveau quelque chose qui lui appartient – un débardeur élastique rouge trop décolleté – et tu as du rimmel et quelque chose de brillant sur les lèvres. Il m'est impossible de ne pas repenser à l'incident avec la poupée, ta figure gribouillée au feutre. J'ai l'impression d'assister à une version plus sophistiquée du même jeu. Mais lorsque j'examine ton visage à la recherche de signes de tension, comme dans la grange, un fragment de souvenir mis à jour, je ne détecte rien. Tu rayonnes de plaisir.

« Tu es très jolie ! » s'exclame Élodie quand elle a fini et t'embrasse sur le haut de la tête. Tu rougis, les yeux brillants, et je sens une contraction de malaise, comme une crampe. Mon instinct me souffle toujours de vous séparer, mais tu m'en voudrais à mort.

Greg étant ici, j'en profite pour battre en retraite dans la maison et retourner me coucher, vidée. Je ne sais pas quoi faire d'autre. Après toutes ces nuits de sommeil haché, je commence à me sentir dans un état second mais toute aussi anxieuse, épuisée par les montées incessantes d'adrénaline.

*

Je suis réveillée deux heures plus tard par un coup de fil d'Olivier. Heureusement, c'est moi qui réponds ; vous devez être encore tous les trois dehors. Je dis « heureusement », comme si je n'avais pas tous les droits de parler à un autre homme. Mais il est difficile de résister à l'attrait du passé, et je viens de rêver au Londres des années soixante, quand Greg et moi n'étions encore qu'un jeune couple. C'est un petit acte de trahison que me joue mon inconscient au pire moment.

« Tout va bien ? me demande Olivier, hésitant. Je ne voulais pas déranger avant.

– Je suis désolée. J'aurais dû appeler. Je peux t'expliquer mais je ne suis pas sûre d'y arriver, là, tout de suite. Mon ex-mari est arrivé et je…

– Tu ne me dois aucune explication. Cela ne me regarde pas. Je voulais juste m'assurer que tout allait bien.

– Merci. Tu trouves toujours les mots justes. Écoute, tu pourrais passer mais…

– Ne t'en fais pas… J'aimerais bien te revoir un de ces jours. Sache juste que je suis là, si tu as besoin de parler. Il y a aussi autre chose. »

Je serre le combiné plus fort, sûre qu'il va me dire quelque chose à propos d'Élodie, quelque chose que je ne veux pas savoir.

« Une bonne nouvelle. Le couple anglais veut vous faire une offre. »

Je ne sais pas quoi répondre.

« Sylvie, tu es toujours à l'appareil ?

– Oui.

– Tu ne veux plus vendre ? »

Je crois entendre une note d'espoir dans sa voix.

« Non, ce n'est pas ça. Je ne m'attendais pas à devoir me décider si vite.

– Tu ne veux pas savoir combien ils proposent ?

– Oh. Oui, bien sûr. Désolée. Je suis juste prise de court.

– Pas de souci. Moi non plus, je ne m'attendais pas à ce que ça se passe si vite. Mais ils ont apparemment adoré la maison, surtout le mari. Je suppose qu'ils ont fini par voir la magie. Ils offrent cent mille francs de moins que ce que tu demandes. Environ dix mille livres. Ils n'étaient pas au courant de tous les frais de vente, sinon ils auraient payé le prix demandé. »

Je regarde la terrasse à travers les portes du salon. Je vois les pins parasols en fer de lance, immobiles dans l'air épais. Ils semblent presque noirs contre l'azur du ciel.

« Je vois, dis-je vaguement. Ça me semble juste.

– Veux-tu que je dise à Martine que tu es d'accord ou préfères-tu tenter d'obtenir davantage ? Ça pourrait valoir le coup. »

Il choisit ses mots comme s'il s'adressait à quelqu'un d'un peu bouché. J'enfonce l'ongle de mon pouce dans la chair de ma cuisse nue, assez fort pour y laisser une marque profonde en forme de faucille. J'imagine quitter La Rêverie pour toujours, et alors même que je sens monter la tristesse, un poids disparaît, et la sensation est si nette qu'il me semble réellement sentir un grand oiseau noir se soulever de mes épaules puis s'envoler dans les airs.

« Non, non. Je t'en prie, dis-leur oui. Et merci. Merci aussi à Martine. »

Nous nous disons au revoir, et c'est étrange parce que j'ai l'impression de ne pas l'avoir vu depuis des semaines.

Je suis sur le point de raccrocher quand une dernière question m'échappe.

« Olivier, une minute. Qu'est ce qui se dit au village ? »

Il soupire.

« On dit que la fille Durand est de retour, ressuscitée. »

Un silence pénible s'abat entre nous pour la première fois.

Cette conversation m'a trop secouée pour remonter dans ma chambre. Mes pas me mènent à la piscine où je trouve Luc, apparemment tout à son aise dans une chaise longue, bouteille de bière à la main. Greg et lui sont en pleine conversation mais les yeux de Luc ne quittent pas Élodie, en train de nager. Elle sort de l'eau et lui accorde un sourire plein de coquetterie et de sous-entendus. Il la contemple éperdument, la dévore des yeux.

Tu les observes de sous le laurier-rose, les écouteurs dans les oreilles, du brillant de nouveau étalé sur tes lèvres, et je me rends compte que tu as désormais l'âge de comprendre le regard qu'ils échangent : presque une promesse.

1983

Après nous avoir vus, Laurent et moi, en train de nous embrasser, je m'attends à ce qu'Élodie raconte tout à Greg dès son retour. J'en suis si convaincue que j'ai déjà préparé mentalement des excuses et des explications. Aucune n'est un mensonge. Laurent m'a surprise à un moment où j'étais vulnérable, ma mère me manque cruellement et Greg, alors que j'ai besoin de son soutien, s'absente trop souvent.

Elles ont beau être vraies, ces raisons ajoutées les unes aux autres ne composent pas toute la vérité ; j'ai aussi en partie agi de manière délibérée. Toi mise à part, il y a des moments où j'ai tout bonnement envie de me catapulter hors de ma vie, et me faire prendre sur le fait me semble plus facile que de forcer Greg à s'asseoir et à discuter divorce et droits de garde. Je crois que Laurent est un bouton autodestructeur que j'ai actionné pour que Greg prenne la décision d'en finir à ma place.

Sauf que, si inconsciemment j'ai envie qu'Élodie ouvre la boîte de Pandore pour moi, cela risque fort de ne pas se produire ; je devrais savoir qu'elle est imprévisible et ne fait jamais ce qu'on attend d'elle. Cela n'a jamais été son style.

Et puis voilà Laurent qui arrive le lendemain pour parler de ce qui s'est passé. Lui, contrairement à ta sœur, a toujours réagi comme je l'ai anticipé. On finit par s'embrasser un peu mais, avec la nuit, mon désir s'est calmé, tandis que le sien est devenu plus ardent. La veille, lorsque j'ai fait le premier pas, il aurait bien pu se dégager à regret et me rappeler gentiment qu'il était marié. Sûre qu'il n'aura pas d'objections, je sens mon envie d'aller plus loin fondre comme neige au soleil.

Il ne semble pas remarquer mon hésitation et, à mon grand soulagement, il ne peut de toute façon pas rester plus de quelques minutes.

« Je repasserai tout à l'heure, en début de soirée. Annette sera sortie et nous aurons plus de temps. »

Il me caresse la joue avec tendresse et je songe combien il est charmant et comme nous aurions été mieux faits l'un pour l'autre, mais cela ne renforce pas mon désir de faire l'amour avec lui.

Machinalement, je bois trois verres de vin au déjeuner et ne mange guère plus que les restes de ton repas et une poignée d'olives. Lorsque je te couche pour la sieste dans les rais obliques d'une douce lumière printanière, je m'allonge à tes côtés pour absorber un peu de la paix de ta chambre, mais je m'endors vraiment et sombre dans un rêve d'enfance où mon père et moi bêchons dans le jardin. Quand j'émerge, le soleil a disparu, c'est presque le soir.

Tu es assise dans le lit, un livre de Richard Scarry ouvert sur tes genoux. Greg te l'a acheté lors de son dernier séjour à Londres et tu t'es prise de passion pour ces histoires.

« Maman, j'ai faim. Tu as dormi. »

Je me redresse, j'aplatis mes cheveux avec ta petite brosse toute douce et, les joues rougies par le sommeil, je vais devant la fenêtre ouverte dans l'espoir de prendre un peu l'air. Laurent va bientôt arriver.

« Élodie est avec un monsieur. (À cette déclaration, je me retourne mais tu n'as pas levé les yeux de ton livre.) Je les ai entendus. »

Un frisson d'appréhension me traverse, je me penche par la fenêtre pour voir si elle est sur la terrasse mais il n'y a personne, seulement les reliefs du déjeuner et deux bouteilles de vin, ouvertes. Il n'y en avait qu'une lorsque je suis montée avec toi. Je jette un nouveau regard et reconnais l'une des bouteilles de prix que nous gardons pour les anniversaires ou pour Noël.

« Ma chérie, lis encore un peu. »

Je sors et tire la porte derrière moi. J'hésite un instant avant de donner un tour de clef.

« Mam, moi aussi je veux descendre, me cries-tu.

– Je n'en ai pas pour longtemps, Em, juste quelques minutes. »

Tu as déjà assisté à suffisamment d'accrochages comme ça entre ta sœur et moi.

Je ne trouve Élodie nulle part dans la maison et je pense d'abord que le jardin est également désert. Un avion passe dans le ciel en direction de Nice ou de l'Italie ; dans l'air limpide, son moteur est étonnamment bruyant. Ce n'est que lorsque le son s'est totalement éteint que je perçois, venant de l'autre bout du jardin, un bruissement d'eau soyeux.

Elle n'est pas complètement sortie de la piscine quand j'y arrive, les coudes en appui sur le rebord. Sa chevelure ondoie dans son dos. Avec en toile de fond le vert de l'eau et du laurier qui tend ses branches pour les y plonger, sa peau paraît plus pâle. D'une seule poussée, elle se hisse hors du bassin, muscles longilignes qui jouent dans ses épaules et ses bras fins, eau qui ruisselle sur son corps en traînées lumineuses. Oh, comme toujours elle est si belle ! C'est une autre raison pour laquelle je ne peux jamais détacher mon regard d'elle. Bien peu en sont capables.

Elle lève les bras, doigts vers le ciel, puis s'allonge sur le dos, tend les jambes, en soulève une, puis l'autre, remue les orteils et ajuste le haut de son bikini avec un bruit sec d'élastique. Elle n'a pas encore perçu que je suis là et que je l'observe.

Sans un coup d'œil, elle tend la main vers le verre à côté d'elle, l'un des tiens, un vieux verre à moutarde Amora couvert de figurines Disney que tu m'avais suppliée d'acheter au supermarché. Il est à moitié rempli de vin rouge. Sa main bute contre le verre et le vin se renverse sur la robe blanche qu'elle a dû abandonner là plus tôt.

Je suis sur le point de m'approcher lorsqu'elle se met à parler et je m'immobilise net, sans même oser respirer.

« Pourquoi tu ne t'assois pas ? Je ne mords pas, tu sais. »

Je comprends immédiatement que ce n'est pas à moi qu'elle s'adresse, ce ton aguicheur est si différent de tout ce dont elle peut me gratifier.

Quelqu'un se tient dans l'ombre intense du laurier, clairement visible à travers le feuillage dense des pins. Il fait un pas puis s'arrête.

Élodie se redresse et tapote la chaise longue.

« Viens. On devrait parler, non ? Après ce qui s'est passé hier. Tiens, bois. (Elle lève le verre dans lequel il reste du vin.) C'est l'une des bonnes bouteilles de Papa. Si tu te tais, je ne lui dirai rien non plus. »

Il ou elle hésite encore. À quelques mètres de moi seulement, je crois entendre sa respiration, trop forte pour quelqu'un d'aussi immobile.

« Élodie », dit la voix, une voix basse teintée de mise en garde.

Je la reconnais et cela me prend aux tripes.

« Il fait beau et chaud aujourd'hui. Le mistral ne souffle plus, si ? »

Elle s'est levée, tout sourire, et commence à contourner la piscine par le plus grand côté, dépasse le plongeoir en prenant son temps et en balançant un peu les hanches. Puis elle met la main dans son dos et dénoue le haut de son bikini, le passe au-dessus de la tête et le jette sur les dalles chaudes où il atterrit avec un petit floc.

Cela fait des années que je ne l'ai pas vue nue. Ses formes se sont récemment épanouies. Elle s'éloigne, n'est plus qu'un éclair furtif et doré derrière les arbres ; je suis contente de ne plus la distinguer.

Hors de ma vue, la magie est rompue et je m'avance alors rapidement.

Elle se tient à quelques centimètres de lui, souriante, totalement à l'aise, la tête penchée de côté.

« Élodie ! »

J'arrive au moment où elle lève les bras pour les lui passer autour du cou.

« Lâche-le ! »

Mon ordre aboyé ne la fait pas sursauter, mais lui fait un si grand bond que c'en est presque comique. Il tourne son visage vers moi, l'air désespéré, les joues et le cou rouges, le regard un peu dans le vague. Il se dégage des mains d'Élodie et recule, titubant un peu.

« Salut, Sylvie », me dit-elle d'une voix chantante.

D'un bond, je vais ramasser la robe blanche tachée sur la chaise longue et la lui jette à la figure dès que je suis assez près.

« Mets-la », ordonné-je d'un ton glaçant ; je n'ai pas d'autre choix : feindre un sang-froid total ou vomir partout sur les pierres.

Je suis soulagée de la voir s'en aller, sourire dédaigneux aux lèvres, car j'ai une folle envie de la gifler. Je me tourne vers Laurent et le pousse plusieurs fois en arrière jusqu'à ce qu'il finisse le dos contre le tronc du laurier. Il n'oppose aucune résistance, incapable de me regarder dans les yeux.

« C'est quoi ce bordel, Laurent ? Elle a quatorze ans. Ça s'est déjà produit avant ?

– Bien sûr que non ! (Il finit par relever la tête.) Comment peux-tu croire… ? (Il est de toute évidence horrifié.) Je suis venu te voir.

– Et tu es tombée sur ma fille.

– Sylvie, je ne savais pas qu'elle allait faire ça. Elle était dans la piscine quand je suis arrivé. Elle m'a fait signe de m'approcher et je ne voulais pas être impoli. Pas après ce qu'elle a vu. Je n'avais pas envie de nous la mettre à dos. Sylvie, je t'en prie, je ne pensais pas…

– Pensais pas quoi ?

– Qu'elle avait… des sentiments. Un béguin. »

C'est plus fort que moi, je me mets à rire. Et ce rire qui se répand dans le jardin, haut et dur, me rappelle le sien, totalement dénué de chaleur.

« Un béguin, Laurent ? Tu crois qu'Élodie en pince pour toi ? Mon Dieu ! »

Je fais non de la tête, j'ai envie de continuer, d'être cruelle avec lui, de l'humilier, mais je m'arrête car je comprends bien qu'au-delà de son égotisme stupide ce n'est pas vraiment sa faute.

Je ne suis pas furieuse parce que je désire Laurent. Ni jalouse de la jeunesse et de la beauté grisantes de ma fille – et c'est une question que je me pose très sérieusement. Je crois simplement que, avec Laurent, j'ai toujours pu faire renaître mon ancien moi. À ses yeux, je ne suis pas que la mère d'Élodie ou la femme de Greg, je suis restée Sylvie Durand de la maison de l'autre côté des champs, ni plus ni moins. Avec Laurent, je suis ce moi vers lequel j'essaie toujours de retourner mais qui, ces temps-ci, donne généralement l'impression d'être quelqu'un d'autre.

Élodie l'a compris d'une certaine manière et a tenté de le détruire. J'oublie parfois qu'elle m'observe autant que je l'observe. Greg hocherait la tête, incrédule, si je disais ça tout haut, mais chacune à notre façon, nous sommes plus proches l'une de l'autre que quiconque. Tout ce que nous faisons dans cette maison, c'est avec l'autre en tête, comme des amants ou des ennemis mortels. Je pense parfois qu'il n'y a pas tant de différence.

1993

Cette fois, la pizzeria est plus animée. La saison touristique bat son plein et Olivier avait raison lorsqu'il disait que les choses évoluaient. Je ne l'avais pas remarqué avant : le café qui est là depuis toujours a investi dans de nouveaux parasols. Ce sont d'énormes toiles carrées d'une couleur crème de bon goût, que des lumières blanches éclairent par en-dessous. Je me surprends à ressentir un peu de nostalgie pour les vieux parasols, d'un rouge décoloré par le soleil, frappés aux logos de marques de bière.

On nous donne la dernière table en terrasse, presque sur la route, et tandis que nous prenons place, tout le monde a les yeux braqués sur nous. Après une rapide vérification, je vois que ce sont pour la plupart des touristes, et il me vient à l'esprit que c'est peut-être juste la beauté si frappante d'Élodie qui attire leur attention, son bronzage mis en valeur par sa robe évasée bleu-vert et les mèches dorées de ses cheveux défaits, encore humides de la douche.

Le repas se déroule sans incident. Pour une fois, je suis reconnaissante à Greg de maintenir une conversation à bâtons rompus, à propos de tout et de rien. Je ne sais pas ce qu'il a raconté à Élodie au sujet de ses années d'absence. Malgré mes craintes, je suis contente que tu sois, semble-t-il, si heureuse. Ta sœur est aux petits soins pour toi, ce qui incite ton père, toujours dans son sillage, à en faire autant. Tu rayonnes joliment de toute cette attention et du subtil contact physique qu'Élodie maintient toujours avec toi : une main posée sur la tienne, elle lisse de l'autre tes cheveux qui, libérés de leurs multiples tresses africaines, frisottent follement. Chose curieuse, comme une épouse jalouse, mes mains posées sur mes genoux me démangent de l'arrêter. Mais je vois bien – ça crève les yeux – que tu t'en délectes. Inconsciemment, tu as tourné ton corps vers elle, tel un chat qui s'enroule autour des jambes de son maître.

Des stands ont de nouveau été montés sur la place, la plupart vendent des cadeaux : tissus de prix, bijoux en argent, vin. Après avoir mangé nos pizzas, nous ressentons tous le besoin de faire une pause avant de passer au dessert et tu me demandes si tu peux aller y jeter un œil.

« D'accord, mais tu ne t'éloigne pas trop. On n'a pas encore fini.

– Tu viens, Élodie ? »

Mue par un vieux réflexe, j'ouvre la bouche pour objecter mais elle a déjà tiré sa chaise en arrière et te tend la main.

« On ne sera pas longues, Maman. Je veillerai sur elle.

– Ne vous éloignez pas, ne puis-je m'empêcher de répéter. Qu'on puisse vous voir. »

J'entends ton « pff » désapprobateur mais tu te retournes ensuite vers ta sœur, encore tout sourire.

Greg me regarde, le sourcil levé.

« Tu dois quand même reconnaître qu'on a passé une bonne soirée, non ? »

Je fais signe au passage à la serveuse pour qu'elle nous apporte une autre bouteille de vin.

« Et toi, alors, que penses-tu ? »

Cela fait des heures que j'attends de lui poser cette question. Il me regarde avec l'air de quelqu'un qui ne comprend pas.

« D'Élodie ! Est-ce que… est-ce que tu crois qu'elle est différente ? »

Greg sort son paquet de cigarettes en poussant un soupir exagéré.

« J'en déduis que toi, tu n'y crois pas.

– En toute honnêteté, je ne sais pas. Je change sans cesse d'avis. Je me dis que oui, et puis je me souviens de ce que Morel m'a expliqué au sujet des vingt pour cent qui ne changent pas en grandissant. Quand je me rappelle comment elle se comportait, je ne sais pas s'il lui est possible de réellement changer. Quel qu'en soit son désir… Quel qu'en soit le nôtre. En outre, si elle s'en est sortie, pourquoi n'est-elle pas revenue plus tôt ? Greg, on ne peut pas se permettre de se tromper. Pour le bien de tous… »

Je laisse ma phrase en suspens.

« Tu crois vraiment que la façon dont elle traite Emma – l'affection, les attentions, tout ça –, c'est juste du chiqué ? Elle n'a jamais été comme ça avant, si ? C'est tout juste si Emma existait pour elle. À part le jour où… »

Il ne finit pas sa phrase.

Je vous observe toutes les deux : vous êtes un peu plus loin maintenant ; Élodie, une tête de plus que toi, a passé son bras autour de tes frêles épaules. Je suis penchée en avant sur ma chaise, comme pour me rapprocher de toi, même si ce n'est que de deux trois centimètres.

« Je crains précisément que ce ne soit rien d'autre. Rien qu'une mise en scène. Et tu vas me trouver sans cœur, j'en ai conscience, mais il faut bien que quelqu'un se fasse l'avocat du diable. Et ne me jette pas ce genre de regard. Tu ne peux pas me reprocher d'être trop prudente. »

Il finit son verre.

« D'accord, mais ne peut-il pas y avoir de la sincérité dans tout ça ? Trois ans se sont écoulés à l'Institut sans qu'il y ait d'incident. Elle m'a parlé de l'ashram.

– Oui, à moi aussi, et tu sais ce que je pense de ce genre d'endroits, que tout n'y est pas paix et amour. Songe à ce qui s'est passé dans l'Oregon avec Osho. »

Greg ne répond rien. Il a toujours été un hippie-né, bien plus que moi, et je sais qu'il a conservé la nostalgie de cet idéalisme des années soixante, brièvement trouvé à Paris mais décédé d'une mort lente la décennie suivante. Finalement, le monde était un endroit froid, dangereux, comme sa fille aussi peut-être. J'en ai toujours été triste pour lui, mais je lui en ai aussi voulu car en s'accrochant à sa colère il me forçait, moi, à être la cynique du lot.

« Tu n'as pas envie de savoir qu'elle s'en est sortie, me demande-t-il doucement, tu ne désires pas qu'elle aille bien ?

– Si, bien sûr ! »

Il fait oui de la tête car il sait que, caché sous toute cette peur, tel est mon plus cher désir. Tout au fond de nous, elle est encore ce bébé que nous avons ramené de la maternité, cette toute petite fille que nous avons tant aimée, cette enfant qui, en grandissant, est devenue un mystère si douloureux pour lui comme pour moi.

Certes, je souhaite qu'elle soit guérie, je le souhaite plus que tout, mais j'ignore tout bonnement si ce n'est pas trop espérer. Et moi, ta mère, je te dois d'être prudente, de ne pas encore baisser la garde.

Autour de nous, les gens parlent des incendies. Les feux. Je saisis des bribes de conversation qui attirent mon attention sur ce que, trop préoccupée, je n'ai pas remarqué : l'odeur de fumée est toujours là, note basse et sombre qui flotte sous les arômes de nourriture et de parfum.

« Tiens, au fait, on a eu une offre pour la maison », dis-je pour ne pas y penser.

Étonné, Greg se tourne vers moi.

« Ça a été rapide. Mon Dieu, La Rêverie vendue ! Je n'en reviens pas. »

Il tapote d'un air absent une cigarette sur la table avant de l'allumer, et je me demande combien de fois je lui ai vu ce petit tic. Il me la tend. Je ne m'y attendais pas mais la prends avec reconnaissance.

« Sylvie, qu'allons-nous faire d'Élodie quand tu seras repartie à Londres ? »

Je soupire.

« Aucune idée. Je ne sais pas comment aborder cette question. Et toi ?

– Quand tu dormais cet après-midi, j'ai appelé Nicole et lui ai dit que je proposerais à Élodie de rester chez nous un temps, si elle le désire.

– Ah, et qu'a-t-elle répondu ? »

Il détourne le regard.

« Qu'elle ne pensait pas que c'était une très bonne idée, pas avec les garçons si jeunes. »

Je vérifie que tu es encore dans mon champ de vision. L'espace d'une seconde, je vous ai perdues de vue, mais je repère soudain ta sœur qui semble nous dévisager. Difficile à dire à cette distance et je tends le cou pour mieux la voir mais elle disparaît soudain.

Je ne peux guère faire de reproches à Nicole cependant une chose m'étonne : il lui a donc tout raconté. Je ne pensais pas ça possible car, après tout, avec moi, jamais il n'a pris le temps de discuter franchement de ce qui s'est passé.

Je ne sais pas ce que je devrais ressentir : satisfaction, colère ou simple tristesse.

« Alors, que faire ? Elle a dit qu'elle ne se sentait pas chez elle dans la France du Nord, donc je ne crois pas qu'elle voudra aller à Paris. Et encore moins à Londres. Je ne l'imagine pas sans soleil. Peut-être qu'elle voudra repartir en Espagne.

– Je n'ai jamais vraiment su quelle était la meilleure conduite avec elle, dit-il en se frottant les tempes. Je sais que je t'ai laissé ce fardeau, Sylvie, je le sais. »

Il tend la main et presse brièvement la mienne. J'opine, les mots ne viennent pas. Si seulement à l'époque il avait eu plus souvent ce genre de gestes. S'il avait tenté de réduire le fossé, cela aurait tellement changé la donne au cours des dernières années.

Nous nous taisons. Je finis ma cigarette et l'écrase avant que tu ne puisses me surprendre en train de fumer.

« Tu sais, ça se pourrait bien qu'elle ait dormi dans la grange.

– Qui, Élodie ? » demande-t-il en levant les yeux.

Ma question l'a sorti de ses pensées.

« Oui, il y avait des habits dans le grenier. Je n'en suis toujours pas certaine, mais je pense qu'elle y a été, peut-être avec Luc. Elle se cachait tout le temps là-haut autrefois, la dernière année, tu t'en souviens ? Et Luc a été avec elle ou il l'a aidée ; à mon avis, elle est là depuis un moment.

– Tu ne lui as pas posé la question ?

– Elle a répondu qu'elle était là depuis seulement deux ou trois jours et pas à la maison mais, avant son arrivée, Emma et moi, nous nous sommes senties observées. Emma commençait à croire que la maison était hantée. (Il garde le silence.) Tu ne trouves pas ça un peu inquiétant ?

– Bon, elle avait trop peur au début, avance-t-il avec un haussement d'épaules. Je peux le comprendre.

– Tu sais pourquoi j'ai décidé de venir ici, n'est-ce pas ?

– Les dégâts dans la souillarde ? Tu n'imagines quand même pas… Qui donc aurait l'idée d'y mettre le feu ? Ce n'est guère plus grand qu'un placard. Et le feu avait à peine eu le temps de prendre, non ? Je croyais que c'étaient des gosses.

– Peut-être, ou une façon de me faire revenir. Peut-être le seul moyen qu'elle a trouvé, je ne sais pas.

– Comme si elle avait voulu te faire mordre à l'hameçon… Mon Dieu, Sylvie, ça me semble un peu tiré par les cheveux.

– Et pourtant je suis ici, et elle aussi. Nous voilà tous réunis. Pour la première fois en dix ans. »

Je le regarde assimiler ces éléments et j'attends qu'il proteste, m'accuse de paranoïa mais, non, rien, et pour une fois je le regrette.

De nouveau, je te cherche des yeux et constate que tu reviens vers nous, courant devant Élodie pour nous montrer quelque chose. Ta sœur te suit d'un pas nonchalant, languide, les hanches se balançant au rythme de sa chevelure. Comme elle dépasse un couple âgé, des locaux plutôt que des touristes, la femme donne un coup de coude à son mari et hoche la tête dans sa direction. Lèvres pincées, le dos droit de désapprobation, ils la regardent avancer. Est-ce à cause de la quantité de peau nue qu'elle exhibe ou parce qu'ils savent qui elle est, je n'en ai aucune idée. Une brebis galeuse.

« Regardez ce que m'a acheté Élodie. »

Tu tends le bras, tu as passé tous tes bracelets en tissu fluo d'un côté et, à l'autre, tu as mis un fin cercle en argent avec une petite plaque en céramique rose pâle, avec sur chaque côté un semis de minuscules fleurs bleues.

Elle en a un aussi.

Tu lèves son poignet pour bien me le montrer ; elle me fixe un instant et je crois voir une lueur de défi dans ses yeux, puis elle les détourne et je me demande si je ne suis pas juste en train d'imaginer ce qui n'existe pas.

Son bracelet est identique au tien, même si l'argent semble briller davantage sur sa peau caramel. Au milieu des deux plaques, entre les fleurs, il y a un E tarabiscoté, peint si fraîchement par le vendeur que les contours noirs brillent, humides. La lettre E exactement comme celles dont elle avait autrefois gratifié la poignée de sa chambre, comme celle qu'elle avait gravée sur ma boîte à bijoux bien-aimée ; E pour Élodie, et maintenant E pour Emma.

Comme personne ne veut plus rien, Greg paye l'addition et nous commençons à traverser la place. Tout au bout, les garçons que nous avons vus le soir du cirque sont de retour, leurs mobylettes rangées en une ligne irrégulière près du banc où ils sont affalés, fumant et de riant sans exprimer de réel plaisir. Je te surprends à chercher Luc au milieu de ces visages mais il n'y est pas. Ils nous voient un instant après, ou plutôt ils voient Élodie. Le même scénario s'est répété toute la soirée : pères mariés, serveurs, hommes âgés, tous sont irrémédiablement attirés par elle.

« Élodie, crient-ils, Élodie, viens ! »

Ils la regardent les ignorer tous autant qu'ils sont et les appels se font plus frénétiques, même s'ils n'ont pas tout à fait le courage de s'approcher. Greg les foudroie du regard et ils rient d'autant plus fort, mais sans joie aucune. L'un des jeunes fait un geste vers toi, donne un coup de coude à son copain et dit quelque chose que je n'entends pas. Je t'attire à moi.

« On dirait qu'ils te connaissent bien », dis-je à Élodie tout en continuant à marcher, mais elle ne répond pas, et Greg fronce de nouveau les sourcils. Dans le lointain, j'entends les sirènes. Je cherche la lueur des flammes sur les collines mais il n'y a rien. De nouveau, je sens l'odeur de la fumée, désormais plus intense.

*

Même si ton père avait pu dormir dans l'ancienne chambre de Camille ou même dans la petite pièce exiguë face à celle d'Élodie, je décide de lui donner la chambre bleue. Tu t'installes avec moi et je me sens ainsi plus en sécurité.

Cette nuit-là, avec toi à mes côtés, je dors comme je dormais à Londres, d'un sommeil profond et presque sans rêves, libérée pour un temps de mon perpétuel rôle de sentinelle. Au matin, je me réveille reposée et raisonnablement calme.

Lorsque nous prenons le petit-déjeuner sur la terrasse, la température est déjà intense. Il n'est pourtant même pas neuf heures. J'ai l'impression que ma peau brûle et la fumée me paraît s'être nettement accrue, mais je ne dis rien de crainte de t'effrayer.

Après le petit-déjeuner, Élodie et toi allez à la piscine tandis que Greg s'enferme dans le bureau pour appeler de nouveau Nicole. Prise entre ces différentes activités, je décide de jardiner sans qu'il y en ait réellement besoin. Les Johnson ont déjà vu la maison, mais la possibilité que les incendies empirent me rend incapable de rester en place.

En réalité, j'ai de quoi m'occuper : dans les larges bordures, tout a besoin d'être taillé et nettoyé. Accumulées au fil des années, les feuilles et les aiguilles de pin couvertes de sève ont envahi les parterres et tapissé le pourtour de la piscine d'une couche poisseuse. Une fois que j'ai commencé, je suis incapable de m'arrêter. L'énergie nerveuse qui m'est revenue peu à peu dans la matinée, renforcée par une bonne nuit, me semble maintenant sur le point de dangereusement déborder.

J'aurais dû porter un chapeau. Dès le début de la soirée, j'en ai bien conscience. Tandis que le soleil descend derrière les pins, je reste à frissonner dans un bain tiède. J'ai la chair de poule et le plus petit souffle d'air sur ma peau est aussi douloureux que si j'avais reçu des coups de fouet ; ma tête bourdonne, comme serrée dans un étau.

C'est une insolation, pas de doute, ça m'est arrivé, enfant, et je me rappelle très nettement être restée allongée sur le dos, position dans laquelle je me sentais un peu moins mal, me disant que j'allais mourir avant mes neuf ans et que c'était bien regrettable. Je me sentais alors tellement mal en point – nausée implacable, chambre qui tanguait lorsque je tentais de me redresser, cœur galopant dans ma poitrine, bouche aussi sèche que de la poussière – que je n'envisageais même pas d'en sortir vivante.

Les gens peuvent en mourir. Lorsque la température du corps dépasse les quarante degrés, les organes se mettent à cuire. J'avais fait des recherches dans l'énorme dictionnaire médical de ma mère, trois pages entières consacrées à « l'insolation ».

Je me tiens, vacillante, à la fenêtre de ma chambre. Vous êtes tous les trois à la piscine, et il me semble vous voir bouger à travers les arbres secoués par le vent. Le vent. Il me faut un temps pour enregistrer les turbulences nettes de l'air ; et ce n'est pas une bonne chose quand des incendies sont déjà déclarés. D'ailleurs, ce n'est pas une gentille petite brise mais un vent querelleur frappant les arbres de méchantes rafales. Je me demande si l'un de vous a pensé à écouter la météo. Si vous vous inquiétez de moi.

Mes souvenirs de la soirée et du lendemain sont vagues. Je vomis à quelques reprises, j'ai tout juste le temps de ramper jusqu'à la salle de bains. Une sueur glacée me procure une ou deux minutes de bonheur, ma peau sèche sur le carrelage froid, avant que la vague de nausée ne reprenne. Dans la soirée, l'un de vous m'apporte une bassine pour m'éviter de traverser le hall. Plus tard, j'entends une conversation chuchotée à propos de la nécessité d'appeler un médecin, des silhouettes se dessinent dans l'embrasure éclairée mais je perds de nouveau conscience. À un moment, au milieu de la nuit, je comprends que tu n'es pas couchée à mes côtés mais, incapable du moindre geste, je me contente d'enregistrer ce fait.

Le lendemain matin, je me sens presque aussi mal mais ma température a dû baisser d'un degré ou deux car mes pensées sont plus ordonnées, et je me dis que j'ai dû délirer pendant la nuit. Peu après mon réveil, tu te glisses dans la chambre, une odeur de croissant et de chocolat à la fois douce et écœurante dans ton haleine, un verre de ce qui ressemble à un thé glacé à la main.

Tu souris et portes la paille à mes lèvres.

« Il faut que tu boives beaucoup, c'est écrit dans le gros dictionnaire, Élodie a regardé, et elle t'a fait une tisane. »

Tu prononces parfaitement ce mot ; elle a dû te l'apprendre.

J'essaie de me redresser mais c'est trop d'efforts et je retombe sur les oreillers.

« Papa a dit qu'il allait monter te voir avant de partir. »

Il me faut un moment pour comprendre ce que tu me dis.

« Avant de partir ? Comment ça ? Il vient à peine d'arriver. »

Tu hausses les épaules.

« Il doit rentrer à Paris. »

Il s'avère qu'on lui a intimé de rentrer : Nicole a visiblement revu sa position quant à son escapade dans le Sud pour une réunion intime avec son ex-femme et ses filles : sa première famille. J'ai beau être malade comme un chien, je ne peux m'empêcher de ressentir un respect envieux pour cette femme. Greg n'a jamais cédé à mes requêtes, n'est jamais revenu, même lorsque je le suppliais.

Il apparaît à la porte, deux ou trois heures plus tard, à la fois penaud et rebelle, comme un gamin fautif.

« Et Élodie ?

– Je lui ai dit de m'appeler demain, comme ça on pourra s'organiser et se revoir très vite. Elle a mon téléphone.

– Mais pas ton adresse. »

Il est incapable de croiser mon regard.

« Greg, s'il te plaît, ne pars pas. »

Son visage s'adoucit et il s'approche du lit, mais il s'arrête.

« Ça va aller maintenant, le pire est sans doute passé. Les filles vont s'occuper de toi. Élodie est passée te voir tous les quarts d'heure. Je l'ai observée, Sylvie, ce n'est plus la fille qu'elle était autrefois. Je le sais. »

« Mais tu n'en es pas absolument certain », voudrais-je objecter, mais je n'arrive pas à aligner trois mots.

Il hoche un peu la tête, me faisant penser à quelqu'un qui veut éloigner une mouche qui s'acharne.

« Emma n'est plus un bébé. Tu sais, je ne m'en irais pas si je pensais qu'il y avait le moindre risque… De toute façon, tu seras sur pied très vite, tout ira bien, Sylvie. Parfois, les choses s'arrangent. Et même en règle générale.

– Et les incendies ? Le vent…

– J'ai acheté un journal au village, en fait ils se sont à peine rapprochés. Le vent devrait tomber plus tard et on pense que les incendies seront sous contrôle d'ici la fin de la semaine.

– Mais Greg, s'il te plaît, écoute…

– Il faut que je parte, désolé mais il le faut. »

Sur ces mots, il quitte la pièce. Je vous entends vous dire au revoir dans le hall, puis c'est la porte d'entrée qui se referme. Le calme règne ensuite.

*

Lorsque j'émerge, je suis loin d'être sur pied. Greg s'est trompé, et je me demande quelles autres erreurs de jugement il aurait pu faire. Des frissons me traversent de nouveau et je sais que je vais vomir. Je n'ai pas la moindre idée de l'heure. Quand je balance les jambes et pose les pieds par terre pour tenter d'aller à la salle de bains, je vacille, le sang afflue bruyamment à mes oreilles, comme de l'eau qui se précipite dans une grotte. J'appelle, pas de réponse. J'ai peur pour toi, seule quelque part avec ta sœur, mais tel un animal blessé, trop touché pour s'enfuir, j'ai aussi peur pour moi.

C'est à moitié à quatre pattes que je descends au téléphone et appelle le numéro du médecin des urgences noté par Olivier. Le son de sa voix calme et compétente à l'autre bout du fil me fait presque pleurer. Il arrive dans l'heure et me prescrit un tranquillisant pour faire cesser ces tremblements qui ne font qu'augmenter la température de mon corps. Ensuite, le reste de la journée se passe dans le brouillard. Je n'ai qu'un vague souvenir d'ombres surgissant au-dessus de moi, comme la nuit passée, bloquant brièvement la lumière vive du hall que je n'ai pas eu l'idée d'éteindre.

Je me rappelle ta voix, Emma, une voix trop jeune qui me semble venir de très loin, et je me demande si j'ai été projetée en arrière dans le temps. Je me réveille toutes les cinq minutes, c'est du moins l'impression que j'ai, et je ne sens plus mon corps, sauf le poids terrible de la peur qui oppresse ma poitrine – peur que quelque part, au-delà de ce lit, il va t'arriver, ou il t'arrive déjà, quelque chose d'abominable.

À un moment, j'entends de la musique, et dans ma confusion, je vais à la fenêtre en tanguant. Le soleil s'est couché, une autre nuit commence et l'air empeste : terre et fleurs chauffées à blanc, et surtout ce feu si proche malgré ce qu'a pu en dire Greg. J'ai bien du mal à ouvrir les fenêtres en grand, la musique s'est amplifiée, les portes du salon ont dû être ouvertes, le son du vieux tourne-disque poussé à fond et les haut-parleurs tournés vers l'extérieur. Je reconnais la chanson : « Hotel California ».

Je me hausse sur la pointe des pieds pour apercevoir la terrasse et le spectacle que j'y contemple est si étrange que je dois cligner des yeux encore et encore. Trois personnes sont en train de danser. Ma tête bourdonne, je fais un nouvel effort et reconnais Luc qui est là avec vous. Tu tournes sur toi-même en riant, tes cheveux volent et tu manques de trébucher à mesure que tu t'étourdis. Élodie et Luc, collés l'un à l'autre – il n'y a pas un centimètre d'espace entre eux –, bougent plus lentement. Une danse pour se souvenir, peut-être. Ou pour oublier ?

La scène me retourne l'estomac. Ils ont dû te faire prendre quelque chose : cela fait des années que je ne t'ai pas vue aussi désinhibée, pas depuis ta petite enfance.

Je me décide à descendre. Je dois, d'une façon ou d'une autre, m'interposer, et je me promets de le faire dans quelques secondes, quand je me sentirai moins faible et liquéfiée. Je me rallonge, une nausée glaciale m'inonde, et je me mets à compter. À cinquante, j'irai.

1983

On nous a envoyés, Greg et moi, sur la côte pour tenter de sauver notre couple et fêter nos quinze ans de mariage. Ses parents nous ont offerts un week-end dans un hôtel de luxe afin de nous éloigner de la maison. Un hôtel chic où nous n'aurions jamais envisagé d'aller. Je prends des tranquillisants, un ou deux par jour pour tenir le coup, mais je n'y suis pas encore habituée et leur effet est différent de celui du vin que j'essaie d'arrêter. Cela transforme Cannes en une poignée d'images : des serveurs en veste blanche dans le restaurant de l'hôtel, une salle de bains en marbre vert qui donne un air pathétique à mes produits de beauté bon marché ; des vieilles femmes décharnées sur la Croisette, avec leurs lunettes à la Jackie Kennedy et de minuscules chiens sur leurs talons.

Autrefois, j'aurais savouré cette courte incursion dans le luxe, mais tout me semble teinté de mélancolie. Je me sens hantée par la vie d'autres gens et même par des époques que, née trop tard, je n'ai pas pu connaître. Le samedi soir, la beauté de l'enseigne lumineuse du Martinez sur le toit, se détachant sur un ciel rose, me tire des larmes. Trouvant que je ne rends pas justice à la générosité de ses parents, Greg se met en colère.

« Tu ne me comprends pas du tout. Plus du tout. »

Il se lève et me laisse seule sur la terrasse.

Nous partons tôt le dimanche, ni lui ni moi désireux de nous étendre sur l'échec de ce qui, sans le formuler, était le week-end de la dernière chance. Ce n'est pas la seule raison qui me pousse à rentrer. Je me sens de plus en plus fébrile à ton sujet, même au travers de ce doux brouillard dans lequel me plongent les médicaments. Il y a deux ou trois semaines, tandis que j'étais au supermarché, Élodie t'a fait boire du vin, édulcoré avec de la limonade. Je ne m'étais pas absentée plus d'une heure et Greg n'avait rien entendu d'inhabituel, mais il faut dire qu'il était confortablement installé dans son bureau, le casque sur les oreilles. Je t'avais laissée à sa charge uniquement parce que je croyais Élodie partie pour la journée. À mon retour, tu titubais dans le jardin et j'ai cru, un instant, naïve, que tu avais joué à la toupie et que tu avais le tournis. Puis tu as vomi, j'ai senti l'alcool et j'ai compris.

Je n'avais alors même pas pris la peine de dire quoi que ce soit à ta sœur, allongée dans l'herbe sur une serviette, vêtue d'un bikini rose fluo. À quoi bon ?

J'ai accepté cette idée de séjour à l'hôtel seulement parce que ta grand-mère m'avait promis qu'elle ne te quitterait pas des yeux. Pas une seule fois elle ne m'en a parlé directement, mais je n'ai jamais oublié l'expression de son visage à la vue des dessins d'Élodie il y a si longtemps. Même avant, elle s'inquiétait, je pense. Les femmes savent mieux que les hommes repérer ces choses. Bien sûr, elle n'aurait jamais songé prendre mon parti contre Greg, mais je crois que nous étions, elle et moi, d'accord de façon tacite. C'est, j'en suis certaine, la raison pour laquelle nous les avons si peu vus toutes ces années.

Si j'avais pu naguère douter de la lucidité de Margaret quant aux difficultés de sa petite-fille, la voir si soulagée d'apprendre qu'elle serait chez une amie lors de notre séjour à Cannes avait chassé toute incertitude. Je ne la connais pas – c'est l'une des filles plus âgées de la bande qu'elle s'est curieusement mis à fréquenter. Avant de rejoindre la Côte, nous déposons Élodie chez elle. J'oblige Greg à attendre jusqu'à ce que je l'aie bien vue entrer. Le week-end maintenant, elle est rarement à la maison.

Aussitôt après avoir tourné dans l'allée de La Rêverie, je sens que quelque chose cloche. Je ne saurais exprimer pourquoi : une tension dans l'air, peut-être, ou le profond silence des cigales et des oiseaux ? Je n'en suis pas sûre. Tout ce que je sais, c'est que je sors si vite de la voiture que j'en perds presque l'équilibre.

« Sylvie ? »

Greg a beau crier dans mon dos, je suis déjà à la porte d'entrée et y insère la clef.

Sa mère est endormie dans le salon, la bouche ouverte, et son chignon gris, si soigné, est de travers, ce qui la vieillit. Étalé par terre gît l'un de tes livres de Richard Scarry.

Je la secoue sans grand ménagement, mais j'ai un tel pressentiment que je pourrais hurler.

« Où est-elle ? Où est Emma ? »

Elle se réveille lentement et cligne sottement des yeux en direction de la place vide à ses côtés, que seul ton petit ours bleu occupe maintenant.

« Elle était là il y a un instant, on lisait son livre ensemble. »

Je me revois sur une plage, découvrant à mon réveil qu'Élodie avait disparu. Je sais avec quelle facilité ces choses se produisent.

« Il n'a pas dû se passer plus de deux trois minutes, dit-elle sur la défensive. Elle doit être avec Charles, il était à l'étage… »

Juste au moment où Greg entre dans la maison, je me précipite dans le hall.

« Charles ! (grimpe l'escalier à toute allure en l'appelant.) Vous êtes là ? Emma ! »

Il sort de la salle de bains, le visage à demi couvert de mousse à raser, un blaireau à l'ancienne à la main.

« Emma est avec vous ? »

Je file vérifier dans les chambres. Toutes vides.

« Non, elle était avec Margaret, dans le salon. »

Greg m'a suivie à l'étage.

« Qu'est-ce que c'est que cette panique ? Elle doit être dans le jardin. »

Nos yeux se croisent et je devine ce qu'il ne formule pas devant son père : « C'est bon, Élodie n'est pas là. »

« Il faut que je la trouve. Je vais voir dehors, toi, tu inspectes la maison. »

Je redescends quatre à quatre, me débarrasse des chaussures à hauts talons qui me ralentissent et sors en trombe dans le jardin. Personne sur la terrasse. Personne sur la pelouse. Tu n'es ni près de la piscine ni… dedans. Le soulagement est tel que je me laisse tomber un instant à genoux et reprends mon souffle.

Puis, à un jaunissement de l'atmosphère, je la sens, qui se dépose en volutes dans cette partie du jardin où l'air est toujours piégé par les grands pins. Une odeur de fumée, légère mais réelle. Je me relève et la vois alors pour la première fois, spirale de poussière qui s'élève de la grange au-delà du jardin. Je choisis le sentier d'accès le plus rapide et c'est à peine si je sens que je me suis blessé le pied.

La porte de la grange, habituellement toujours ouverte, est fermée. Mon sang se glace. Aucune flamme n'en sort et une partie sensée de mon cerveau imbibé d'adrénaline me dit que c'est bon signe. L'incendie n'a pas pu démarrer il y a longtemps. À part le mur en briques à l'arrière, la grange est entièrement construite en vieux bois traité, plus sec que d'ordinaire puisqu'il ne pleut pas depuis des semaines. Une fois que le feu prendra, il sera impossible de l'arrêter.

Tandis que j'ouvre difficilement la lourde porte, Greg et Charles arrivent. La terreur qui m'a déjà saisie commence tout juste à se lire sur leur visage. Margaret apparaît à leur suite, son expression bien plus proche de ce que je ressens. Je ne l'ai jamais vue dans un tel état, le chignon à moitié défait, les joues maculées de fard et de rimmel.

Lorsque j'entre, la chaleur est un choc, comme un mur physique. Le feu a été allumé au milieu de la grange où un gros tas de bois, de paille, de vieux journaux et même de livres a été amassé. Un livre en est tombé, c'est l'un des vieux recueils que je lisais enfant, des contes de fées que j'avais donnés à Élodie.

« Emma ! Emma ! »

Le rugissement du feu se fait plus fort ; avec un énorme bruit sec, une vieille bûche éclate et lance une gerbe d'étincelles à nos pieds, ce qui fait hurler Margaret. Les flammes sautent plus haut, de plus en plus près des vieilles poutres en chêne. Quand le toit aura pris… Charles et Greg se mettent à fouiller les coins sombres à l'arrière, au milieu des tondeuses et outils antiques, ainsi que les recoins obscurs entre des étagères remplies de clous et de pots de vernis rouillés.

Je suis figée, mes yeux parcourent les entrailles caverneuses que les flammes éclairent bizarrement de sorte que des formes, des ombres se meuvent et, trompeuses, m'incitent à croire que je te vois. Charles s'empresse de faire sortir Margaret qui tousse maintenant, un râle terrible. Je sens la fumée dans mes poumons et déjà mes yeux me brûlent. J'enlève mon chemisier à la va-vite et m'en couvre le visage.

« Elle n'est pas là, me crie Greg qui surgit de derrière le mur de feu. Je ne crois pas qu'elle puisse être ici. Papa est parti appeler les pompiers. »

C'est alors que je lève le nez et, comme Charles a laissé la porte ouverte, ce rai de lumière suffit à éclairer le fond obscur du grenier. Je ne fais qu'entrapercevoir du jaune citron mais c'est assez.

« Elle est là-haut ! Greg ! Je vois son t-shirt. »

Il court déjà vers elle, moi sur ses talons. Nous nous rendons compte tous deux au même moment que l'échelle n'est plus là. Nous ne l'avions pas remarquée, mais elle est au beau milieu du feu, taillée en pièces.

« Emma ! Tu m'entends ? »

La voix de Greg est plus forte que la mienne.

« Elle doit être inconsciente. »

On dirait que je parle curieusement de très loin. Le rugissement du feu semble s'intensifier et s'étendre. Puis tu bouges, je crois te voir bouger. Difficile à dire mais le jaune acidulé se déplace, juste de quelques centimètres. Greg aussi l'a remarqué.

« Emma ! Emma ! Viens ici, près du bord. Il faut que tu viennes tout de suite. »

Et tu t'approches, si lentement que je me dis que je vais mourir, tu rampes, centimètre après centimètre, et cette progression est insoutenable. Tu as tellement le vertige !

Confusément, dans ces longs espaces noirs qui séparent chaque pensée pertinente, je n'en reviens pas qu'elle ait pu t'emmener là-haut. Tu finis par te mettre à genoux au bord, tes yeux immenses et noirs, ton petit visage rigide et livide de terreur.

« Il faut que tu sautes, ma chérie », te crie Greg, mais tu ne bouges pas.

Dans notre dos, la pile de bois enflammée vacille, une partie s'effondre de notre côté, telle une falaise, encore plus proche, la chaleur d'autant plus intense.

« Emma, il faut que tu sautes ! t'ordonne Greg, la voix dure, déterminée. Maintenant ! Ou nous n'arriverons pas à nous sortir de là. »

Tu te mets debout et, durant un terrible instant, je me dis que tu vas retourner au fond du grenier où tu te mettras en boule comme un animal sauvage effrayé, pris au piège d'un incendie de forêt. Mais tu te redresses, je vois ton petit torse se soulever car tu as du mal à respirer, puis tu fermes les yeux et tu sautes. J'entends le souffle coupé de Greg au moment où il te reçoit et je me mets à sangloter.

Une fois dehors, le ciel est si vaste que j'en ai le tournis. Je manque de trébucher lorsque je m'avance pour te prendre des bras de Greg. Tu n'arrives pas à reprendre ton souffle et tu as eu si peur que tu t'es fait pipi dessus. Tu es presque dans un état de stupeur catatonique. Mais tu es en vie, tu es indemne. Je te tiens.

1993

Lorsque j'ouvre de nouveau les yeux, c'est le matin. J'ai finalement l'impression que mon corps commence à retrouver son équilibre interne, même si j'ai la tête qui pulse encore de douleur et la chemise de nuit trempée de sueur. Puis je me rappelle que je n'ai pas réussi à descendre vérifier comment tu allais et je vais d'un pas incertain jusqu'à la fenêtre : la terrasse est déserte, il n'y a qu'une mer de bouteilles vides et de cendriers. Les portes du salon sont ouvertes, un t-shirt abandonné sur le dossier de l'un des fauteuils.

Je sens une présence derrière moi et me retourne, à deux doigts de trébucher. C'est Élodie, les yeux creux, négligée mais toujours belle.

« Maman, tu ne devrais pas être debout. »

Elle m'aide à regagner mon lit, retourne les oreillers pour les rafraîchir et les sécher, puis m'apporte un grand verre de thé glacé, tout comme tu l'as fait la veille, ou l'avant-veille, je ne sais plus.

« Où est Emma ?

– Elle dort à poings fermés, il est encore tôt. À peine sept heures.

– Elle va bien ?

– Chut, fait-elle, sortant un gant frais qu'elle presse sur mes tempes. Divin !

– Et Luc ? »

C'est tout ce que je parviens à demander, alors que l'épuisement m'enveloppe de nouveau telle une couverture étouffante.

« Luc ? Luc n'était pas là.

– Mais je l'ai vu. Je vous ai vus tous les deux, vous… »

Au moment où elle se penche pour poser deux doigts frais sur ma bouche, une touffe de ses longs cheveux vient me frôler la clavicule et ma peau douloureuse se hérisse de chair de poule.

« Tais-toi, Maman, tu as dû rêver. Il n'est jamais venu. Rendors-toi maintenant. »

Elle m'embrasse sur le front et elle quitte la pièce après avoir doucement refermé la porte derrière elle. Je reste encore allongée un moment, paisiblement, puis je me force à me lever et à m'habiller, mais le vertige et la nausée montent une fois de plus et je me recouche, impuissante. Les heures passent, vides de sens ; derrière les volets, le soleil suit une course curieusement rapide, comme si on me repassait la journée en accéléré. Il fait vite nuit et Élodie est remontée m'apporter une autre boisson.

Cette nuit-là, tu t'es glissée dans le lit à mes côtés, à quelle heure je n'en sais rien, mais le soulagement de savoir que tu vas bien pénètre brièvement le brouillard. Ta peau a une drôle d'odeur, je suis encore trop faible et trop vaseuse pour savoir s'il s'agit de parfum, d'alcool, ou pire. Au moment de replonger dans un sommeil sans fond, une pensée me traverse : c'est l'odeur de quelqu'un de plus âgé.

Au matin, je suis encore faible mais purgée. Presque de nouveau moi-même, ce qui tient plutôt du miracle. On oublie comme c'est bon de se sentir en forme jusqu'au jour où la maladie nous frappe. Le souvenir de sensations bêtement ordinaires – sans troubles, sans souffrance – ressemble à un beau rivage dont nous avons été éloignés, exilés, dont le retour pourrait bien ne plus jamais être autorisé.

Je te regarde, endormie à côté de moi, et j'ai l'impression que nous avons survécu à un naufrage. Il reste autour de tes yeux des traces de maquillage, du mascara en paquets sur tes cils, des paillettes sur tes paupières, mais tu es intacte. Pas de bleus ni de pinçons, pas d'horrible respiration sifflante.

Lorsque je descends à pas de loup, je remarque que la porte d'Élodie est fermée. Malgré des velléités de nettoyage, la cuisine et le salon ont l'air sale, avec les coussins écrasés entre le siège et le dossier des fauteuils, les miettes et les taches poisseuses sur le plan de travail. Le vin et la bière qui étaient au frigo ont été liquidés mais le gros de la nourriture ne semble pas avoir été touché. Je me demande à quand remonte ton dernier repas.

Sur la terrasse, un bol déborde de mégots, cigarettes roulées pour certaines, achetées pour d'autres. L'air chaud porte l'odeur du tabac, différente de celle de la fumée de l'incendie, moins forte aujourd'hui semble-t-il. Ça et l'odeur aigre de la bière renversée. L'eau me vient à la bouche mais la nausée aussi, il me faut sans doute de la nourriture. Depuis deux jours, je n'ai nul souvenir d'avoir ingéré quoi que ce soit, j'ai juste avalé ces boissons qu'on ne cessait de m'apporter, fraîches et douces pour ma gorge douloureuse. Assise sur les marches de la terrasse, je mange du pain rassis trempé dans du café au lait. Un avion passe, les ailes étincelantes au soleil. Le ciel au-dessus de la maison est d'un bleu intense, céleste. Ah, c'est un Canadair, lourd de toute cette eau pompée dans la Méditerranée, et confusément je me dis que je devrais surveiller les nouvelles pour voir où en sont les incendies.

Je n'entends pas Élodie s'approcher mais tout à coup, elle est là et me pose un chapeau sur la tête.

J'articule péniblement un « merci » quand elle s'assoit près de moi. Sa soudaine présence m'alarme et une étrange timidité m'envahit à la pensée des gestes intimes accomplis pour veiller sur moi. J'ai le souvenir, vague, qu'elle m'a fait passer une chemise de nuit propre avant que tu ne montes te coucher avec moi et qu'elle m'a manipulée avec une dextérité et une aisance d'infirmière confirmée, comme si j'étais aussi légère qu'un oiseau. Ai-je rêvé cela aussi ? Peut-être.

« Maman, je suis désolée de ce chantier. Je pensais me lever tôt ce matin et tout nettoyer mais tu m'as devancée. Je remplacerai le vin. »

Je fais non de la main.

« Ça n'a pas d'importance. »

Et je suis sincère. Elle a vingt-quatre ans. Si elle veut fumer et boire, qui suis-je pour l'arrêter ?

Les heures passent, je reste à l'ombre. À tour de rôle, vous venez, Élodie et toi, m'apporter des boissons fraîches sous le laurier-rose où elle a traîné une chaise longue garnie d'oreillers. Dans le courant de l'après-midi, je vais même me baigner dans la piscine dont l'eau est comme une soie et un baume pour ma peau sèche et mes yeux irrités. Lorsque j'en sors, Élodie se tient là avec un plateau de fromage et de raisin.

« Tu dois manger, m'enjoint-elle avec un sourire. Après avoir été si mal, ton corps a besoin de se sustenter. »

J'obéis, incapable, cela dit, d'avaler grand-chose. Je la laisse retaper mes oreillers et brosser mes cheveux emmêlés. Je suis si terriblement affaiblie par l'insolation que je n'ai même pas l'énergie de me sentir angoissée. Quand l'anxiété devient habituelle, la décharge d'adrénaline augmente à la moindre sollicitation, mais il semblerait que l'insolation m'ait réinitialisée, mon organisme est vidé mais apaisé.

Alors même que la lumière s'atténue et fait place au soir, la nuit montant des recoins les plus sombres du jardin, je reste calme. « Je suis encalminée », me dis-je, telle une mer tranquille. Je mets doucement à l'épreuve ce sentiment, comme si j'inspectais un bleu de près, mais je ne rêve pas, il résiste. J'ai beau regarder le collier en turquoises que tu portes toujours à ton cou, je n'enregistre qu'un infime tremblement semblable au tonnerre qui s'est depuis longtemps éloigné. Je n'ai rien oublié de mes anciennes peurs. C'est juste que, désormais, je les considère à travers un verre épais. Oh, quel soulagement de s'en libérer !

La soirée et la matinée suivante, nous sommes toutes les trois inséparables. Un peu avant midi, Élodie déclare qu'elle va faire les courses au magasin du village avant qu'il ne ferme pour la pause déjeuner de trois heures que les touristes trouvent toujours choquante.

Elle en revient avec deux sacs, chargés du type de nourriture que choisirait un enfant : des Petits Écoliers, de la glace au caramel, des mini-bouteilles en verre d'Orangina, une grosse bouteille cylindrique de sirop, la même marque de grenadine que j'achetais toujours autrefois.

« Tu n'as rien acheté de plus sain ? »

Je m'étonne du ton serein de ma voix, moi qui semblais incapable de lui parler autrement que sur un ton coupant.

Elle sort un melon d'un sac en papier et le presse.

« Mûr à point, ce sera du soleil dans l'assiette. »

Elle a toujours adoré les melons, ceux de Cavaillon en particulier. Moi aussi. Comparé à tout autre fruit, leur goût sucré d'amaretto a quelque chose de décadent. Un méchant souvenir ressurgit alors : j'essaie de nettoyer avec un gant son visage plein de jus de melon, elle n'aime pas ça et me griffe la joue de ses petits doigts poisseux, le sang perle. J'enfouis ce souvenir et m'aperçois qu'il recule assez facilement.

Elle a aussi acheté du fromage blanc, en remplit les coupes qu'utilisait autrefois ma mère pour ses îles flottantes, puis y mélange de la confiture à la fraise – une marque chère dans des bocaux trapus à la forme hexagonale – jusqu'à ce que le tout se marbre de rose et de crème. C'est un délice : onctueux, doux comme un oreiller, avec des pointes intenses de fruit. Je m'en sers un peu, avant de dériver dans un léger sommeil, consciente de vos voix que vous gardez basses afin de ne pas me déranger.

Élodie me réveille deux trois heures plus tard, son haleine sent la grenadine, sa langue et ses lèvres teintées d'un rose artificiel.

« Je sais que ce sirop est trop sucré pour toi, murmure-t-elle, je t'ai fait une autre tisane. »

Un thé glacé de nouveau que j'avale d'un trait, me demandant vaguement si c'est du Lipton ou si elle l'a fait elle-même ; le bruit des glaçons qui claquent contre mes dents est plaisant. Depuis le fond du jardin, je t'entends barboter dans la piscine.

« Emma, ça va ?

– Très bien, comme un poisson dans l'eau. »

Elle me tend ma boisson et se relève pour mieux arranger les coussins dans mon dos. Des effluves de son ancienne odeur me parviennent, presque capiteuses tant le sucre de la grenadine est prégnant.

« Maman, tu te souviens de ce que tu m'as dit le premier soir quand tu es tombée malade ? »

D'une caresse, elle repousse mes cheveux de mon visage et s'assoit près de moi.

– Je… je n'en suis pas sûre. Tout ça c'est plutôt flou. »

Elle se rapproche. Malgré la lumière tamisée, je vois chaque petite nuance de couleur de son œil d'ambre. Doré, presque. Le bleu est plus dur, plus uniforme, la mer après l'orage, du sable qui tourbillonne, invisible sous la surface.

J'essaie de me rappeler le passé mais il se dérobe et vogue vers d'autres scènes au bord de la mer : légère houle, ondulation des cheveux d'Élodie. Impossible de me concentrer. Trop fatiguée, de nouveau mal à la tête.

« Tu as dit qu'à ma naissance tu étais si emplie d'amour que tu ne pouvais pas manger. »

Je souris.

« C'est vrai. C'est vrai. »

Tandis que je replonge dans l'inconscience et que sonne l'horloge en bronze doré, elle me rend mon sourire.

1983

Les pompiers viennent de partir. Grâce à leur intervention rapide, la grange a été sauvée. L'intérieur est calciné mais les flammes n'ont pas tout à fait atteint le toit. La structure est intacte. Une part de moi-même aurait aimé qu'elle brûle complètement, que le feu dévaste l'endroit qui aurait pu être la scène de ta… Je ne supporte même pas d'envisager la réalité de ce mot.

Margaret a été mise sous sédatifs puis couchée. Greg et Charles sirotent de généreux verres de cognac au salon, et tu es endormie entre eux. Selon le médecin, tu vas bien, un miracle. Tu as certes dû prendre ta Ventoline mais tu n'as pas inhalé tant de fumée que ça. Toutefois, lorsque je t'ai serrée dans mes bras, tu dégageais une odeur étrangère forte. L'odeur de la peur.

Une fois que tu t'es endormie et que les tremblements dus au choc ont fini par se calmer, j'interroge Charles à mi-voix.

« Vous ne l'avez pas vue ? »

Il hoche la tête, Greg vide son verre d'un trait. Nous savons tous trois que nous parlons d'Élodie. Greg m'assurant qu'il ne te quittera pas des yeux, je vous laisse.

Dehors, la fumée flotte au-dessus du jardin, incongrue et choquante. Je me mets à courir, j'ai trop besoin d'éliminer ce reste d'effroi qui tourbillonne en moi. Elle n'est nulle part dans le jardin ; je m'en doutais, mais il fallait tout de même que je vérifie. Je m'approche ensuite de la grange.

Il fait sombre à l'intérieur, l'eau dégouline de partout, les murs sont calcinés. L'odeur de fumée, toujours très âcre, irrite ma gorge encore douloureuse. Avec méthode, je fouille chaque recoin obscur. Impossible de grimper au grenier puisque l'échelle est en cendres. Je regarde partout mais nul signe de sa présence, et ce n'est qu'en me hissant tant bien que mal sur un vieux meuble de rangement pour voir de plus haut que je repère un éclat métallique. L'éclat d'une chaîne accrochée à un morceau de bois qui dépasse du plancher de la mezzanine. Dans ma hâte de redescendre, je perds presque l'équilibre et mon cœur s'affole, mais je me rattrape.

Avec une paire de grandes cisailles, je parviens à détacher et saisir la chaîne ; il faut que j'en sois absolument certaine. Oui, c'est bien ce que je pensais : un collier en argent où sont enfilées de minuscules turquoises, un long cheveu doré entortillé dans le fermoir cassé. Je songe au dernier moment où j'ai vu Élodie, à sa sortie de la voiture vendredi après-midi, et je suis convaincue qu'elle le portait. L'argent et le bleu toujours si brillants contre sa peau couleur caramel. C'est le seul bijou dont elle ne se défait jamais.

Je sors très vite et me laisse tomber dans la poussière ; le soleil et le choc que je ressens décolorent tout l'espace autour de moi, rendu nu et d'un blanc monochrome. La chaîne est chaude dans la main et j'ai envie de la jeter aussi loin que possible, mais je dois d'abord la montrer à Greg, parvenir à lui faire comprendre que la grange est notre dernier avertissement. Je ne crois pas que nous aurons une autre chance.

Quiconque m'aurait dit qu'un jour j'envisagerais délibérément de te faire le moindre mal m'aurait paru fou, mais j'en suis venue à comprendre que le chemin à suivre pour atteindre un but n'est pas toujours rectiligne. Il ne s'agit pas de décisions simples.

Je fonce au salon.

« Greg il faut que je te parle. Tout de suite. »

Charles m'adresse un regard apeuré. Il a les yeux creux et fait dix ans de plus que lors de notre départ pour Cannes. Tu dors encore profondément.

« Restez avec elle, ne la quittez pas des yeux. »

Greg me suit dans la chambre d'Élodie, qui me paraît, je ne sais pourquoi, le lieu approprié.

« Je viens de trouver ça, dis-je en lui mettant le collier sous le nez. Dans la grange, là-haut, où était Emma. »

Je le vois pâlir.

« Mais… ça ne veut pas dire… Elle aurait pu le perdre n'importe quand.

– Elle l'avait au cou lorsqu'on l'a déposée, j'en suis certaine.

– Comment peux-tu te souvenir de ça ? Et puis, si elle a bien été là-haut, où est-elle maintenant ? »

Lorsqu'il t'a rattrapée au vol dans la grange, je l'ai aimé plus que jamais, mais désormais je le hais pour sa lâcheté, son incapacité à dire tout haut qu'il a parfaitement compris ce qui s'est passé – cette horrible prise de conscience que je lis dans les nouvelles rides de son visage, des rides qui ce matin n'y étaient pas.

Je lui jette le collier de toutes mes forces à la figure. Il décrit un grand arc et atterrit derrière Greg sur la coiffeuse, encombrée d'élastiques à cheveux, de maquillage et de reçus en boule provenant de lieux dont je n'ai jamais entendu parler. La chaîne glisse et disparaît derrière le meuble. Bon débarras, je ne veux plus jamais la revoir.

« On pourrait peut-être la ramener chez ce médecin ? suggère-t-il d'une toute petite voix après un long silence éloquent. Voir ce qu'il a à dire.

– Tu parles de Morel ? Tu veux le consulter, maintenant ? Tu ne penses pas que c'est un peu tard ? Je t'ai raconté ce qu'il a expliqué il y a des années de cela. Ce qu'il a répété quand j'y suis retournée après la naissance d'Emma. »

Il redresse le menton et cela me donne envie de lui ficher mon poing dans la figure.

« Veux-tu que je te rafraîchisse la mémoire ? je crie presque. Il a dit qu'il fallait être vigilant, que les cadets peuvent être vulnérables. Une source de ressentiment. Mais ça ne t'a pas suffi, hein ? Non, tout ça, c'étaient des conseils alarmistes, et si nous devions demander une aide véritable, les autorités exigeraient sûrement des preuves ; en fait, c'est toi qui en avais besoin, pas vrai ? Eh bien, si ce qui s'est passé aujourd'hui ne te convainc pas, alors aucune preuve n'y parviendra.

– Je vais appeler chez son amie, déclare-t-il soudain, là où on l'a déposée. J'ai le numéro. Elle me l'a donné il y a des mois, un jour où elle avait besoin que j'aille la chercher. »

Une fois en bas, je lui fais tirer le fil du téléphone aussi loin que possible dans le vestibule. Je ne souhaite pas déranger Charles et Margaret qui échangent des regards apeurés.

Cela sonne longtemps dans le vide.

« Je te l'avais dit, lui dis-je à l'oreille, il n'y a personne. »

Mais alors la connexion s'établit et une voix paresseuse répond.

« Oui ?

– Élodie est là ? »

Pause. Nous attendons, la ligne grésille beaucoup. J'ai du mal à respirer.

« Je crois, finit par dire la voix. Peut-être. »

Greg me regarde. « Tu vois », me dit son visage. Il veut tellement qu'elle soit chez son amie qu'il a commencé à trembler. Je lui arrache le téléphone des mains.

« Alors, vous pouvez aller la chercher, s'il vous plaît ? » J'insiste auprès de la fille au bout du fil, qui que ce soit. « Il faut qu'on lui parle, tout de suite, c'est important. »

Une autre pause. Elle laisse tomber le combiné, je suis certaine que ma fille ne se trouve pas dans cette maison. J'entends des voix en fond, le bruit sourd d'une basse et de temps à autre des rires stridents. Je m'époumone dans le combiné une minute au moins et juste au moment où je me dis que personne ne va répondre, la fille revient.

« Élodie n'est pas là. (Elle laisse alors échapper un cri qui se transforme en rire.) Arrête, Thierry ! Écoutez, quelqu'un a dit l'avoir vue partir ce matin, en stop avec des types qui remontaient vers le nord. Il se pourrait qu'elle revienne ce soir. »

Je ne prends même pas la peine de lui répondre et, passant le téléphone à Greg, je cours dehors et me remets à la chercher – elle et d'autres indices. Avec la tête qui bourdonne rageusement, je passe chaque centimètre du jardin au peigne fin ainsi que les champs plus loin. Il faudra que j'agisse seule. J'ai conscience de ne plus avoir beaucoup de temps. Il faut que je l'éloigne de toi et je ne peux pas me permettre d'attendre qu'elle recommence. Cela fait si longtemps que j'attends mon heure, espérant cette preuve que Greg a toujours exigée – cette preuve irréfutable de la dangerosité d'Élodie. Si un collier laissé près de la scène d'un incendie, telle sinistre une carte de visite, n'est pas une preuve suffisante, il faudra que j'en fabrique une moi-même.

J'y pense comme à un vaccin, un moindre mal pour te protéger de la plus grande menace qui se rapproche. Bon Dieu, ta sœur a tenté de mettre le feu à un bâtiment, avec toi enfermée dedans ! Que pourrais-je bien faire d'autre ?

Le choix, tel que je le conçois, est cornélien : une fille ou l'autre. Et même si, à bien des égards, il me brise le cœur, maintenant que je suis au pied du mur, ce n'est même plus un choix.

Peut-être suis-je un peu folle, je ne sais pas. Je pense tout de même qu'ainsi je te sauverai la vie.

1993

Je me réveille de bonne heure dans le salon baigné de lumière, les volets laissés ouverts et les rideaux en voile trop légers pour lutter contre le soleil. J'ai la bouche si sèche que je peux à peine déglutir. Je finis le reste de thé puis titube jusqu'à la cuisine pour aller boire au robinet.

Je ne tiens vraiment pas sur mes jambes et dois me retenir au plan de travail. Il faut que j'avale quelque chose. Je mange le reste du fromage blanc sans même refermer le frigidaire dont l'air frais caresse mes jambes et me réveille un peu plus.

Du bruit dans l'escalier, je me retourne. C'est Élodie, tout juste sortie de la douche et fraîche comme une rose. Je veux lui poser une question mais j'ai déjà oublié. Sur le plan de travail, la lumière qui entre par la porte du jardin fait chatoyer le verre de tisane. Aujourd'hui, même le carrelage sous mes pieds est chaud. Un filet de sueur coule le long de mon dos, et pourtant j'ai soudain froid.

« Je te fais une autre tisane, Maman ? »

Comme elle passe à côté de moi, je sens le parfum artificiel de son shampoing aux fruits et une trace légère d'autre chose qui n'appartient qu'à Élodie. De nouveau toute proche, je sens son souffle dans ma nuque.

« Tu es si pâle, viens t'allonger. Tu vas trop vite. Hier, tu n'aurais pas dû te lever et tu ne devrais même pas être debout. »

Je la laisse me raccompagner au salon tandis qu'une question se profile dans ma tête, et je repense au carré blanc et brillant d'un Polaroid vierge qui s'assombrit et se transforme peu à peu en quelque chose de reconnaissable.

« Élodie, les tisanes…

– Tu les aimes ? On m'a appris à les faire à l'ashram. La fille savait tout des plantes médicinales.

– Qu'est-ce qu'il y a dedans ? »

Je m'allonge et sens une vague de nausée monter en moi. La première aujourd'hui ou la seconde ? Élodie me recouvre de la couverture. Je suis incapable de dire si j'ai froid ou chaud, la peau moite et pourtant hérissée de chair de poule. J'ouvre les yeux, bien que je ne me rappelle pas les avoir fermés. Elle n'est plus là. J'essaie de me redresser et c'est alors que je te vois assise dans le coin, en train de lire *Bonjour tristesse*, le vieux casque de Greg sur les oreilles, trop grand pour toi. Un disque tourne sur la platine. Elle t'a fait écouter notre musique – sa musique. Te voyant apparemment détendue, je me laisse retomber sur les coussins.

« Hé, Maman, comment tu vas ? me demandes-tu soudain, le casque ôté.

– Toi, ma chérie, ça va ?

– Oui, parfait, pourquoi ça n'irait pas ? »

Le casque est déjà à moitié remis.

« Où est Élodie ?

– À la piscine. Elle voulait que je reste ici te surveiller. »

Aussitôt, tu es repartie dans ta musique, aussi vite absorbée que l'était ton père. Je referme les yeux, sans dormir. Dans ma tête, le Polaroid commence à prendre des couleurs.

1983

Je déteste l'Institut public où Élodie est désormais traitée, où ton père et moi l'avons exilée en signant une feuille de papier. Il a l'odeur que j'ai toujours associée aux maisons de retraite : désinfectant au pin et désolation. Les tentatives pour créer une atmosphère douillette – aquarelles ridicules et coussins bon marché qui ont mal vieilli – sont presque pires qu'un décor plus institutionnel. Il me semble toujours entendre quelqu'un crier ou hurler à quelques portes de là, des sons étouffés mais tout de même assez forts pour qu'on ne puisse les ignorer.

Elle est assise en face de moi sur une chaise en plastique orangée. Ses magnifiques cheveux sont gras et ternes, elle a des boutons au menton. Les yeux vides. Ma première réaction est – malgré tout – d'aller chercher le premier responsable venu et de la faire sortir d'ici, mais je pense alors à toi et je sais que je ne peux pas la ramener à la maison.

« C'est bien toi qui as mis le feu, n'est-ce pas ? (Comme lors de mes deux dernières visites, j'insiste.) Je le sais parce que j'ai trouvé ton collier là, dans la grange, mais je veux l'entendre de ta bouche. J'ai besoin que tu m'expliques pourquoi. Tu me hais, je le sais, mais ce n'est qu'une petite fille. Comment peux-tu avoir ce genre de sentiments à son égard ? »

Elle regarde de côté, par une fenêtre qui serait trop haute pour un bâtiment dont la sécurité n'est pas incorporée à sa structure, le verre renforcé par des croisillons de fils métalliques. Cela me rappelle la petite fenêtre de la souillarde. « Une si mauvaise mère », me susurre une voix, mais une autre réplique : « Et toi, tu crois vraiment que tu aurais pu faire mieux ? »

Sans réponse, je poursuis mon interrogatoire, la voix tremblante sous le coup de la détermination et d'une anxiété toujours présente.

« Et le camping dans les collines ? C'était toi, aussi, n'est-ce pas ? À qui en voulais-tu cette fois-là ? Dis-moi, Élodie, car je ne sais pas quand je te reverrai. Selon ton psychiatre, les visites de la famille peuvent faire régresser le patient et il vaudrait mieux les interrompre pendant un certain temps. »

Je l'observe de profil, l'œil bleu luit d'un éclat sombre. Elle se retourne alors si soudainement que je fais un bond en arrière sur ma chaise.

« J'aime ça. J'aime le feu. C'est beau. J'aime la façon dont les choses s'envolent. Pschitt, comme ça ! (Elle donne un grand coup sur la table qui nous sépare.) Tu as dû être bien contente lorsqu'il t'a dit de ne plus venir, enfin si c'est vrai. C'est toi qui as eu l'idée, non ? Il a juste accepté ? Comme pour Papa qui t'a laissée partir vivre en Angleterre ? »

Je fais non de la tête.

« Demande toi-même au médecin si tu ne me crois pas. Combien d'autres mères vois-tu ici ? »

Elle digère cette remarque et j'observe son visage redevenir inexpressif, son regard perdre de son intensité. Nous restons assises sans rien dire. Sur l'horloge au fond de la pièce, je vois la trotteuse faire douze fois le tour du cadran ; Élodie finit par reprendre la parole.

« Et toi, alors ? Si j'ai avoué, c'est à ton tour, Maman, d'en faire autant. »

1993

J'ouvre les yeux et, pour une fois, je semble ne les avoir fermés qu'un instant. J'erre dans le hall, me demandant où vous êtes passées. La porte de la cuisine est entrouverte, je m'accroche au montant car je ne tiens pas encore très bien sur mes jambes. Elle est là, dans la lumière d'une fin d'après-midi tout juste sortie de la piscine, les cheveux mouillés dégoulinant sur le carrelage. Elle me prépare une autre tisane. Je l'observe. Elle prend le bac à glaçons dans le tiroir du congélateur et, d'un coup sec, en détache quelques-uns. Elle ajoute le thé, l'eau, six morceaux de sucre, le jus d'un demi-citron et mélange le tout en un tourbillon doré.

Puis elle porte la main à la poche arrière de son short en jean et là, mon cœur manque de s'arrêter, elle en sort une poignée de feuilles vert foncé qu'elle jette dans le vieux mortier en marbre de ma mère et commence à piler. Une pincée, puis une autre jetée dans le verre. La mixture prend la couleur de l'eau de la piscine un jour d'orage.

Comme elle s'avance vers la porte, la boisson à la main, je me rends compte que mes jambes ne m'obéissent pas et je manque de rapidité. Lorsqu'elle me trouve là, elle reste de marbre. Comme toujours.

Au contraire, elle me sourit.

« Que fais-tu là ? J'allais t'apporter ta tisane. »

Elle tient le verre bien haut, la couleur verte a disparu, dissipée dans le jaune or.

La bousculant avec maladresse, je m'approche du mortier et, en appui, sur le plan de travail, je me penche pour en sentir le contenu.

« Qu'est-ce qu'il y a ? me demande-t-elle. Qu'est-ce que tu cherches ? C'est de la menthe du jardin. »

Hé oui ! Je renifle. Ce n'est que de la menthe. Je me retourne, elle aurait tout à fait le droit de me dire : « Ce n'est pas parce que toi, tu as fait ça », mais elle s'abstient et se contente de me prendre par le bras avec douceur et de me reconduire jusqu'au sofa.

1983

Deux jours se sont écoulés depuis l'incendie dans la grange, deux jours depuis que nous avons failli te perdre. Je suis persuadée qu'autour de la maison l'air sent encore la fumée bien que Greg prétende que c'est impossible.

Il est près de seize heures. Tu auras bientôt faim et voudras ton goûter, ton repas préféré : trois carrés de bon chocolat pressés entre deux grands morceaux de baguette. Les jours de forte chaleur comme celui-ci, le chocolat ramollit et fond dans la mie aérienne du pain avant que tu ne puisses le finir.

Je n'aurai pas besoin de te le préparer aujourd'hui.

Tu es assise sur la terrasse, à l'ombre d'un parasol. J'ai étendu une couverture et je t'ai aidée à apporter ta dînette ainsi qu'une sélection de tes peluches bien-aimées. Tu cherches encore Maurice, le petit singe qui a été éventré, mais tu n'en parles jamais.

Un coup d'œil vers la pelouse m'assure que ta sœur est là, en train de se faire bronzer sur le ventre. Elle n'a pas bougé, bretelles de bikini dénouées pour ne pas avoir de marques, cheveux déployés autour de sa tête, or contre le vert de l'herbe. Je ne lui ai pas parlé depuis Cannes.

Dans la théière miniature en porcelaine, tu prépares une potion. Nous avons récemment lu ensemble un livre sur des sorcières et tu es obsédée par les sorts, les balais et les chaudrons. De là où je me tiens, à l'entrée du salon, je t'observe en train d'ajouter au sirop dilué que j'ai déjà mixé pour toi un morceau de poire bien mûre, dégoulinante de jus. Suivent une poignée de raisins secs puis une langue de chat écrasée, brillante de sucre, et pour finir tu verses un nuage de lait de ta petite carafe. Tu tournes le tout avec une minuscule cuillère et jettes un coup d'œil dedans. Tu soupires, visiblement tu n'es pas satisfaite, et tandis que je t'observe en train de chercher du regard d'autres ingrédients, mon cœur se met à palpiter follement. « Il faut que je t'arrête, me dis-je, il faut que je t'arrête maintenant. » Je ne bouge pas.

Comme je l'avais prévu, tes yeux se posent sur les fleurs rose vif que j'ai cueillies pour toi et disposées sur les assiettes, une pour chacun des trois nounours invités pour le thé. Tu en prends une, frottes les pétales entre tes doigts et les ajoutes à la mixture, puis tu fais de même avec le reste des fleurs. Je me couvre la bouche de ma main.

La cuillère tourne et retourne, réduisant le contenu en purée. Tu inspectes le tout encore une fois puis décides qu'apparemment c'est prêt ; tu saisis alors une tasse et y verses le liquide. Au début, tu n'en prends qu'une petite gorgée mais ça ne doit pas être trop mauvais car tu portes la tasse à tes lèvres et cette fois tu bois tout avant de t'en resservir une autre.

Près de vingt minutes se passent avant que ça ne fasse effet, chacune s'étirant pour moi, toujours postée à l'entrée du salon, aussi longue qu'une année. Élodie n'a pas bougé, et lorsque tu te lèves et te mets à crier, elle ne bouge pas plus. Je t'appelle, tu te retournes, les mains crispées sur ton ventre, le visage pâle et cireux. Je te prends dans mes bras et me précipite à l'intérieur puis à l'étage. L'espace d'une seconde, j'entraperçois mon reflet dans le miroir du hall et j'y vois mes traits décomposés de honte.

Cela m'est déjà arrivé. J'étais un peu plus âgée que toi, cinq ans peut-être. J'avais mangé ces mêmes fleurs dans le jardin parce que je pensais que quelque chose de si beau et de si soyeux aurait bon goût. L'empoisonnement était venu brutalement : le jardin s'était mis à basculer, mon ventre à se nouer et à se tordre. Lorsque Maman m'avait trouvée, une étrange lumière divine lui auréolait la tête, comme celle dont parlait le prêtre à l'église.

J'avais été terriblement malade cette nuit-là et jusqu'au lendemain, puis c'était passé.

Plus de peur que de mal.

Une fois rétablie, Maman m'avait emmenée près du laurier et s'était agenouillée à côté de moi.

« Sylvie, tu ne dois jamais toucher cet arbre. Les feuilles, les fleurs, c'est du poison. Si tu en avales trop, tu peux mourir. Tu comprends, chérie ? » Et elle m'avait serré le bras si fort que j'avais pleurniché. « Tu comprends ? »

Je passe la nuit entière avec toi, à te frotter le dos quand montent les spasmes. Tu n'es pas aussi malade que je l'avais été, mais tout de même, ma culpabilité est terrible. J'essaie de garder sans cesse présente à l'esprit cette image de la grange : ton t-shirt jaune citron souillé, hors d'atteinte, alors que les flammes continuaient de s'élever.

En bas dans le salon, l'horloge en bronze a sonné l'heure quatre fois. Cela fait une demi-journée que tu as avalé la mixture et tu es sans doute désormais au milieu de la crise. Je songe aussi à ce qui est dans le salon : le gros dictionnaire médical de ma mère. Personne n'y a encore prêté attention, mais une page est marquée par un mince paquet de feuilles à rouler. Greg fume des Gitanes ; c'est Élodie qui utilise ces feuilles. Je les lui ai prises dans sa chambre lorsqu'elle est sortie se faire bronzer.

En haut de la page, écrit en caractères gras noirs, un seul mot : *Empoisonnement*. J'ai placé un autre indice, après-coup. Un long cheveu, dont on verra bien la teinte caramel à la lumière, demain. Je le montrerai à Greg puis j'appellerai la police.

1993

Le lendemain, pour la première fois depuis des lustres, me semble-t-il, je me sens moi-même. J'ai le ventre creux mais ne ressens aucune douleur, aucune nausée.

Je t'entends chanter dans la douche lorsque je sors sur le palier. « Good Vibrations » des Beach Boys.

Je descends et trouve Élodie sur la terrasse en train de boire du café, ses pieds bronzés sur la table, les cheveux pour une fois ramenés sur le dessus de la tête en un chignon lâche qui révèle son cou délicat. Elle se lève d'un bond en me voyant, sans aucune lueur accusatrice dans le regard. J'en éprouve de la honte.

« Tu as vraiment meilleure mine aujourd'hui ! s'exclame-t-elle. Assieds-toi. J'ai acheté des croissants. Il y en a un pour toi au chaud dans le four. »

Elle rentre et je m'exécute. Je ferme les yeux pour me protéger du soleil aveuglant. Tous mes muscles sont douloureux, comme si j'avais passé la nuit à courir. L'insolation est passée mais je suis encore faible.

Élodie pose une assiette devant moi.

« Je suis allée à la bonne boulangerie. À l'autre, ça a toujours été des voleurs. Tu crois que tu te sentiras de taille pour la fête ce soir ? s'enquiert-elle avec un sourire de conspiratrice.

– La fête ?

– Chez les Martin. Je n'irai pas mais Emma et toi, vous devriez y aller. »

J'avais totalement oublié.

« Pourquoi pas toi ? »

Elle fait non de la tête, les yeux baissés vers ses pieds nus. Elle a mis du vernis couleur framboise et ses orteils brillent au soleil d'un rouge humide.

« Ils ne voudront pas de moi ; en tout cas, Annette, c'est sûr. »

Je n'ai jamais su si Laurent lui avait avoué cette histoire de baisers ou parlé de cette soirée près de la piscine. S'il y a une chose avec laquelle Annette et moi avons toujours été d'accord, c'est que Luc n'était pas tombé dans la piscine par accident. Je sais aussi ce que pensaient les femmes d'ici, témoins de la métamorphose d'Élodie en une si belle femme : la sirène du village. Elle était alors devenue dangereuse d'une autre manière, et elles la détestaient, plus encore que lorsqu'elle représentait une menace pour leurs petits. Ces souvenirs me laissent aujourd'hui un goût différent et m'attristent, mais pas comme avant. Élodie me fait de la peine ; cette toute jeune femme détestée par des adultes. Ce n'était pas sa faute si elle était belle. Je repense à mon premier rendez-vous avec Morel et à ses explications : elle n'y pouvait rien, ce n'était la faute de personne, même pas la mienne.

« Je ne crois pas que j'irai non plus, je ne m'en sens pas capable.

– Oh, mais Emma voudra voir Luc. Tu ne peux pas lui refuser ça, objecte-t-elle avec un rire doux. »

Elle lève les yeux vers moi. C'est son œil d'ambre bordé de longs cils que je vois avant qu'elle ne détourne le regard. Et soudain, venu de nulle part, je ressens le besoin impérieux de pleurer. Je baisse le nez vers ma main et j'hésite : oserais-je la poser sur la sienne, si proche ? Je sonde de nouveau mes sentiments, pourtant la peur semble lointaine. Je ne la crains pas, du moins pas à ce moment-là. J'ai une brève envie de chercher des marques révélatrices, mais quel imposteur pourrait contrefaire ses yeux vairons ?

Une pensée s'insinue dans ma tête : peut-être qu'après tout rien de mal ne va se produire. Jamais à La Rêverie le passé n'a semblé si lointain. En regardant mon aînée, les souvenirs n'affluent pas. Je jette un coup d'œil dans le jardin vers le laurier, juste un arbre désormais, sans autre signification.

À dix-neuf heures, douchée, je réfléchis à ce que je vais mettre. On frappe doucement à la porte, Élodie entre.

« Je peux t'aider à choisir ? »

Tu te faufiles derrière elle, un biscuit à la bouche. Tu ôtes ton casque.

« Laisse-la te coiffer, elle fait ça très bien. On peut aussi s'occuper de ton… maquillage, c'est ça, n'est-ce pas ? »

Élodie et moi acquiesçons en même temps.

Je me plie au jeu, mais lorsqu'elle me sèche d'abord les cheveux puis les ondule en vagues comme les siens, je suis mal à l'aise. Elle se penche sur moi pour me mettre du khôl aux yeux, nos visages si proches que je sens la chaleur de son haleine, l'odeur de sa peau. Elle a la main sûre et douce. Une fois qu'elle a terminé, je me regarde dans la glace et souris à son reflet si parfait. Je nous vois toutes les trois – elle, moi et toi perchée sur le lit derrière nous –, et cette image inversée est d'une certaine façon plus facile à appréhender, le miracle d'une scène de famille normale.

On étale toutes mes robes. Cela fait des années que je ne me suis pas sentie aussi mince. C'est le bon côté d'une brève maladie pour les obsédés du régime. Cela dit, je fais non de la tête quand Élodie m'indique la robe en coton jaune vif que j'emporte toujours en vacances mais ne mets jamais. Avec sa jupe ample et sa taille pincée, c'est le type de robe que j'aurais portée avant de devenir mère, à l'époque où je voulais attirer l'attention. Peut-être l'avais-je achetée pour cette raison.

« Celle-là, m'enjoint Élodie d'un ton faussement sévère. (Derrière elle, tu acquiesces.) Si je l'avais vue avant, je te l'aurais empruntée. »

Ce rappel de la façon dont elle me piquait toujours mes affaires me fait rire, même si souvent, au passage elle les abîmait. C'est devenu une blague anodine, que nous seules pouvons comprendre. Comme n'importe quelle mère et n'importe quelle fille ? J'ose à peine me poser cette question. Une telle relation est-elle possible entre nous ? L'espoir chatoie dans ma vision périphérique.

« Tu es sûre de ne pas vouloir venir ? Luc nous a toutes invitées.

– Non, merci. Je me sentirais intimidée devant tous ces gens. Comme… une pièce de musée. J'étais très stressée lorsque je suis allée au village, bien que personne n'ait fait de remarques. Je ne veux pas tenter le diable.

– Tu n'avais pas l'air nerveuse pendant le dîner en ville. J'ai du mal à t'imaginer ainsi. Enfant, ça ne t'arrivait jamais.

– J'étais un drôle de numéro, n'est-ce pas ? Ça a dû être si difficile pour toi. Je ressentais tout à l'intérieur mais n'en laissais rien paraître. Va savoir pourquoi. Quand je regarde en arrière, c'est comme si je voyais une tout autre personne, avec mon visage. Je suis ouverte aujourd'hui, ouverte à tout, sauf peut-être à Annette Martin et à son anniversaire de mariage. (Elle a un sourire ensorceleur et repousse une mèche de cheveux derrière son oreille.) Je vais me faire une bonne soirée tranquille, ici. Prendre un bain, voir si la télévision marche, peut-être.

– Oh, les nouvelles ! Je voulais voir ce qu'on dit des incendies. »

Je vais au salon mais la télévision est complètement déréglée, je n'obtiens que des grésillements, rien que des voix lointaines qui refluent comme la mer quand j'essaie de les atteindre. Je ressors et la fumée me paraît plus forte, à moins que ce ne soit mon imagination, juste une odeur résiduelle. Je ne me rappelle pas avoir vu d'autres Canadair nous survoler, c'est sûrement bon signe.

« Peut-être qu'on finit par s'y habituer », me surprends-je à dire tout haut, car savoir que ça brûle quelque part, sans que l'incendie soit visible, a quelque chose de troublant. J'ai du mal à intégrer ce concept, lointain et brumeux, et, si je m'efforce de creuser, j'ai l'esprit étrangement vide.

« Tu es prête, Mams ? »

Cela fait un moment que je suis perdue dans mes pensées, et tout à coup il est l'heure de partir. Tu portes de nouveau la robe blanche d'Élodie, propre bien sûr, la tache de vin enlevée à l'eau de Javel. Tu es maquillée et, dans la lumière du début de soirée, c'est joli et ça ne me gêne plus. Tu as quatorze ans. N'ai-je pas fait la même chose à cet âge ? Je ne m'en souviens pas. Mon père ne m'aurait jamais laissée sortir ainsi, c'est certain, mais je ne suis pas mon père.

*

À notre arrivée chez les Martin, nous pensons, à tort, être en retard. Tout le monde parle des incendies. Je déambule dans la foule et ne cesse d'entendre des bribes de conversations animées. L'idée me traverse alors l'esprit : c'est le besoin de discuter de cette menace partagée qui les a sans doute incités à arriver tôt.

Nous saluons Annette qui jette un regard rapide à ta robe puis à la mienne, accompagné d'un sourire froid et pincé.

« Pas d'Élodie ?

– Elle est revenue à la maison mais n'était pas certaine d'être la bienvenue.

– Et depuis quand ça l'arrête ? »

Elle s'éloigne rapidement, et dans un murmure, tu me demandes ce qu'elle a dit.

« Rien d'intéressant. Ce n'est qu'une vieille bique. »

Tu glousses et cela me fait également rire. Je me demande si elle nous observe mais ne prends pas la peine de me retourner pour vérifier. À la table des boissons, je te sers un Coca et attrape un verre de champagne.

« Luc est là », me chuchotes-tu à l'oreille ; ton haleine toute douce me chatouille. Je regarde dans sa direction, il semble occupé à encadrer une bande d'enfants plus jeunes que toi et à leur organiser une sorte de jeu. Il a l'air fatigué, vidé. Il a un pansement à la main

« Je peux le rejoindre ? »

Je n'ai pas le cœur de te dire que je préférerais que tu restes avec moi.

Un petit orchestre de jazz se met en place dans un coin du jardin et je vois Laurent bavarder avec deux ou trois hommes que je ne connais pas. Lorsque j'arrive à leur hauteur, ils parlent des incendies. Bien sûr !

« Sylvie », me dit-il avec douceur, et il se penche pour m'embrasser. Sa main est lourde et chaude sur mon épaule.

Une fois les présentations faites, je m'informe.

« Quelles sont les dernières nouvelles à propos des incendies ? Une insolation m'a clouée au lit, la télé est en panne et je ne sais absolument pas ce qui se passe. Je les croyais quasiment maîtrisés ? »

Je souris à la compagnie. Quelqu'un a rempli mon verre. L'un des invités, un certain Nicolas, hoche la tête, l'air critique.

« C'est grave, on n'a rien vu de tel depuis des années. Il y a un nouveau foyer juste au nord de la ferme des Pelletier. À mon avis, si le vent reprend, ils vont devoir évacuer tout le village. Les pompiers sont passés de maison en maison. Ils ne sont pas venus chez vous ? »

L'inquiétude commence à m'envahir. J'essaie de me rappeler si j'ai entendu frapper à la porte.

« Évacuer le village ? Vraiment ? »

J'ai du mal à le croire. Cet homme qui m'a regardée comme si j'étais une imbécile a raison : cela fait des années et des années que rien de tel ne s'est produit. Des décennies, même. Dans mon enfance, les vieux du village évoquaient un incendie qui avait détruit quelques fermes en lisière des habitations, mais je ne crois pas que cela ait été de leur vivant.

« Bon, dit Laurent avec un regard appuyé à Nicolas, ça ne s'est pas encore assez rapproché pour paniquer.

– Tu n'as pas vu les flammes dans la nuit, hier ? dit l'autre gars dont j'ai déjà oublié le nom. (Le champagne m'est monté à la tête.) Elles ont coloré la lune en rouge.

– En fait, ajoute Laurent, gonflant les joues, Luc a failli avoir un pépin avec ses amis. L'un d'eux a fait tomber une cigarette, et comme tout est tellement sec, le feu a pris aussitôt. Ils ont pu l'éteindre, mais il s'est brûlé la main et a dû se faire soigner.

– Je vous le répète, insiste Nicolas, il faudra peut-être qu'on parte tous. Ils ont expliqué aux infos que, si l'incendie est assez intense, il peut bondir. Et aller plus vite qu'une voiture. »

Les poils se dressent sur mes bras et, machinalement, je te cherche du regard. J'essaie de me convaincre que c'est une angoisse saine que je ressens, impersonnelle et primordiale. Nous sommes tous dans le même bateau, toi, moi, les gens qui se pressent dans le jardin des Martin pour boire et écouter l'orchestre, comme si nous étions à bord du *Titanic*. Élodie aussi.

Il y a dans cette étrange atmosphère, légèrement apocalyptique, quelque chose qui fait couler le vin. J'accepte qu'on me resserve. Je ne me sens pas exactement ivre, juste agréablement protégée de la réalité. Le champagne, les rires dans le jardin, l'air chaud et parfumé, voilà ce qui paraît tangible, pas le feu.

C'est Nicolas qui me sort de cette hébétude. Je repasse par hasard près de lui tandis qu'il répète aux autres ce qu'il a dit plus tôt, visiblement satisfait de leurs murmures horrifiés. « Si le feu est assez intense, il peut bondir. Et aller plus vite qu'une voiture. » Cette fois, ces phrases me pénètrent vraiment et une sonnette d'alarme se déclenche dans ma tête.

Instinctivement, je me précipite vers la lisière du jardin en bordure du champ qui appartenait autrefois à La Rêverie. Les pins parasols ont beaucoup poussé depuis la dernière fois où je les ai vus sous cet angle ; ils sont désormais assez grands pour cacher le chapeau des cheminées. Tout près, un épais panache de fumée s'élève encore plus haut, comme s'il tendait un doigt vers les cieux. Je me retourne pour vous chercher des yeux – toi, Laurent, Luc –, personne. Pas question d'attendre.

D'une poussée violente, j'ouvre le portail et me mets à courir.

Arrivée au milieu du champ, je dois marquer une pause et reprendre mon souffle. La fumée envahit mes poumons et la réalité de l'incendie s'impose, amplifiée et gravée du sceau de l'horreur.

Traversant le ruisseau à sec en juin, je discerne à travers les rangées de pins ce qui est en feu : le laurier. Poursuivant ma course, je vois les lourdes têtes des fleurs rose foncé se calciner, se ratatiner et se désintégrer aussi vite que du celluloïd enflammé.

« Élodie ! »

Avant que le son ne sorte de ma bouche, hurlement plutôt que cri, je n'avais pas compris à quel point j'étais terrifiée, pour elle et non par elle. Et dans ce sentiment, il y a quelque chose de si juste, si pur que ma voix retentit, plus forte.

« Élodie, s'il te plaît ! »

Pas de réponse, seuls me parviennent le rugissement du feu, le craquement et le sifflement du vieux bois qui s'abandonne à sa propre destruction. Je cours sur la pelouse et m'arrête au milieu : elle n'est pas dans la maison. Un coup d'œil m'a suffi, les fenêtres et les portes sont ouvertes, pas de lumière à l'intérieur et la bâtisse a un air stupéfait.

Je me retourne vers le laurier, indécise. Que faire : appeler les pompiers, tenter d'éteindre moi-même le feu, courir chez Laurent et demander de l'aide ? Une évidence me traverse : tout est si sec que ça va se propager. Et réduire La Rêverie en cendres.

Clouée sur place, je me couvre le visage de mes mains, toutes sortes de pensées se bousculent. Où est-elle ?

Je baisse les yeux vers la piscine et mon regard est accroché par quelque chose dans l'eau que les lueurs de l'incendie ont teinté d'orangé.

L'espace d'un instant, je me dis qu'elle flotte, ses yeux singuliers fixés au ciel, son corps bercé et soulevé par l'eau, ses cheveux déployés comme une auréole. Je m'approche du bord en courant, tout en évitant les missiles projetés par l'arbre en fusion, et je vois que j'ai tout faux : là où devrait se trouver son visage, il y a ses cheveux. Elle flotte à plat ventre.

J'essaie de nouveau de l'appeler mais rien, aucun son ne sort, ou c'est qu'à cause du feu je ne m'entends pas. À ce moment précis, alors que je la crois morte – pas perdue, pas disparue, mais vraiment partie –, je sens quelque chose de noir m'envahir, un chagrin intense et sincère.

Lorsque je l'avais perdue cette autre fois sur la plage, une ombre de soulagement m'avait effleurée et j'en avais ressenti de la honte. Désormais, pour la première fois depuis ses premiers mois, je sais que tout le reste est sans importance. Élodie est mon enfant et l'idée qu'elle ne soit pas en vie m'est insupportable. Je l'aime, d'un amour simple et infini – tout comme ça l'a toujours été pour toi, Emma. Je me déchausse vivement, saute dans la piscine et il me vient cette pensée limpide, d'un bleu cristallin parmi les étincelles et les cendres, que même si Élodie n'est pas guérie, moi, je le suis.

Je m'élance vers elle, mes bras fendent l'eau mais je n'ai pas pied là où elle flotte. Elle est lourde, incroyablement lourde, et je n'ai rien de ferme pour m'appuyer. J'écarte les épaisses mèches de ses cheveux pour atteindre son visage mais il y en a tant, algues sans fin qui s'emmêlent autour de mes doigts maladroits. Je parviens enfin à le dégager et suis frappée par sa perfection. Je le tourne vers moi, le soulève hors de l'eau, mais alors c'est moi qui coule. Je remonte difficilement à la surface et, après un énième effort, réussis enfin à la retourner correctement ; elle a les yeux fermés, comme je m'y attendais. Impossible, alors que je me débats, de rester hors de l'eau; je la prends par un bras, froid et pesant, et l'entraîne vers le petit bain.

À ce moment-là, je la sens bouger. Je me tortille pour prendre son visage dans mes mains; une joie à l'état brut m'envahit quand soudain ses bras m'enlacent et je suis poussée sous l'eau. « Non, non, c'est moi, Maman, je t'ai sauvée. Lâche ou… »

Elle ne desserre pas son étreinte, une sensation différente émane de son corps, qui n'est plus relâché mais tendu. Vivant. Froidement déterminé. J'ouvre les yeux, l'eau les pique, mais elle est derrière moi et je ne vois que ses bras qui m'immobilisent, l'un autour du cou, l'autre en appui contre mes épaules. J'ai la poitrine qui me brûle, l'incrédulité se transforme en terreur et je commence à lutter, m'agitant d'avant en arrière pour essayer de me libérer. De précieuses bulles d'air jaillissent autour de nous et j'entends mes propres cris déformés. Mais elle s'accroche, comme si elle faisait partie de moi, comme si nous étions de nouveau reliées l'une à l'autre, ce que nous ne sommes plus depuis le jour de sa naissance. La vérité m'éclate à la figure: tu n'es qu'un dommage collatéral. C'est à moi qu'elle veut vraiment faire du mal.

Dans un trou noir, au-delà du sentiment de panique et de la certitude de ma mort prochaine, une tristesse profonde me ronge. Durant ces quelques secondes où je l'ai simplement aimée, sans rien souhaiter d'autre que de la savoir en vie, je me suis sentie plus libre que ces vingt-quatre dernières années; mais ce sentiment est déjà anéanti et je ne me réjouis pas d'avoir eu raison, d'avoir compris que je n'aurais jamais dû lui faire confiance et que, depuis sa toute petite enfance, elle n'était pas comme les autres. À l'emplacement de son cœur, il n'y a que muscles et nerfs.

Je continue à me débattre car quelque part, de l'autre côté d'un champ, dans un monde qui n'est pas que feu et eau, tu es là. Et tu as besoin de moi. Mais j'ai beau donner des coups de pied et me tordre violemment, à bout de souffle, je me laisse aller à fermer les yeux.

Au moment où ma hanche heurte quelque chose de solide et de résistant – le fond de la piscine –, je les rouvre. Une lutte est toujours engagée mais je ne comprends pas ce qui se passe car je n'en fais, semble-t-il, pas partie. Je résiste à l'instinct animal de respirer, c'est tout ce que j'arrive encore à faire.

Des mains me saisissent sous les bras – Élodie a changé de position –, mais elles me tirent vers la surface, toujours plus haut et, une fois à l'air libre, j'ouvre la bouche et aspire de grandes goulées. Même si cet air contient autant de fumée que d'oxygène, il n'en est pas moins délicieux. Je suis poussée vers le bord où, dans un dernier effort, je me hisse puis roule sur le dallage et reste là, bras et jambes écartés, épuisée, haletante.

« Élodie… » Ma voix est à peine un murmure. Dans un effort presque surhumain, je tourne la tête vers l'eau et, dans les reflets de l'incendie, j'aperçois des mouvements, mais il me faut de longues secondes pour démêler cet enchevêtrement de membres. Et ce que je vois me fait l'effet d'une bombe : c'est toi, Emma, dont les jambes encore pâles s'agitent frénétiquement au milieu de la piscine. Toi qui m'as ramenée à la surface. Toutes ces leçons en piscine à Londres ont payé : tu m'as sauvé la vie.

« Maman, je n'y arrive pas, cries-tu lorsque tu émerges, et je ne distingue pas ce qui ruisselle sur tes joues, l'eau de la piscine ou des larmes. Je ne peux pas l'attraper elle est coincée ! »

Je n'ai pas le temps de répondre que déjà tu as rempli tes poumons pour replonger. Je me redresse, les jambes tremblantes, et j'essaie de discerner les formes au fond de la piscine mais tu caches son corps.

« Ce sont ses cheveux, hurles-tu quand tu réapparais, ils sont coincés dans le filtre. »

Je reste figée, muette.

« Cours ! t'exclames-tu, les rôles inversés, va chercher des ciseaux à la maison, tout de suite. »

Je me précipite, éperdue, ouvre tous les tiroirs de la cuisine jusqu'à ce que je trouve la vieille paire de ciseaux de ma mère. Je te les apporte à toute vitesse et tu plonges de nouveau. Je peux la distinguer, suspendue par sa magnifique chevelure. Puis soudain elle est libre et, les bras passés autour de son torse, tu la ramènes à la surface.

Emma, tu es si courageuse. Si sûre de toi. Tu n'aurais pas pu faire mieux. Avant que tu n'émerges, je sais déjà que c'est trop tard. Je le sais car quelque chose vient de s'éteindre : un courant interrompu, une lumière obscurcie ; l'inverse précis de ce moment où, pour la première fois, je l'avais sentie remuer en moi. La peur a disparu, mais une partie essentielle de mon être aussi.

Épilogue

À mon retour du travail, la lettre est là, dans notre boîte en métal dans le hall. Si je sais immédiatement qu'elle vient de France, ce n'est pas grâce au cachet de la poste rendu illisible dans le transport. Ni grâce au « 7 » écrit à la main dans le code postal. Non, je reconnais l'écriture, marquée et ferme, encre noire sur du papier de qualité. L'écriture d'Olivier.

Je n'ai pas ton numéro de téléphone à Londres et il semble que tu sois sur liste rouge. Alors pardonne-moi de t'écrire cela ; j'aurai préféré te l'annoncer de vive voix. J'ai choisi de ne pas m'adresser à Camille car elle se serait demandé pourquoi j'avais besoin de te contacter toi, et toi seulement, de façon si urgente. J'ai pensé que tu devais apprendre la nouvelle la première.

Je parcours rapidement la lettre puis la relis, du début à la fin, cette fois plus lentement.

Sylvie, quand tu auras eu le temps de digérer tout cela, tu voudras bien m'appeler, s'il te plaît ? Tu le feras, dis ?

Que je puisse t'aider à régler ça. Souviens-toi que je suis là. Je pense toujours à toi.
Olivier

Au départ, les autorités espagnoles avaient pris contact avec les services français correspondants. Par le biais des vieux dossiers médicaux d'Élodie à l'Institut, elles avaient trouvé une adresse enregistrée, celle de l'ancien appartement de Greg où plus personne ne le connaissait, mais elles avaient remarqué une référence au notaire de famille : Olivier.

Lorsque la communauté a été dissoute, personne, semble-t-il, ne savait que faire d'elle. Elle a été laissée aux soins d'une vieille femme qui leur avait loué le terrain. Apparemment, elle était sale et un peu sous-alimentée mais était – est – par ailleurs en bonne santé. Cette femme qui avait cru comprendre que quelqu'un viendrait la rechercher a attendu quelques semaines avant de contacter la police, à qui elle a expliqué qu'elle était trop âgée pour élever seule une enfant, de surcroît une petite qu'on avait laissée grandir comme une sauvageonne.

Le médecin qui l'a examinée pense qu'elle a trois ans. Pour autant qu'on sache, on n'a pas trouvé de traces d'une Élodie Durand ou Élodie Winters qui aurait eu une césarienne à cette époque en Espagne ou en France. Cette vieille femme n'avait aucune idée de l'identité du père. En outre, comme tu le verras sur la photographie que j'ai incluse, les gènes de sa mère sont dominants. Je n'ai jamais vu de photo d'Élodie petite, mais si je retrouve aussi nettement la jeune adulte dans cette enfant, j'imagine combien la ressemblance pourra te paraître frappante.

Tu as sans doute deviné que je ne t'écris pas simplement pour t'informer de son existence. Avec Emma et ton ex-mari, tu es sa plus proche parente. À moins que vous ne refusiez, ce qui est votre droit le plus strict, elle est à vous. Bien que, comme je l'ai déjà dit, il n'y ait visiblement aucun acte légal, elle dit s'appeler Sylvie.

J'approche le Polaroid de la fenêtre ; dehors, bien que nous ne soyons pas encore en novembre, le ciel londonien est déjà sombre. Visage en forme de cœur, menton pointu levé, regard rebelle et petits poings serrés, elle fixe l'objectif et me fixe moi aussi. Elle ne sourit pas, il faut dire que ce n'est pas ce genre de photos ; un policier ou un travailleur social a dû la prendre. Elle doit être face à une lumière vive car elle louche un peu, révélant sans faire exprès de longs cils noirs à travers lesquels on voit ses yeux ; ils sont couleur ambre, mouchetés d'or.

J'ai trouvé ce que signifiait le tatouage d'Élodie. Je suis allée à Camden Town dans un salon spécialisé et j'ai fait un croquis des trois torsades noires à une employée avec une carpe orangée et des fleurs de cerisier enroulées autour des bras.

« Ouais, je peux vous faire ça, m'a-t-elle dit une fois mon dessin terminé. Où le voulez-vous ?

– Oh non, je ne veux rien… Désolée, c'est juste que ma fille en avait un comme ça. Je l'ai vu avant… avant qu'elle ne meure. Je me suis demandé ce que ça signifiait. Si ça représentait quelque chose de particulier.

Elle m'a regardée, son visage s'est adouci, attentionné.

« C'est l'un de ces symboles réellement très anciens. Il signifie "maternité". Peut-être l'avait-elle fait faire pour vous ? »

Je lève les yeux quand j'entends le loquet de la porte d'entrée claquer et le rythme métallique de ta musique se déverser dans l'appartement silencieux. Tu rentres de l'école. Je me retourne, prête à te montrer la photo de ta nièce, un dernier fragment de mon aînée retrouvé : un éclat de quelque chose de précieux que je serais peut-être capable de sauver de ce naufrage. Une autre chance.

REMERCIEMENTS

Mes remerciements les plus sincères vont à mes merveilleuses éditrices, Jillian Taylor au Royaume-Uni et Seema Mahanian aux États-Unis, qui m'ont aidée à rendre les relations entre les personnages de *L'été où Élodie* bien plus complexes, plus intéressantes et réelles. Merci à toutes les deux d'avoir su me pousser sans jamais être directives !

Un immense merci également à Rebecca Ritchie, mon agent chez A M Heath, qui non seulement s'est montrée enthousiaste dès les toutes premières lignes, mais m'a aussi soutenue dans l'écriture d'un roman plus contemporain.

J'aimerais également remercier Marie-Laure Pierson et Jacqueline Priou, des amies de famille de longue date avec lesquelles, enfant, j'ai passé de nombreuses vacances en France. Heureusement pour moi, toutes deux parlent un excellent anglais et ont une expérience en psychologie de l'enfant – une combinaison inestimable pour ce récit. Du côté britannique de la Manche, ma belle-mère Joan Reardon m'a prodigué ses conseils pour les termes français et a également contribué de façon cruciale à ce que la France devienne pour moi une sorte de deuxième patrie bien-aimée. (Et oui, tu avais raison, j'aurais dû choisir français au brevet plutôt qu'art dramatique. Je ne sais pas où j'avais la tête.) S'il y a des erreurs, ce sont les miennes, non les leurs.

Je suis également extrêmement reconnaissante envers mes premières lectrices qui ont été si encourageantes, constructives et bienveillantes. Merci à Darren Loftus, Emma Stonex, Emylia Hall, Amanda Reynolds, Hayley Hoskins, Helen Hockenhull et à ma mère, Meryl Parker. En fait, tous mes amis et tous les membres de ma famille ont été fantastiques – comme l'ont été les équipes talentueuses chez Michael Joseph et Grand Central. Merci à tous. Sans vous, je n'aurais pu écrire ce livre.

Kate Riordan est une écrivaine et journaliste britannique. Elle a collaboré plusieurs années au *Guardian* et à *Time Out London*, avant de s'installer dans les Cotswolds pour se concentrer sur l'écriture de ses romans. *L'Été où Elodie*, son quatrième livre, best-seller au Royaume-Uni, a été traduit dans plusieurs pays.

Cet ouvrage a été composé
par Belle Page
et achevé d'imprimer
par Rodesa
pour le compte des Éditions Stock
21, rue du Montparnasse, 75006 Paris
en mai 2022

PAPIER À BASE DE FIBRES CERTIFIÉES

Stock s'engage pour l'environnement en réduisant l'empreinte carbone de ses livres. Celle de cet exemplaire est de : 800 g éq. CO_2 Rendez-vous sur www.editions-stock-durable.fr

Imprimé en Espagne

Dépôt légal : juin 2022
N° d'édition : 01– N° d'impression :
37-08-1966/7